Présence du Fantastique /52

Le retour de Marion Marsh

JACK FINNEY

Le retour de Marion Marsh

roman

DENOËL

Titre original :
MARION'S WALL
(Simon & Schuster, Inc., New York)
ISBN 0-671.64048-8

9, rue du Cherche-Midi, 75006 Paris
ISBN 2.207.60062.9
B 60062.2

1

Cher fils,

Juste un petit mot pour te dire que je suis ravi que Jan et toi soyez décidés à emménager dans une vieille maison victorienne : elles ont un charme qui manque totalement à l'architecture d'aujourd'hui, condamnée aux économies de bouts de chandelle. J'ai moi-même vécu dans l'une d'elles lorsque j'habitais San Francisco, alors si au cours de vos recherches vous passez à proximité de Buena Vista Hill, j'aimerais bien que vous alliez voir si elle est toujours là ; faites-le-moi savoir, c'est surtout pour cela que je vous écris. Elle était dans le dernier pâté de maisons de Divisadero Street, au numéro 114 ; une belle demeure d'un étage – j'occupais le rez-de-chaussée – avec une charpente en bois, un comble sur pignon, une fenêtre en saillie et une vue à couper le souffle sur la ville et la Baie. Je ne l'ai jamais oubliée et si vous en trouvez une comme ça, je suis sûr que Jan et toi, vous y vivrez heureux – pour être heureux, il suffit souvent de décider qu'on le sera. C'est tout !

A part ça, pas grand-chose à vous raconter. Comme toujours en février, on a un temps dégueulasse à

Chicago, même s'il ne fait pas trop froid ces derniers temps. Samedi dernier...

Perché en haut d'une échelle de deux mètres, les cheveux frôlant presque le plafond, j'ai ouvert et refermé mes mains qui s'ankylosaient. Mes doigts ont craqué doucement et je les ai approchés de mes oreilles pour mieux entendre l'air qu'ils jouaient. J'ai levé un pied puis l'autre, en le faisant tourner au niveau de la cheville. Agenouillée au pied de l'échelle, Jan fourrait des poignées de papier peint mouillé et lacéré dans une boîte en carton ; au bruit de mes doigts, elle m'a regardé. « Je danse, ai-je dit. De joie. C'est tellement amusant. Quelle heure peut-il bien être ?

– Onze heures dix. » Elle était en jeans et pull noir à col roulé. Jan a la peau blanche et de longs cheveux noirs – ce jour-là, ils étaient attachés sur la nuque avec un ruban ; aussi, sans maquillage, sous l'impitoyable lumière du jour tombant des grandes fenêtres sans rideau dans la pièce vide, elle semblait pâle.

« Onze heures dix, et nous avons commencé à huit heures et demie, ça fait presque trois heures. Chic. Chouette. Putain. On va continuer jusqu'à ce que je parte à l'aéroport. Et on y passera aussi le prochain week-end, probable.

– Je pensais qu'avec ce truc, ça s'en irait sans problème. » Elle a désigné du menton la décolleuse posée en haut de l'échelle, une plaque métallique de trente centimètres de côté pourvue d'une poignée et de trous d'où s'échappait un jet de vapeur, le tout relié par un long tuyau de plastique à un réservoir branché sur une prise de courant.

« Si c'est ce que tu crois, tu te fourres le doigt dans l'œil. C'est dans les pubs télévisées que ça se passe comme ça. » J'ai repris l'appareil, l'ai appuyé sur le mur juste en dessous du plafond et j'ai commencé à le faire glisser de haut en bas, comme si je repassais le papier peint. C'était amusant de voir les couleurs foncer sous l'effet de la vapeur, mais quelle fatigue pour les bras ! Je sentais des petits bouts de papier qui séchaient sur ma figure et je savais qu'il y en avait aussi dans mes cheveux peignés en arrière, plutôt indisciplinés et un peu longs, façon M. Tout le monde. Au fait, je m'appelle Nick Cheyney et j'ai trente ans ; Jan en a vingt-sept. Je suis assez grand, maigre, j'ai des lunettes à monture métallique et l'on dit parfois que mon visage est « amène ». Ce jour-là, je portais un pantalon brun-roux plutôt sale, une chemise rayée effilochée au col et déchirée à l'épaule, et j'étais pieds nus dans les baskets les plus crasseuses et les plus éculées qu'on puisse imaginer.

Jan s'est redressée pour se rendre à la cuisine, le carton plein sur la hanche. Elle l'a ramené vide, tenant d'une seule main les anses de deux chopes pleines de café. Elle a été obligée de laisser la porte ouverte et notre chien Al, un basset tricolore – c'est-à-dire marron-blanc-noir, pas bleu-blanc-rouge –, est entré. Tandis que Jan, les yeux fixés sur nos cafés, se dirigeait vers la banquette installée sous l'une des fenêtres, Al a posé son arrière-train sur quelques spirales de papier peint mouillé pour regarder ce qui se passait et je me suis bien gardé de le trahir. Je lui ai fait un clin d'œil et il a ouvert la gueule pour me sourire, la langue pendante. Je maniais le grattoir à présent, et le papier se transformait en longues banderoles plissées qui tombaient parfois jusqu'au plancher. Jan s'est assise sur la banquette, a posé les chopes sur le rebord intérieur de la fenêtre, s'est retournée et a vu Al qui lui souriait d'un air amical. « Sors d'ici ! » Elle a montré la porte du doigt. « Tu le sais pourtant ! Il y a du papier peint plein la maison ! » Il l'a regardée attentivement, se demandant si elle parlait sérieusement. « Dehors ! A la cuisine ! Ou alors va jouer dans la cour ; il fait beau. » Al s'est levé et a tourné les yeux vers moi, en quête d'un soutien de ma part.

« Il dit que tu violes les droits du chien.

– Il n'a aucun droit aujourd'hui. Allez, ouste ! »

Al est parti à regret et Jan l'a suivi pour refermer la porte. « Al, dépose une plainte à la S.P.A. ! lui ai-je lancé. Je témoignerai en ta faveur. » Prenant le grattoir à deux mains, je me suis activé jusqu'à ce que tout le papier humidifié se soit détaché. « Et voilà. Premier aperçu de la couche numéro trois. » Le papier fraîchement exposé représentait un treillage marron où s'enroulait un lierre vert foncé. Je suis descendu de mon échelle et j'ai ramassé ma chope près de la banquette. « Alors ? Quel style, à ton avis ? Paléo-Horrible ou Atroce tardif ? » On a goûté notre café en contemplant le mur.

« Je ne sais pas vraiment : les années 30 ?

– Dieu du ciel ! Seulement ? S'il nous faut remonter comme ça jusqu'en 1882, quand on aura fini, cette pièce fera trente centimètres de plus de chaque côté. Et nous sucrerons les fraises.

– Je sais, mais c'est intéressant. De voir dans quel cadre les gens vivaient. La plupart sont morts depuis longtemps, je suppose. Tu sais quoi ? Ne te moque pas de moi, parce que je sais que c'est un lieu commun, mais si...

– Si ces papiers peints pouvaient parler ?

– Oui.

– Probable qu'ils nous casseraient les pieds. Ils rabâcheraient que c'était le bon temps. Si j'en crois ma longue expérience des murs, il n'y aurait plus moyen de les faire taire.

– Avec toi, ils n'arriveraient pas à placer un mot. Oh, Nick, je voudrais bien savoir qui a vécu ici ! Quelle femme a choisi ce papier ? Il n'est pas laid, tu sais. A quoi ressemblait celle qui, étendue sur un sofa, contemplait ce papier en comptant combien de fois le motif se répétait. Si seulement il y avait un moyen de le savoir. » Elle a siroté une gorgée de café.

« C'est possible pour ceux qui sont doués d'une sensibilité exceptionnelle. » J'ai fermé les yeux. « Je vois une grande et grosse dame. Avec des yeux méchants en boutons de bottine. Nue comme un ver, ses tatouages obscènes ondulant sous la lumière du gaz, elle a tué son mari ici même.

– C'est peut-être devenu une tradition dans cette maison. Voyons à quoi ressemble la couche d'après.

– Non, c'est de la triche. Il faut enlever tout le papier, dans toute la pièce, avant de regarder le suivant. C'est le même principe – respecté par tous les hommes, ignoré de toutes les femmes – que pour les boîtes de chocolat. Il faut finir la première couche avant de...

– Allons ! Ne boude pas ton plaisir. » Elle a posé sa chope sur le rebord de la fenêtre.

« D'accord. » Encore deux gorgées de café, puis j'ai grimpé à l'échelle et commencé à humidifier la bande ornée de lierre que je venais de découvrir, faisant lentement glisser la décolleuse de haut en bas jusqu'à ce qu'on ne puisse plus distinguer les parties claires du motif vert foncé des feuilles. Un coin du papier s'est détaché et a pendouillé sous le poids de l'eau qui l'imprégnait. J'ai saisi les deux ou trois centimètres de la bande et l'ai décollée doucement du mur, exposant lentement un motif de roses et de feuilles sur fond blanc. « Bon, qu'est-ce que c'est ça ? Style colonial ? Élisabéthain ? Chaucerien ?

– Je l'ignore, Nick, je ne suis pas spécialiste. J'ai seulement un peu lu. Ça date peut-être des années 20. Je dirais... »

Elle s'est tue ; tirant toujours soigneusement sur le papier trempé, je venais d'exposer trois petits arcs assez éloignés l'un de l'autre. Deux ou trois centimètres de haut, d'un rouge beaucoup plus brillant que les couleurs du motif. J'ai détaché le papier jusqu'au bout de la partie humidifiée ; il s'est déchiré et je l'ai jeté par terre ; puis j'ai passé mon pouce sur le haut des petits arcs rouges. La couleur s'est étalée ; j'ai regardé mon doigt, puis Jan. « Du rouge à lèvres.

– Eh bien, continue à décoller le papier, qu'on voie ce que c'est ! »

Juste en dessous du papier que je venais d'exposer, j'ai humidifié une autre bande de trente centimètres de haut. A cet endroit, le lierre était encore recouvert de la couche précédente, mais j'ai continué jusqu'à ce que les deux épaisseurs soient imprégnées. J'ai fait glisser la lame de mon grattoir entre le papier mouillé et le mur et suis parvenu à les arracher ensemble. « Deux couches d'un coup ; les dieux sont avec nous. » Jan n'a pas répondu ; immobile, elle regardait émerger peu à peu un M de trente centimètres de haut, élégamment griffonné au rouge à lèvres sur les roses du papier peint. « M pour meurtre ? Marre ? *Merde* [1] ? ai-je spéculé.

– Nick, *continue* ! »

Penché très à droite de l'échelle, résistant des deux mains au poids de l'appareil, j'ai humidifié aussi loin que possible une double couche de papier à côté du grand M rouge. De nouveau, j'ai décollé le tout à l'aide du grattoir et il s'est avéré que c'était la première lettre d'un *Marion* d'un mètre de long écrit au rouge à lèvres juste sous le haut plafond.

On en est restés muets. On a échangé un regard et un sourire plein d'entrain tandis que je descendais de l'échelle. Jan m'a aidé à la tirer sur la droite – et les montants de vibrer sur le plancher nu – et je suis remonté à toute vitesse. Lorsque j'eus détaché la bande adjacente, Jan et moi avons lu un *Marion Marsh* rouge de près de deux mètres de long dont les caractères penchés faisaient trente centimètres de haut. Le *h* de *Marsh* arrivait juste à l'endroit où la cheminée dépassait du mur et où le papier faisait place aux briques. Je suis descendu pour tirer l'échelle sur la gauche. « C'est un testament ! Ecrit sur le mur ! Et nous sommes les héritiers. Les premiers à le découvrir. Elle a laissé un million...

– Ferme-la, Nick, et grouille-toi. Je meurs d'impatience. »

1. En français dans le texte.

Je me suis empressé de décoller le papier peint en bandes d'un mètre de long sur trente centimètres de large, exposant une seconde ligne d'écriture centrée sous la première : *a habité ici.* Celle d'en dessous était presque au milieu du mur, à portée de Jan, et tandis que j'humidifiais elle manipulait le grattoir, les yeux papillotant d'excitation. *Juin*, pouvait-on lire, *14 juin*, et pendant que mon appareil raclait les briques de la cheminée, Jan a ôté le papier mouillé pour révéler un *1*, puis un *9*, et la date entière, *1926.* Ses mains suivaient mon appareil de si près que la vapeur s'enroulait autour de ses doigts. La ligne suivante disait : *Lisez.* Et la dernière, juste au-dessus de la plinthe – nous étions agenouillés côte à côte, nos doigts voltigeant pour la découvrir : *et pleurez !*

Assis sur nos talons, nous avons levé les yeux. Du plafond au plancher, l'immense phrase rouge couvrait la moitié du mur et Jan l'a lue tout haut d'un bout à l'autre : « Marion Marsh a habité ici, 14 juin 1926. Lisez et pleurez ! » Elle m'a empoigné le bras. « Je vais *pleurer* si nous ne découvrons pas qui a écrit cela ! Nick, il faut que je sache, j'ai absolument *besoin de savoir.*

– Oui. » J'ai hoché la tête en contemplant l'énorme gribouillage. « Je donnerais cher pour savoir. Peut-être que mon père est au courant ; nous lui poserons la question ce soir. Mais regarde-moi ça. Il a bien fallu deux ou trois tubes de rouge à lèvres.

– Au moins. » Jan s'est relevée. « C'est une écriture très originale. Je crois qu'il s'agit de quelqu'un d'intéressant.

– Je te parie que oui. Eh bien, qu'est-ce qu'on fait

avant que je l'efface ? On pourrait prendre une photo, non ? Mon appareil est chargé.

– Oh, non ! Gardons-le. Au moins pour l'atmosphère. Ça fera un merveilleux sujet de conversation.

– " Un sujet de conversation ". » J'ai tiré l'échelle de l'autre côté de la cheminée. « Parfois, je me demande ce qui se passe lorsque les gens font cercle autour d'un sujet de conversation. " Oh, est-ce que ce seau à glace est vraiment taillé dans le crâne de votre belle-mère ? – Oui, je l'ai fait moi-même. Juste avant qu'elle nous quitte. – Ça alors ! " Fin de la conversation. " Ne me dites pas que ce panorama grandeur nature du Cabinet de Travail de Lincoln n'est fait que de plumes ? – Bien sûr que si. Il m'a fallu trois passereaux rien que pour les sourcils de Stanton. – Sans blague ! " Fin de la conversation. Et il y aura encore moins de commentaires à faire là-dessus, ma petite vieille. Qu'en dire ? Il y a de grandes chances pour que personne au monde ne sache plus qui était Marion Marsh ; ces mots sont probablement tout ce qui reste d'elle. Et nous ne trouverons jamais rien de plus. »

Pourtant, si. Pendant le reste de la journée, excepté le petit quart d'heure que nous nous sommes accordé pour manger un sandwich dans la cuisine – Al, soigneux comme il l'est, a liquidé les miettes –, nous avons décollé le papier peint dans l'espoir de voir apparaître d'autres graffiti. En vain, et à quatre heures et demie les roses et les feuillages s'étalaient sur les quatre murs et l'alcôve des fenêtres. Une fois de plus, nous avons contemplé le mur à gauche de la cheminée et relu : *Marion Marsh a habité ici, 14 juin 1926. Lisez et pleurez !* Puis je me suis changé pour aller en voiture à l'aérodrome.

On était début mars, mais un soleil chaud brillait après une semaine pluvieuse et je ne portais qu'un petit pull sans manches sur une chemise sport à col ouvert. La voiture était garée le long du trottoir devant la maison, les roues bloquées en travers ; nous étions à flanc de colline. Ma voiture, c'est ce que j'ai de mieux : un roadster Packard de quarante-six ans que j'ai acheté à moitié restauré, avant mon mariage, et que j'ai fini de remettre en état ; la carrosserie était grise et les roues rayées de bleu marine. Il roulait admirablement et nous nous en servions régulièrement ; c'était notre seul véhicule. Ce jour-là, la capote de toile, balafrée de boue après la pluie, était baissée ; prenant appui sur le marchepied, j'ai enjambé la portière, dont le haut dépassait le toit de certains de ces véhicules que l'on a l'audace d'appeler des automobiles, me suis laissé tomber sur le siège de cuir noir, et j'ai levé les yeux vers nos fenêtres.

Jan, penchée à l'une d'elles, m'a fait au revoir de la main, mais un peu mollement, le dos voûté. Elle était fatiguée, bien sûr, et il lui restait encore à balayer le séjour, préparer le dîner et – la pire des corvées – s'habiller. Jan est une fille timide, pas très douée pour communiquer avec d'autres gens que nos amis les plus intimes. Et il lui avait fallu près de quatre ans pour s'habituer à mon père et le voir avec plaisir. Se sentir en beauté lui donnait un peu d'assurance et, je le savais, elle allait se donner beaucoup de mal pour sa toilette de ce soir.

En descendant la colline de Divisadero, je me sentais plutôt bien : encore excité par l'inscription sur le mur ; content de la besogne abattue dans la journée ;

impatient de retrouver mon père. J'avais l'impression qu'en gros les choses s'amélioraient. Jan et moi étions mariés depuis six ans et, même si nous étions heureux, nous avions parfois des problèmes ; quel couple n'en a pas au bout d'un certain temps ? Mais nous étions maintenant installés dans un nouvel appartement, le plus beau que nous ayons jamais eu. Il y avait encore beaucoup de travail à faire, y compris changer l'équipement de la salle de bains, que le propriétaire voulait bien acheter à condition que ce soit moi qui l'installe. Mais j'aimais m'occuper ainsi, même décoller du papier peint, et Jan aussi. Nous nous affairions, nous faisions des plans, et c'était agréable. Parfois je me dis qu'on a tous besoin, à un moment ou un autre, de prendre un nouveau départ.

L'aéroport grouille toujours de monde, mais à cette heure-là et à cette époque de l'année, c'était supportable ; et l'avion n'avait pas de retard. Nous avons échangé quelques nouvelles pendant le trajet et sommes arrivés à la maison à six heures et demie. Nous n'avions pas grand-chose à dire : nous nous écrivions deux fois par mois environ, plus un coup de téléphone le soir, parfois. Nous nous entendons très bien mon père et moi ; ma mère est morte.

Quand nous avons viré dans notre pâté de maisons, le crépuscule avait envahi les rues, mais il y avait encore beaucoup de lumière dans le ciel. La ville se déployait en tons pastel et blancs au pied de notre colline, chaque bâtiment se découpant nettement dans l'air lavé par la pluie. Le brouillard envahissait la baie et les lumières orange du pont étaient allumées. C'était la bonne heure pour arriver.

Mon père est descendu de voiture, sans chapeau, la cravate encore sur l'épaule – j'avais laissé la capote baissée –, et il est resté dans la rue à contempler la maison pendant que je sortais son sac du coffre. Les fenêtres de notre salle de séjour n'étaient pas éclairées, mais j'ai cru apercevoir la tache floue du visage de Jan. Notre ressemblance l'avait toujours fascinée et elle était encore en train de nous comparer : nous avons la même taille, et la même maigreur. Il est chauve et son visage a trente ans de plus que le mien, mais je suis bien Nick Junior. C'est un homme intelligent, et rien qu'à ses yeux, on devine qu'il a de l'humour. Comme je le regardais en prenant son sac et en refermant le coffre, il a levé le menton en direction de la maison. « C'est bon de la revoir. » Puis il a secoué la tête. « Et surprenant. »

Comme toutes les autres de ce côté de la rue, elle est perchée sur une corniche et il faut pour l'atteindre monter une longue volée de marches en béton avant d'arriver à l'escalier de bois du perron. Nous en avions gravi la moitié lorsque la fenêtre du milieu s'est ouverte en grinçant. Jan s'est penchée pour nous héler ; Papa lui a fait un grand sourire et l'a saluée de la main. Une fois sur le perron, je n'ai pas été mécontent de poser son sac un moment, et on est restés là à regarder la cité et la Baie qui se couvraient rapidement de brume. « La dernière fois que je me suis arrêté ici, a dit mon père, on voyait encore quelques bateaux à voile ancrés là-bas. » Il s'est retourné vers les fenêtres du rez-de-chaussée, maintenant à notre niveau, mais les rideaux étaient tirés – des gens y habitaient – et il n'a pas pu jeter un coup d'œil dans son ancien logement.

Jan, ravissante en robe orange, nous attendait en haut des marches en compagnie d'Al qui s'est mis à aboyer dès que la porte du bas s'est ouverte. Je lui ai ordonné de se taire, menaçant de le livrer aux vivisectionnistes, et il m'a regardé d'un œil vif, les oreilles dressées, se demandant si « vivisection » était quelque chose qui se mangeait. Papa lui a parlé, Al a reconnu en lui un ami et le lui a exprimé avec sa queue ; tout ce qu'il voulait, c'était montrer à qui appartenait la maison, au cas où l'étranger qui débarquait aurait des doutes. Nous étions à mi-chemin lorsque Jan s'est précipitée à la rencontre de mon père, intimidée – j'ai vu son visage s'empourprer – mais émue. Papa sait mettre les gens à l'aise ; je l'ai vu faire cela toute ma vie. Il a pris Jan par la taille, l'a embrassée, lui a dit bonjour et l'a aidée à gravir les marches ; quant à moi, je lui ai pincé les fesses. Il aimait bien Jan, sincèrement, et j'étais sûr qu'elle se sentait à l'aise maintenant. « Je meurs d'envie de vous poser une question ! a-t-elle dit. Savez-vous... » Comme elle se retournait sur le palier, elle a vu que je la menaçais de la main – *Ne le dis pas !* – et s'est tue.

« Quoi ? » Il lui a souri, puis s'est penché pour caresser Al.

« Si la maison a changé. Comment était-elle, avant ?

– J'ai l'impression de l'avoir quittée il y a un mois. Ça peut paraître idiot de prendre l'avion et de venir passer une soirée ici rien que pour la revoir. Je suis stupéfait que vous vous soyez installés là. »

J'ai posé le sac de mon père au pied du portemanteau et je me suis faufilé pour les dépasser et entrer le premier dans le séjour pendant que Jan disait : « On en est tombés amoureux au premier coup d'œil. Et quand on a appris que l'appartement du haut était vide... » Elle a haussé les épaules en souriant.

« Entrez, ai-je lancé. Admirez la vue avant que j'allume. » Ils se sont avancés jusqu'aux grandes baies. Les réverbères éclairaient faiblement la pièce et l'on voyait la ville, à présent illuminée, se déployer depuis les cimes irrégulières jusqu'aux rives de la Baie. Nick Senior et Jan se tenaient devant la fenêtre, et moi juste derrière eux. « On va laisser les meubles dans la cave jusqu'à ce que la pièce soit terminée », ai-je dit sur le ton de la conversation, et Jan m'a jeté un coup d'œil en percevant la fausse désinvolture d'une remarque préparée à l'avance. « On n'a pas encore fini de décoller l'ancien papier peint ; c'est un sacré travail. » Plongé dans la contemplation de l'immense panorama, le comparant, je suppose, avec ce qu'il avait vu autrefois, mon père n'a pas répondu. Je me suis dirigé vers l'interrupteur mural à côté de la porte donnant dans le vestibule et, après un instant d'hésitation, les yeux fixés sur le dos de mon père, j'ai allumé le lustre ; Papa et Jan se sont retournés en clignant des yeux. « Et regarde ce que nous avons découvert ce matin », ai-je jeté comme en passant, et il a tourné la tête vers l'endroit que je lui indiquais.

« Bon Dieu ! » s'est-il exclamé doucement en tombant en arrêt devant l'énorme inscription qui s'étalait en rouge sur le mur.

J'ai repris la parole d'une voix tendue ; en un instant, j'étais redevenu un petit garçon effrayé d'avoir été trop hardi avec son père. « Tu l'as connue, Papa ? »

Une seconde ou deux se sont écoulées, puis il s'est

retourné brusquement vers la fenêtre. « Si je l'ai connue ! s'exclama-t-il. Oui, j'ai connu Marion Marsh. Oh, oui ! » Il a pivoté sur ses talons pour regarder de nouveau la phrase sur le mur. Puis il s'est avancé, les mains levées comme pour la toucher, mais sans aller au bout de son geste. Il s'est arrêté devant, puis, gardant le dos tourné, a déclaré : « Pendant qu'elle écrivait cela, j'étais ici avec elle. » Il a secoué pensivement la tête. « J'avais vingt ans. » Il est resté un moment à contempler les lettres. « Vous savez comment elle a fait pour écrire ça tout là-haut ? » Il a fait demi-tour et nous a souri. « Elle est montée sur le dossier du canapé. En talons hauts. Elle savait que j'avais peur qu'elle tombe. J'étais prêt à la rattraper, mais elle a simplement basculé, là. Elle était probablement ivre, mais peut-être pas ; ce n'était pas facile à dire, avec elle. Quand on pensait qu'elle l'était, on avait tout faux. Et quand on la croyait à jeun, elle était pétée à mort. » Il s'est retourné pour contempler encore le mur en secouant lentement la tête, incrédule et stupéfait. « Et c'est toujours là. *Toujours là ;* je n'arrive pas à y croire. »

Jan a dit : « Il faut que j'aille à la cuisine ; il y a quelque chose sur le feu. Vous venez avec moi, d'accord ? Tous les deux. Je ne veux pas manquer une seule de vos paroles. »

La cuisine était juste assez grande pour accueillir une grande table ronde en bois, maintenant recouverte d'une nappe à carreaux bleus et blancs sur laquelle étaient disposés trois belles assiettes en porcelaine et des verres à pied bleus. Autour, quatre chaises en bois à l'ancienne que Jan avait laquées de couleurs différentes, les quatre barreaux de leur dossier rappelant chacune d'elles. Il y avait aussi un vieux fourneau à gaz noir où le mot WEDGEWOOD se détachait en lettres bleues sur la porte blanche émaillée du four. La paillasse en bois du vieil évier était fendue ; il faudrait que je m'en occupe. Le réfrigérateur, lui, était neuf, ainsi que les deux surfaces de travail en Formica avec des placards en dessous, et il y avait un vaste garde-manger de plain-pied. Jan s'est postée devant le fourneau, une cuillère à chaque main, une grande en bois et une ancienne, protégée par un tablier plus long que sa jupe – elle a de très belles jambes, qui m'intéressent toujours énormément. J'ai mis Al dans la cour avec son dîner et, nos chaises inclinées en arrière, nous avons, Papa et moi, siroté nos apéritifs.

« Pourquoi a-t-elle écrit cela ? disait-il à Jan. Je n'en sais rien ; sur un coup de tête. Elle était comme ça tout le temps. Elle avait brusquement décidé de partir pour Hollywood, après avoir figuré dans deux ou trois films. Sa première apparition, dans une scène de foule, n'avait pas survécu au montage. Mais après le troisième, elle s'était mis dans la tête qu'elle ferait une carrière dans le cinéma. » Il a haussé les épaules. « Et bon Dieu, cela aurait pu marcher ; elle avait du talent. Il y avait de bons théâtres ici, à l'époque, et je l'ai vue jouer un certain de nombre de fois. Au vieil Alcazar. » Il a hoché la tête. « Elle était rudement bonne. » Il a trempé les lèvres dans son verre.

« Je ne devrais peut-être pas vous demander si... » Jan s'est interrompue, rougissante.

Il a souri. « Et moi, je ne devrais peut-être pas vous répondre. » Il a levé son verre vers la lumière. « Mais deux verres dans le nez, le plaisir d'être ici et le choc de revoir l'écriture de Marion sur ce mur... ça ne pose pas de problème. Je croyais l'être. Amoureux d'elle. C'est à cela que vous pensiez, n'est-ce pas ? » Jan a opiné, le visage de plus en plus empourpré, et repoussé nerveusement ses cheveux en arrière. « Oui, je croyais l'aimer, et elle croyait m'aimer. En fait, nous avions même parlé mariage. » Il m'a adressé un grand sourire. « Si nous étions allés jusque-là, tu ne serais pas là, hein ? Ce serait bien fait pour toi, tu n'avais qu'à ne pas ressortir ce truc, dans la salle de séjour.

– Oh, je serais là tout de même. Tu n'aurais pas pu m'en empêcher. Mais je suppose que je ressemblerais un peu plus à Jean Harlow ; c'est comme ça que je me représente Marion Marsh, en tout cas. » Comme beaucoup de gens, je m'intéresse aux vieux films ; j'en fais même collection, à petite échelle. Aussi cette histoire me fascinait.

« Non, elle n'était pas d'une beauté extraordinaire. Assez jolie, tout de même ; je ne sais pas. On ne pensait pas à ça quand on la voyait. Elle avait un an de plus que moi, vous savez. » Jan avait commencé à servir et nous nous sommes levés pour l'aider à apporter les plats.

On s'est mis à table. Jan m'a dit de brancher la cafetière électrique, ce que j'ai fait. Ensuite, j'ai servi le vin ; Papa en a pris une gorgée et m'a souri avec un hochement de tête de connaisseur, puis il a goûté ce qu'il y avait dans son assiette et a adressé des compliments à Jan. Quand tout ce rituel eut pris fin, Jan s'est penchée vers lui et, carrément, comme quelqu'un qui surmonte sa timidité, elle a lâché : « Pourquoi ? Pourquoi n'êtes-vous pas allés jusqu'au bout ? Je veux dire, pourquoi ne l'avez-vous pas épousée ?

– Je ne voulais pas tout abandonner, faire mes valises et m'installer à Hollywood avec elle. » Son visage s'est soudain empourpré à l'évocation d'une vieille dispute. « Qu'est-ce que *moi* j'aurais été faire là-bas ? Le cinéma n'avait pas besoin de moi, ni moi de lui ! Cela ne tenait pas debout. Et je le pense toujours. » Fronçant les sourcils, il m'a regardé d'un air gêné, puis s'est octroyé une gorgée de vin. « Et bien sûr je m'en réjouis. *Infiniment* », a-t-il ajouté d'un air convaincu, comme si j'avais eu l'intention de le démentir, « car sinon, je n'aurais jamais rencontré ta mère. » Il s'est mis à couper sa viande, les yeux fixés sur son assiette. « Nous en avons longuement discuté. Je n'avais pas envie qu'elle parte, mais je comprenais ses raisons. Le petit rôle qu'elle tenait dans son deuxième film avait attiré l'attention sur elle. Avant même qu'il soit distribué en salle, il lui avait valu un rôle intéressant dans un troisième. Elle voulait continuer à travailler ici ; elle y gagnait sa vie et s'était déjà fait un nom. Elle irait à Hollywood pour un tournage de deux ou trois jours peut-être, puis elle rentrerait. Mais ce rôle s'est avéré plus important et plus long que prévu et elle a dû rester là-bas ; et puis, brusquement, elle a décidé que le cinéma était sa véritable carrière et, un week-end, elle est revenue me chercher. Mais je ne voulais pas partir. Au bout d'un moment, elle s'est mise à pleurer. Puis elle a commencé à m'injurier, et je vous prie de croire qu'elle s'y connaissait en insultes. Enfin elle s'est levée d'un bond, a couru à la fenêtre du milieu... » Il a redressé la tête avec un grand sourire.

« ... et l'a ouverte. Elle voulait m'effrayer, me faire croire qu'elle allait sauter. Mais je la connaissais trop bien. Elle aurait été la dernière au monde à faire une chose pareille. Je suis resté assis, hilare. Alors, elle s'est agenouillée sur la banquette, s'est penchée et a regardé la ville comme si elle avait eu l'intention de faire cela depuis le début. C'était une belle journée froide et ensoleillée, je m'en souviens ; le genre de temps qu'on devrait importer à Chicago. Et elle a dit qu'elle adorait ce panorama. Qu'elle adorait cet appartement. Et qu'elle m'aimait. Mais bon Dieu, elle allait partir quand même pour Hollywood ! Je n'ai rien répondu. Alors elle a rentré la tête, s'est retournée vers moi et m'a regardé pendant une minute. “ Un jour, tu te vanteras de m'avoir connue, espèce de salaud ”, m'a-t-elle dit. Et elle avait drôlement raison, n'est-ce pas ? Puis la voilà qui s'emporte et crie : “ Et tout le monde saura que j'ai vécu dans cette maison ! ” Elle saute de la banquette, traverse la pièce en courant et grimpe sur le dossier du canapé. Elle essayait encore de me punir en se mettant en danger, vous comprenez. Et voulait, je pense, se prouver que je tenais toujours à elle. Enfin, j'ai réagi comme elle s'y attendait. Cette fois, je me suis levé d'un bond et précipité vers le canapé parce qu'elle aurait vraiment pu tomber. Alors, debout sur le dossier, elle s'est mise à écrire sur le mur avec son rouge à lèvres. Elle portait une jupe courte, et savait que j'étais là, à la regarder. » Papa souriait, la fourchette à la main, le regard perdu, loin de nous et de la cuisine. « “ Marion Marsh a habité ici ”, écrit-elle, et elle me jette un coup d'œil par-dessus son épaule. Puis – elle était dingue, cette fille – elle dit, ou plutôt murmure : “ Attrape-moi, Nick ”, et sans autre avertissement, elle se laisse tomber en arrière. »

Il nous a regardés, d'abord Jan, puis moi, toujours avec le sourire. « Eh bien, je l'ai rattrapée. Bon Dieu, j'ai failli me casser le dos, mais je l'ai rattrapée, bien sûr. J'ai maintenant soixante-sept ans et ça peut vous paraître bizarre, mais je me souviens dans les moindres détails de la manière dont cette cinglée est tombée dans mes bras. Avec tout le respect que je dois à la mémoire de ta mère, mon garçon. Elle m'a souri, toute douceur et toute lumière, a levé la tête pour m'embrasser et sauté sur le sol en disant : “ Ecarte ce fichu canapé du mur, espèce d'imbécile ”, sauf qu'elle n'a pas dit “ fichu ” ni “ imbécile ”. Et elle a écrit le reste de ce que vous avez lu. »

Je l'ai regardé avec étonnement. Mon père avait une expression qui le rendait plus jeune que moi de dix ans. « Si elle était restée à San Francisco, tu l'aurais épousée, n'est-ce pas ? » Ce n'était pas vraiment une question que je lui posais là.

« Je ne sais pas. Comment te répondre ? Je n'avais pas encore rencontré ta mère. Je n'ai pas envie de parler de ça. » Il est resté silencieux un moment, puis a ajouté : « Mais je dirais que pour la plupart des femmes, Marion Marsh était une terrible rivale.

– Je suis ravie qu'elle ait vécu ici, a dit Jan. Chez nous. Oh, je suis si *contente* que vous nous l'ayez dit ! » Elle a reculé sa chaise et s'est levée d'un bond. « Il faut que j'aille revoir le mur ! » Jan a emporté sa tasse de café dans le séjour, et nous l'avons suivie avec les nôtres.

Nous sommes restés debout à siroter notre café sous la lumière crue des ampoules du plafond tout en regardant l'envahissant message rouge surgi du passé. Ma voix a résonné dans la pièce vide lorsque j'ai dit : « Je n'ai jamais entendu mentionner son nom. Elle n'a pas réussi à Hollywood ?

– Elle n'y est jamais retournée. » Il a avalé une gorgée de café, puis nous a regardés. « Dans presque tous les livres et tous les films sur les années 20, il y a toujours la même scène : une bande de fêtards foncent à toute allure sur une route de campagne dans une voiture découverte en brandissant des bouteilles ; on chante, on crie, et on s'amuse dans l'euphorie de l'alcool. Eh bien, ça se passait vraiment comme ça. Il m'est arrivé de me retrouver dans ce genre d'équipée. Et c'est ce que Marion a fait elle aussi la veille de son départ pour Hollywood. Je n'étais pas là ; elle était furieuse contre moi et je n'avais pas été invité. La voiture s'est retournée, il y a eu plusieurs blessés et un mort – elle. » Jan a grimacé en émettant un bruit involontaire de protestation et j'ai froncé les sourcils. « C'était ... passé Marin County. Sur une petite route près de Ross. Il a fallu refilmer les deux ou trois scènes qu'elle avait tournées. Avec une autre actrice alors inconnue, Joan Crawford, rien que ça. Marion n'a même pas vu le premier film où elle apparaissait. Il a été distribué un mois après sa mort. »

Au bout d'un moment, Jan a glissé : « Mais vous, vous l'avez vu, n'est-ce pas ?

– Bien entendu. Il s'appelait *Flaming Flappers* [1]. »

1. Le mot *flapper,* dont l'un des sens est : jeune fille délurée, connut une grande vogue en 1920 avec la publication du recueil de nouvelles de Fitzgerald intitulé : *Flappers and Philosophers.* On peut approximativement traduire *Flaming Flappers* par : *Des filles drôlement délurées. (N.d.T.)*

Il a pincé les lèvres. « Je regrette, mais c'est son titre. Je l'ai vu plus d'une fois, je peux vous l'assurer, et je me suis rarement senti aussi mal de ma vie. Parce qu'en le voyant, j'ai compris que Marion avait raison. Elle aurait certainement fait carrière dans le cinéma, peut-être une grande carrière. Elle n'était pas spécialement belle, mais elle avait plus de vitalité et de... magnétisme animal, pourrait-on dire, que toutes les femmes que j'ai jamais connues. Quand elle entrait quelque part, n'importe où, on s'en apercevait. Je n'étais pas le seul à éprouver cela, tout le monde y était sensible. Et quand elle quittait la pièce, on le savait aussi, un peu comme si la lumière avait baissé. Eh bien, cette présence passait à l'écran. Sauf une apparition ultrabrève, tout à la fin, si brève que cela ne comptait pas, elle ne figurait que dans une scène. Lors d'une réception, on la voyait parler à un groupe d'admirateurs. C'est tout ; une demi-minute, peut-être moins. Mais cela lui avait valu un vrai rôle dans un autre film ; celui qu'a fini par obtenir Joan Crawford et qui a démarré sa carrière. J'ai souvent pensé que c'est Marion qui aurait dû l'avoir, cette carrière. Parce qu'elle exerçait sur le spectateur ce charme et ce pouvoir que seules possèdent quelques grandes stars ; celles qu'on n'oubliera jamais, les Garbo, les Crawford, les Bette Davis. La gloire l'attendait, ça oui. » Il a bu une gorgée de café puis a regardé le mur. « " Lisez et pleurez ! " » a-t-il murmuré, et il a hoché la tête. « Elle avait raison sur toute la ligne ce jour-là, n'est-ce pas ? »

2

Deux semaines plus tard, l'appartement avait assez fière allure ; nous avions passé nos soirées et nos week-ends à peindre. On a pendu la crémaillère et le mur de Marion a constitué le clou de la fête. Parmi nos dix-neuf invités, beaucoup étaient d'anciens camarades de l'université de Berkeley ; c'est là que nous nous étions rencontrés, Jan et moi. Il y avait aussi des collègues de bureau de la Crown Zellerbach Company, sur Market Street. Plus le couple du rez-de-chaussée, les Platt ; Jan avait fait la connaissance de Myrtle Platt en allant chercher le courrier dans la boîte aux lettres. C'était une femme au foyer enjouée et un peu forte qui, lorsqu'on lui eut parlé du mur – la première chose que tout invité devait apprendre, naturellement –, redescendit chez elle et revint avec un beau livre grand format, une histoire illustrée du cinéma que je connaissais mais n'avais pu m'offrir. Tout le monde s'est rassemblé autour du volume ouvert sur la table que Jan avait poussée contre un mur, couverte d'une nappe et chargée de tout ce qu'il fallait pour combler notre soif. Myrtle l'a feuilleté à la recherche d'une photo de plateau de *Flaming Flappers*. Mais en vain ; le nom du film n'y figurait même pas.

« Ce film n'existe pas », a dit Ellis Pascoe, l'un de mes anciens professeurs d'université ; cet homme mince et barbu m'avait avoué à plusieurs reprises qu'il rêvait d'enseigner à Oxford. « Jan, vous n'avez pas reconnu l'écriture déguisée de Nick ? Moi si, après toutes les copies que cette moitié d'analphabète m'a obligé à lire. Il vous a fait marcher ; il a écrit ça pour ne pas avoir à décoller le reste du papier peint. »

Verres en main, les yeux fixés sur le mur de Marion, nos invités ont imaginé ce qui apparaîtrait si l'on arrachait les autres couches de papier peint des Cheyney : sur le mur le plus grand, un gigantesque X, autographe de King Kong ; l'aveu par Walt Disney des extravagances sexuelles de Mickey Mouse. Mais la grande inscription rouge ne pouvait pas être exorcisée à coups de plaisanteries, elle gardait son mystère et chacun de nous se surprit à un moment ou un autre de la soirée à contempler le mur de Marion. Quand nos invités furent partis, pendant que Jan faisait la vaisselle et que je donnais à Al un petit casse-croûte de minuit avant de le renvoyer à sa niche dans la cour, nous avons décidé qu'il n'était pas question d'effacer le message de Marion ; il était devenu le clou de la maison.

Le printemps est arrivé ; nous avons passé notre dernier week-end de ski à Sugar Bowl en mars, et le suivant, une camarade d'études de Jan nous a invités chez ses parents à Tahoe où nous avons fait du ski nautique. A San Francisco, il y a un merveilleux night-club, l'Earthquake McGoon's, où l'on peut entendre du bon vieux jazz et qui organise deux ou trois fois par an un festival de cinéma dans une minuscule ville de Californie appelée Volcano. La plupart des invités sont des amis et des clients – on fait partie du nombre – et seule une fièvre de cheval pourrait me faire manquer ça : d'anciens chefs-d'œuvre de la collection du Dr James Causey dont j'aimerais posséder ne serait-ce que les chutes. Nous y sommes donc allés ; nous avons vu aussi quelques nouveaux films, une pièce montée par l'A.C.T., et lu quelques livres. Nous avons rencontré des amis, chez nous ou chez eux. Un week-end, nous sommes partis à six pour une randonnée à bicyclette dans Golden Gate Park. Et le jour de mon anniversaire, en mai, Jan m'a offert un long métrage en 8 mm, *Le Signe de Zorro* [1], avec Douglas Fairbanks. Elle l'a payé 55 $ 98 chez Blackhawk Films, bien plus qu'elle n'était censée dépenser pour mon cadeau, mais ça n'a pas gâché mon plaisir.

L'été est arrivé et nous avons commencé à parler de ce que nous ferions pendant mes trois semaines de vacances en juillet, mais nous n'avons rien trouvé de follement amusant pour le prix – pratiquement rien – que nous comptions y mettre. Nous avions passé dix jours à Tahoe l'été dernier, et autant à New York l'année d'avant, aussi cela nous était égal de ne rien faire de spécial cette fois-ci. Nous avons passé quelques week-ends en bateau à voile sur la Baie avec des amis et parlé d'en acheter un tout en sachant que c'était impossible. J'ai terminé les peintures et installé un nouveau silencieux sur la Packard. Et entre toutes ces réjouissances, j'étais au bureau de neuf heures à dix-sept heures quinze, cinq jours par semaine, sauf ceux de l'anniversaire de Lincoln et de Washington.

Un soir de la mi-juin, en rentrant du travail, je suis

1. *The Mark of Zorro* de Fred Niblo, 1920. *(N.d.T.)*

comme d'habitude descendu du bus à deux pâtés de maisons de chez nous. De là, ça monte presque sans arrêt et il avait fait chaud toute la journée, vingt-cinq degrés minimum, un temps magnifique, aussi ai-je ôté ma veste ; les premières brumes envahissaient la Baie et la température commençait tout juste à descendre. A mesure que je gravissais la colline de Buena Vista, la veste sur l'épaule, la cité se déployait peu à peu sous mes yeux et, comme presque chaque soir, je me délectais de ses couleurs pastel. De la beauté de la Baie, des collines et des montagnes qui l'entouraient, et de voir qu'il restait encore pas mal de quartiers de l'ancien San Francisco. Les spéculateurs détruisaient la ville aussi vite que possible et bouchaient les anciens points de vue avec des constructions de plus en plus hautes – glorifiées par le maire, approuvées par les conseillers municipaux – et la pollution de la Baie ne faisait qu'empirer. Mais il restait encore beaucoup de belles choses à démolir avant que San Francisco ne se transforme en Manhattan ou en Milwaukee, des choses qu'il faisait bon voir en attendant. En enfant des grandes plaines du Midwest, j'appréciais cet endroit, et j'y vivais depuis assez longtemps pour m'y sentir chez moi.

Une fois arrivé sur le perron, un peu essoufflé par l'escalier, je me suis dit, comme à l'accoutumée, que je devrais me mettre au jogging. Et je me suis arrêté pour contempler une dernière fois la cité, m'attendant à éprouver le même plaisir. Mais de façon perverse, sans aucune raison, une profonde déprime l'a balayé. Cela m'était déjà arrivé et je connaissais bien la série de réflexions qui accompagnait presque automatiquement ce sentiment. L'idée même de ces pensées m'a accablé et j'ai repoussé les plus graves, les grands problèmes nationaux et internationaux dont nous sommes tous las. Ensuite, comme d'habitude, je me suis dit que cela ferait bientôt cinq ans que j'exerçais une activité qui n'aurait dû être qu'un bouche-trou entre l'université et la profession, quelle qu'elle soit, que je voudrais vraiment exercer lorsque je l'aurais trouvée. Idée suivie de celle, encore plus démoralisante, que mon emploi actuel – pas désagréable, et dont je m'acquittais relativement bien, mais qui n'avait aucun rapport avec ma personnalité – pourrait devenir permanent. Un jour, chose incroyable, j'allais me retrouver à la retraite après avoir travaillé toute ma vie chez Crown Zellerbach. Puis venait l'idée agaçante qu'il était peut-être temps, pour Jan et moi, d'avoir des enfants. Nous le souhaitions sincèrement ; j'aime les enfants, Jan aussi, et nous en aurions, mais comme beaucoup de gens nous avions décidé de nous offrir d'abord quelques années d'insouciance et je n'étais pas encore prêt à dire que je les avais eues. Suivaient d'autres réflexions tout aussi banales et ennuyeuses ; l'enchaînement était devenu machinal et j'étais là, l'esprit tournant au ralenti, à regarder fixement la ville – des centaines de fenêtres reflétaient l'orange étincelant du soleil couchant –, lorsque j'ai entendu une fenêtre s'ouvrir en grinçant au-dessus du perron. « Nick ?

– Non, il travaille tard ce soir. Je suis votre voisin, Victor le Violeur. Ouvrez, madame ; c'est votre tour.

– Qu'est-ce que tu *fabriques* ?

– Je me tiens en équilibre sur un pied. J'essaie de battre le record du monde de...

– Dépêche-toi, Nick ! J'ai quelque chose à te montrer !

– D'accord. » Je me suis tourné vers la porte et j'ai sorti ma clef, mais avant que j'aie eu le temps de m'en servir, Jan a descendu bruyamment les marches et m'a ouvert, tout excitée ; elle portait un pull gris et un pantalon achetés chez I. Magnin avec le chèque-cadeau que sa mère lui avait offert pour Noël. Elle tenait à la main un petit magazine, *TV Guide,* un doigt glissé entre deux pages. Sans un mot, elle me l'a ouvert sous le nez, les yeux pétillants.

Mardi soir, 14 juin, pouvait-on lire en haut de la page, et j'ai vu que l'ongle verni de Jan soulignait le petit motif en forme d'écran de télévision sur lequel un 9 était imprimé en blanc. La date était celle d'aujourd'hui ; la 9, c'était la chaîne de télévision publique de la Baie. J'ai pris le magazine et, tout en montant l'escalier derrière Jan, j'ai déchiffré la rubrique : *21 h 30, LE JOUET DEVENU UN ART. " Flaming Flappers ", film muet des années 20 avec Richard Abel et Blanche Purvell : jeunesse dorée, alcool et virées en voiture. Accompagnement au piano d'après la partition originale de Mabel Orway.*

Arrivé en haut des marches, j'ai souri et dit : « Mon petit, sans t'en rendre compte tu viens probablement de me sauver la vie. » J'ai embrassé Jan en toute sincérité, et elle a rougi. « Comment diable vais-je faire pour tenir jusqu'à vingt et une heures trente ? »

A vingt et une heures vingt-huit, j'ai allumé la télévision dans le séjour, je l'ai réglée sur la 9 et suis resté debout à attendre le son et l'image ; Jan s'est installée sur le canapé et Al, plus ou moins sonné, comme il l'est généralement après son repas du soir, s'est couché sur la carpette à ses pieds. Le son est arrivé en premier, de la musique qui a couvert une voix d'homme et est allée crescendo tandis que la voix s'estompait. Puis l'image a envahi lentement l'écran, par vagues ; je l'ai réglée, les ondulations ont diminué, puis cessé. Deux hommes étaient assis l'un en face de l'autre dans des coques de plastique ; l'un écoutait et hochait doucement la tête, les lèvres de l'autre bougeaient en silence car la musique étouffait complètement sa voix. L'image s'est amenuisée à mesure que la caméra reculait ; ils continuaient à parler et l'un d'eux a ri, la tête renversée en arrière, comme s'ils étaient pris par leur entretien au point de ne pas s'apercevoir que leur temps d'antenne était terminé.

Je me suis assis sur le canapé et nous avons regardé le logo de la chaîne apparaître en majuscules sur l'écran. Pendant un certain temps, peut-être une vingtaine de secondes, il est resté là dans un silence que troublait seul le bourdonnement de l'appareil. « Voilà des émissions qui ont de la classe ; pas de publicité », ai-je commenté. Je me suis installé confortablement, j'ai étendu les jambes et posé sur Al mes pieds chaussés de mules avachies ; il était exactement au bon endroit. Il a levé la tête pour regarder mes pieds, puis mon visage. On pouvait lire ses pensées ; il se demandait ce qui serait le moins désagréable : faire l'effort de se lever et de s'installer plus loin, ou supporter mes pieds. Il a réfléchi, puis reposé la tête sur ses pattes en soupirant. « C'est cela être le chien de la maison, Al. Tu ne peux pas te contenter d'aboyer à tort et à travers. Il faut que tu gagnes ta boîte quotidienne de nourriture pour chien à soixante-dix-neuf *cents* ; on n'a rien pour rien dans la vie. » En un suprême effort, il a donné deux coups de queue au parquet et j'ai ôté mes pieds. Le logo s'est effacé, remplacé par le titre de l'émission : LE JOUET DEVENU UN ART, en surimpression sur la silhouette immobile de Charlie Chaplin, avec en musique de fond le martèlement métallique d'un piano de cinéma à cinq sous. Un jeune homme élégant, en costume trois-pièces et nœud papillon, a surgi devant une toile peinte représentant le guichet d'un cinéma. Il a discouru agréablement, l'air de quelqu'un ayant une certaine autorité en la matière, sur les films des années folles... le baratin habituel. « Tu vois ce sourire légèrement amusé ? C'est pour montrer qu'il sait bien que les vieux films sont un peu ridicules. Mais note la voix mesurée, le ton érudit : on ne peut pas dire qu'il les traite à la légère.

– Qu'est-ce que tu as ce soir ?

– Je suis Samuel Johnson, mon esprit est un scalpel ; je ne me laisse pas duper par les apparences. La vérité, c'est que si ridicule que cela paraisse, je suis dans tous mes états.

– Moi aussi. »

L'écran est devenu noir, puis – Jan a frétillé des épaules de jubilation – le titre du film est apparu en lettres blanches sur un fond plus gris que noir : *Flaming Flappers*, et en dessous, dans le même italique mince et élégant de l'époque : *A Paramount Picture*. L'accompagnement au piano, qui ne sonnait plus comme ceux des cinémas d'antan, Dieu merci, est devenu plus discret, bruit de fond presque imperceptible qui faisait pourtant toute la différence : nous étions à une autre époque, longtemps avant que les films soient sonorisés. Un générique plutôt bref a défilé. L'écran, redevenu momentanément noir, s'est éclairé pour révéler une énorme automobile conduite par un chauffeur qui, après avoir franchi de hautes grilles en fer forgé, s'engageait dans une allée circulaire de graviers blancs ; Jan m'a serré le bras. « Je n'arrive pas à y croire. C'est insoutenable. Nous allons vraiment voir Marion Marsh ! »

La voiture a ralenti, puis s'est arrêtée devant les marches de pierre, larges et basses, d'une grande demeure. Je me suis penché pour mieux voir le bouchon du radiateur. Pierce Arrow. Un sous-titre est apparu : *Une somptueuse propriété de Long Island.* Le chauffeur a ouvert la portière et aidé une femme âgée à descendre ; elle portait un face-à-main, une robe longue et un chapeau cloche. « On dirait qu'elle a un gâteau sur la tête », a dit Jan.

La scène suivante se passait dans une très grande salle – tapisseries et épées croisées sur les murs – dont les portes-fenêtres ouvertes donnaient sur une terrasse pourvue d'une grande balustrade de pierre ; à l'arrière-plan, une immense pelouse. Impossible de dire si elle était vraie ou s'il s'agissait d'une toile de fond. La vieille dame au lorgnon est entrée dans la pièce et une jeune femme qui arrivait de la terrasse s'est avancée à sa rencontre ; j'ai reconnu Blanche Purvell, la vedette du film. Contrairement à la robe de la femme plus âgée, la sienne était sans manches et s'arrêtait aux genoux. « Belles jambes », ai-je apprécié, et j'ai ricané lorsque Jan m'a jeté un coup d'œil.

L'argument s'est développé rapidement : Blanche Purvell était une riche héritière amoureuse d'un jeune homme pauvre de la ville voisine, sentiment qui déplaisait fortement à sa mère, la femme au lorgnon. L'amoureux en chemise blanche, cravate et pull, coiffé d'une casquette en toile à longue visière, venait livrer de l'épicerie. Aidé par une femme mûre habillée en domestique, il vidait son panier en osier et disposait les paquets sur une table en bois, dans une cuisine curieusement démodée où la jeune fille entrait par hasard. Ils se sont souri amoureusement pendant que la cuisinière regardait ailleurs, puis sont sortis par la porte de derrière et ont traversé une pelouse où se dressaient deux courts de tennis occupés par des jeunes gens en train de jouer. Je me suis demandé où cela avait été filmé et ce qu'il pouvait bien y avoir là aujourd'hui : une autoroute, sans doute ; ou un centre commercial avec un immense parking. Le couple s'est dirigé vers une camionnette de livraison, une Ford T noire avec un long toit arrondi du pare-brise au hayon, et dont les portes latérales étaient ouvertes. Elle était garée sur un chemin de terre.

Pendant qu'ils traversaient la pelouse, la jeune fille a regardé autour d'elle, jeté un coup d'œil vers la maison, puis le jeune homme et elle se sont tenus par la main jusqu'à la camionnette. « Il en veut à son argent, a dit Jan.

– Bien sûr. Il porte cette casquette dingue parce qu'il est chauve comme une boule de billard et qu'elle l'ignore.

– Quelle surprise quand il l'enlèvera pendant le voyage de noces.

– S'il l'enlève. »

Un roadster est arrivé et s'est arrêté en dérapant ; ses roues, dont les rayons étaient en bois, semblaient tourner lentement en arrière. Un nuage de poussière a enveloppé le jeune couple et Jan a murmuré : « Chouette. » Un jeune homme en pantalon de flanelle, pull blanc jeté sur le dos, a sauté par-dessus la portière de la voiture découverte, une paire de raquettes à la main. Il a lancé un coup d'œil dédaigneux sur la camionnette, puis fait impérieusement signe à la jeune fille de le suivre avant de se diriger vers les courts de tennis. « Je l'adore ! s'est exclamée Jan.

– Tu as toujours été snob. » La jeune fille a tourné le dos pour suivre le jeune homme en pantalon de flanelle, puis jeté par-dessus son épaule un regard empreint de regret au garçon resté près de son véhicule. Elle a prononcé quelques mots et pendant que ses lèvres remuaient, j'ai susurré : « Je vous aime, Ralph, mais Frank ne sent pas la sueur. » Un sous-titre est apparu : *J'aimerais mieux rester avec vous !*

Notre intérêt s'est peu à peu refroidi : l'histoire, cousue de fil blanc, se déroulait trop vite, et le monde auquel elle se référait, s'il y en avait un, était si loin de nous qu'il en devenait incompréhensible. C'était probablement une copie de copie, les visages étaient délavés, très blancs, et Jan a murmuré : « Ils n'ont plus que des yeux, des lèvres et des sourcils, comme sur les vieilles photos.

– Oui. Mais tu veux que je te dise ? Ce film a été pris à la lumière du jour réfléchie dans un objectif. Ce sont de vrais visages. Les acteurs étaient réellement là, exactement à cet endroit, en train de faire ce qu'on voit. Je le sais, mais je n'arrive pas à y croire : ça a toujours été un vieux film et ces gens-là n'ont jamais existé en dehors de lui. »

Le tintement du piano se faisait toujours entendre, les noirs, les blancs et les gris continuaient à danser sur le petit écran et nous regardions, indifférents. Parfois, l'un de nous montait la garde tandis que l'autre allait chercher quelque chose à manger ou à boire, se rendait aux toilettes, errait dans la maison. Cela faisait quarante minutes que nous attendions et j'étais dans la cuisine, assis à la table, en train de lire la page sportive du *Chronicle* tout en mangeant des chips. Le bruit et l'odeur avaient miraculeusement tiré Al de son coma et il était assis à mes pieds, les yeux levés vers moi, tel un basset qui aurait maladroitement imité le terrier des vieilles publicités de La Voix de son Maître, la tête penchée sur le côté, les oreilles dressées, du moins autant qu'il le pouvait, et je lui jetais une chips de temps à autre. J'avais essayé de lui apprendre à les attraper, mais ses yeux de chien de chasse voyaient mal et chaque frite atterrissait sur son nez, rebondissait, et il devait la chercher par terre. Puis il la gobait et attendait avec impatience, les yeux levés vers moi, que je lui en lance une autre.

J'aime mon vieux Al, comme vous avez dû vous en apercevoir. Ses yeux me fascinent. De grands yeux marron, tellement humains et *innocents.* Comme si un enfant de quatre ans tout confiant vous regardait sous un masque de chien marron et blanc. Telle était l'impression qu'il offrait à présent, et je me suis penché pour plonger mes yeux dans les siens et lui poser la même éternelle question : « Ecoute, dis-moi qui tu es vraiment. Tu ne me trompes pas, tu sais, avec ton stupide déguisement de chien. » J'ai redressé d'une chiquenaude une de ses oreilles marron, incroyablement longues. « Aucun chien n'a des oreilles aussi ridicules ; c'est là que tu as commis ta plus grosse erreur ! » Je me suis laissé tomber à genoux à côté de lui, l'ai pris à brasle-corps et couché sur le dos. Le retenant d'une main dans cette position, j'ai fourragé de l'autre dans la fourrure blanche de sa poitrine. « Où est la fermeture Éclair ? Je vais te sortir immédiatement de ce costume de chien ! Exposer au grand jour l'imposteur que tu es ! » Il aimait ce jeu en forme de bagarre auquel nous nous adonnions souvent ; il m'a repoussé avec ses pattes arrière et m'a mordillé en contrôlant sa force. Au bout d'une minute, je l'ai laissé se remettre debout et l'ai calmé en le grattant derrière les oreilles. « D'accord, tu as encore gagné. » Je lui ai donné une frite. « Tu es malin, on le sait. Mais tu as une fermeture Éclair quelque part et, un jour, je la trouverai.

– Nick, je crois que ça y est ! » a crié Jan ; j'ai fait glisser les dernières chips par terre et me suis hâté de regagner le séjour.

Une réception se déroulait dans la grande salle de la première scène, maintenant remplie d'invités. Un jeune homme, fine moustache, cheveux noirs gominés, jouait du piano à queue, les épaules tressautant en mesure. A côté de lui sur la banquette, une jeune fille en robe-chemise portait fréquemment un verre à ses lèvres tout en battant la mesure de sa main libre. Une autre était couchée à plat ventre sur la table d'harmonie, le menton appuyé sur un bras, un cocktail à la main. On avait roulé les tapis et des couples dansaient frénétiquement. D'autres s'embrassaient, assis sur les marches d'un grand escalier en fer à cheval, et des gens étendus sur un grand canapé mimaient l'ivresse. Presque tous tenaient un verre à la main et buvaient en renversant la tête en arrière.

On était dans l'irréalité la plus complète ; il n'y avait

jamais eu de gens comme ça, ni de soirée de ce genre. Ces photos anciennes qui sautillaient en silence sur le rythme mécanique d'un piano étaient absurdes. Lentement, l'œil de la caméra a fait le tour de la fête pour révéler : un couple exagérément ivre assis sous une table ; un maître d'hôtel impassible entrant avec un plateau où il y avait des verres pleins et une bouteille débouchée dont quelqu'un s'est aussitôt emparé ; une partie de dés endiablée à même le plancher, dont les participants, tous à genoux, claquaient des doigts ; quelques hommes, dont l'arrogant joueur de tennis maintenant en smoking, entourant une femme presque invisible.

Puis deux hommes se sont écartés fortuitement l'un de l'autre, la révélant à nos yeux, et nous l'avons contemplée fixement : d'après ce que mon père nous avait dit, c'était Marion Marsh. En robe-chemise et coiffée à la garçonne comme les autres femmes, une mèche de cheveux en accroche-cœur sur la joue, le visage tout aussi blanc, elle écoutait l'un des hommes. Puis elle a souri, répondu, et, je ne saurais dire pourquoi, j'ai senti mon attention s'éveiller. D'une manière impossible à définir, par la simple magie d'une personnalité comme on en rencontre rarement, cette fille semblait réelle et les autres pas. C'était une petite silhouette grenue dans un coin de l'écran, mais elle parlait vraiment ; je me suis surpris à me pencher en avant, comme si en me rapprochant j'avais pu l'entendre – car je *voulais* l'entendre. Elle a levé la main et agité son index comme pour réprimander l'un des hommes, puis a souri ; Jan et moi avons souri en même temps qu'elle. Puis, en un geste de supplication burlesque, un autre a joint les mains et, la prenant par le coude, a tenté de l'entraîner loin du groupe ; en la voyant secouer gentiment la tête et refuser avec une moue triste, j'ai éprouvé une espèce de tendresse pour cette femme. Sans aucune raison, j'ai compris qu'à l'inverse des autres personnages de cette scène absurde, cette minuscule silhouette en gris et blanc était vivante.

Elle a détourné les yeux pour regarder de l'autre côté de la pièce. L'ennui qu'a exprimé alors brièvement son visage, et qui s'est effacé lorsqu'elle a reporté son attention sur les hommes qui l'entouraient, était profondément authentique. Pendant qu'elle recommençait à flirter, j'ai eu l'impression de comprendre les véritables sentiments de la femme dont elle jouait le rôle ; plus tard, en évoquant cette scène, j'avais l'impression d'avoir entendu sa voix. Et sur le moment, j'arrivais même à croire que ces personnages caricaturaux, qui sautaient presque pour souligner l'intérêt qu'ils lui portaient, éprouvaient ce qu'ils mimaient. La caméra s'est déplacée, l'image de Marion a rapetissé tandis que la scène passait à l'arrière-plan, et je me suis penché pour la voir jusqu'au bout. Quand le bord de l'écran l'a dérobée à ma vue, je suis resté immobile, encore sous le charme de sa présence, convaincu qu'elle souriait et parlait encore quelque part hors du champ de la caméra.

Cette impression a persisté longtemps, tandis que l'interminable solo de piano et les photos animées, maintenant dépourvus pour moi de toute signification, continuaient à s'égrener. Enfin j'ai repris pied dans la réalité et me suis tourné vers Jan. « *Bigre,* ai-je dit doucement. Elle avait du talent. Elle avait vraiment du talent.

– Oui... oh, j'ai cru que j'allais pleurer ! Nick, elle avait un tempérament de *star* ! Son nom serait devenu aussi célèbre que...

– Je sais ; celui de Norma Talmadge [1] ou de Clara Bow [2]. Il n'y a aucun doute là-dessus.

– Eh bien, c'est vraiment dommage ! Pense à ce que ton père a dû éprouver en voyant ça.

– Sûr qu'il a tourné la page depuis longtemps. »

Nous avons encore regardé un peu le film, puis Jan a dit : « Je me sens incapable de supporter ça une demi-heure de plus, Nick ; il est presque dix heures et demie et j'ai sommeil. Mais je suis vraiment contente d'avoir vu cette séquence. » Elle s'est retournée pour regarder la phrase de Marion sur le mur.

« On la revoit, tu sais ; juste à la fin.

– Rien qu'une seconde ou deux, comme l'a dit ton père, et je suis trop fatiguée ; j'ai fait le ménage aujourd'hui. Toi, regarde si tu veux. Je vais me mettre au lit et y penser jusqu'à ce que je m'endorme.

– Bon. Mais avant, fais le coup du gâteau à notre vieux copain, d'accord ? » Je ne me souviens plus comment cela avait commencé, mais au lieu d'ordonner sèchement à Al de sortir le soir, nous lui frottions le nez avec un gâteau sec. Il tirait automatiquement la langue et se léchait la truffe ; en sentant le goût du gâteau, il ouvrait soudain les yeux, se levait d'un bond et allait dans la cuisine pour franchir la « chatière » que j'avais installée en bas de la porte de derrière. Il se précipitait

1. Cette brune distinguée, qui interpréta des rôles comme la comtesse de Langeais et la dame aux camélias, avait un accent de Brooklyn si prononcé qu'elle ne résista pas au parlant. *(N.d.T.)*
2. Une petite rousse bien en chair qui fut, comme le dit si bien Jean Tulard, « la bombe sexuelle des années 20 ». *(N.d.T.)*

dehors, recevait le gâteau, et nous fermions la porte au loquet pour la nuit. C'était simple, rapide, sans discussion, et tout le monde était content, au moins jusqu'à ce que le gâteau soit englouti.

Jan m'a embrassé sur la joue, a fait à Al le coup du gâteau, et je suis resté là une demi-heure de plus à attendre la fin du film, avachi sur le canapé, à moitié endormi, les yeux fixés sur l'écran. Dans les dernières images de *Flaming Flappers,* la mariée, Blanche Purvell, jetait son bouquet aux demoiselles d'honneur rassemblées au pied de l'escalier, et l'on avait un dernier aperçu de Marion Marsh. Elle faisait exactement la même chose que les autres filles, et on ne la voyait pas plus de quatre secondes avant que son visage ne soit caché par un bras levé. Mais j'ai marché ; elle avait fait de moi un fan. Et je me suis dit, en hochant la tête, que même dans cette scène si brève, elle tranchait sur les autres. Le mot *Fin* est apparu sur l'écran, l'accompagnement au piano s'est fait plus fort et je me suis relevé pour aller éteindre l'appareil avant que le type au nœud papillon ne revienne nous parler de ce que nous avions vu. « Eh bien, Marion, ai-je murmuré dans le brusque silence, tu étais formidable. Absolument formidable.

– Oui. »

Tandis que sur l'écran la lumière se réduisait à une pointe de diamant, je me suis figé et j'ai senti le sang se retirer de mon visage. Je me suis obligé à réfléchir, essayant d'envisager d'autres hypothèses. Il n'y en avait pas. Impossible de nier la différence indubitable entre ce que l'on imagine et ce qui est réel ; je savais que j'avais réellement entendu prononcer ce mot calmement, avec une netteté tout à fait normale, par une voix de femme agréablement rauque qui n'était pas celle de Jan. Je n'avais pas envie de bouger mais j'ai tout de même tourné la tête pour inspecter le séjour à la faible lueur des fenêtres. Une poutre du toit a craqué, se contractant après la chaleur du jour, mais je savais ce que c'était, j'étais habitué à ce bruit, et j'ai continué à examiner la pièce.

Il ne faisait pas assez sombre pour que quelqu'un puisse s'y dissimuler et il n'y avait personne en vue. Je le savais déjà – j'en savais plus que je ne voulais me l'avouer à moi-même – et les poils de ma nuque et de mes bras se sont hérissés.

« Nick, c'est moi.

– Qui ?

– *Marion,* a répondu la voix avec impatience.

– Marion... Marsh ? » J'ai dû faire un effort pour prononcer son nom.

« Bien sûr ! Il *fallait* que je voie mon film. Bon Dieu, ce que j'étais bonne ! »

J'ai acquiescé d'un hochement de tête, puis l'idée m'est venue qu'elle ne pouvait peut-être pas me voir, et j'ai dit : « Oui », mais ma voix était sourde. Je me suis éclairci la gorge, j'ai essayé de nouveau, mais là, j'ai parlé trop fort. « Oh, oui ! Êtes-vous un... » Une fois de plus, j'ai eu du mal à sortir le mot, qui semblait tellement ridicule. « ...fantôme ? »

Un long silence m'a répondu et je me suis dit que je n'entendrais rien de plus. Puis la voix, surprise et légèrement amusée, a dit pensivement, comme s'il s'agissait d'une découverte : « Je suppose que oui. Mais pourquoi me vouvoies-tu ? » Elle a ri. « Je t'intimide ! Mais oui, je suppose que c'est cela, un fantôme. On peut revenir à l'endroit où l'on a vécu, bien qu'on ne soit pas nombreux à le faire. Cela demande tellement de... comment dire ?

– D'énergie psychique ? » J'étais si fasciné que j'en oubliais d'avoir peur. En fait, j'exultais, m'imaginant en train de dire cela à Jan, de le raconter au travail, aux amis.

« Oui, quelque chose comme ça, je pense ; il faut vraiment avoir envie de revenir. Ce qui est mon cas, tu comprends ! Mon propre film, que je n'avais jamais vu auparavant ! Et ici, chez moi ! Qu'est-ce que c'est ce truc ?

– Un appareil de télévision.

– Pour passer des films ?

– En partie.

– Ce n'est pas très bon, hein ? L'image est tellement minuscule. Mais qu'est-ce que ça peut faire, j'ai enfin vu mon film ! Je n'avais que vingt ans quand ma vie s'est arrêtée – tu t'en souviens ?

– Vingt et un, non ? » Je n'avais pas bougé ; l'idée ne m'en venait même pas.

« Bah, qu'est-ce que ça peut faire ? Pourquoi est-ce si important ? Tu as toujours éprouvé le besoin de rappeler que tu étais un poil plus jeune que moi. »

Je ne voyais pas la nécessité de la reprendre. « Comment est-ce ? De l'autre côté ? » Je détestais les phrases de ce genre, mais je n'ai rien trouvé d'autre.

« Oh... » La voix a marqué une pause. « Un peu comme lorsqu'on a bu : on se sent plutôt bien et on ne réfléchit pas beaucoup. C'est comment d'être vivant ? En fait, j'ai comme qui dirait oublié.

– C'est juste le contraire. Marion, vous ne pouvez

pas apparaître ? Comme vous étiez dans la réalité ? Comme vous êtes. Étiez.

– Oh, Nickie, c'est terriblement dur. Même pour une seconde ou deux. Ça doit être pour ça que les fantômes disparaissent si rapidement, non ? Le seul moyen de rester un certain temps, c'est la possession.

– C'est-à-dire ?

– Habiter à l'intérieur de quelqu'un ; on ne peut faire ça que pour une raison terriblement importante.

– Mais rien que pour quelques secondes. D'accord ? Je vous en prie. » Il m'est enfin venu à l'esprit que je pourrais m'asseoir, et je me suis installé au bord du canapé.

La voix s'est adoucie. « Tu veux me revoir, hein, Nickie ? Tu es gentil. Si seulement on ne s'était pas disputés ! Tout aurait tourné autrement. Bon, regarde dans le coin, près du vestibule, loin des fenêtres. »

Les yeux écarquillés, j'ai vu la lumière du reste de la pièce s'amasser, *se rassembler.* Aux limites de mon champ visuel, les coins et la blancheur du plafond se sont brouillés et estompés ; puis ils ont sombré dans une obscurité totale. La lumière a coulé vers le plancher. Elle a couru rapidement, telle une brume, le long des plinthes, s'est amassée et a commencé à s'élever dans le coin le plus sombre de la pièce, d'abord grise comme le brouillard, puis miroitant un peu, iridescente. Brusquement, elle a scintillé de vives couleurs qui ont tournoyé et se sont séparées, puis mêlées rapidement pour se stabiliser en une forme nette. Elle se tenait là, devant moi, souriante.

Sa silhouette était transparente et le mur bien visible derrière elle. Mais c'était bien elle, dans une robe vert et bleu dont l'ourlet s'arrêtait aux genoux d'une merveilleuse paire de jambes – découverte qui m'a comme assommé. Son teint était délicieusement rose et blanc et ses cheveux blonds, chose surprenante car cela ne s'était pas vu dans le film. Ses yeux bleus me dévisageaient en cillant de temps en temps ; sans être vraiment belle, elle restait jolie et rayonnait de cette étonnante vitalité que la caméra avait captée. La voix, très faible à présent, a dit : « Tu n'as pas changé, Nick ; pas vraiment. Tu es un petit peu plus vieux ; plus vieux que moi, maintenant ! Et tu es marié, n'est-ce pas ? C'était ta femme. Et vous habitez mon ancien appartement. »

J'ai ouvert la bouche pour répondre, pour lui dire qui j'étais réellement. Mais ses derniers mots étaient devenus presque inaudibles, ses couleurs et ses contours perdaient rapidement de leur netteté. Elle avait déjà presque disparu lorsque je l'ai vue lever légèrement la tête. Pour la première fois, elle a remarqué l'inscription qui couvrait le mur derrière le canapé et le processus d'effacement s'est arrêté net. Forme et couleurs ont paru se renforcer un peu, puis elles se sont stabilisées comme par l'effet d'un acte volontaire. Elle a porté la main à sa poitrine, ses yeux se sont agrandis et elle a fait une grimace. Je l'ai entendue crier faiblement : « J'étais *vivante* alors ! » Ce qui restait de forme et de couleurs a sombré dans le néant et j'ai pu de nouveau voir les coins de la pièce ; la pâle blancheur du plafond a reparu. « Marion ? » ai-je chuchoté. Mais je n'attendais plus de réponse et n'en obtins point.

Je suis resté debout devant les fenêtres à regarder la ville et le long cordon de lumières orange auquel se réduisait Bay Bridge. J'aurais voulu réfléchir à ce qui venait de se passer, mais mon esprit vide refusait de fonctionner ; c'était trop. Au bout d'un moment, j'ai décidé d'aller me coucher et j'ai traversé la pièce les yeux fixés sur le mur de Marion.

Dans le lit, Jan me faisait face et j'ai déposé sur ses lèvres l'habituel baiser du soir, léger, pour ne pas la réveiller. Pourtant elle ne dormait pas, ou du moins pas complètement ; elle s'est rapprochée de moi, je l'ai prise dans mes bras, et j'ai fermé les yeux, épuisé, content de m'endormir. Jan m'a attiré à elle et j'ai souri, surpris ; une fois endormie, elle était d'ordinaire comme un enfant : incapable de se réveiller avant le lendemain matin. Je me croyais las, mais elle m'a étonné et j'ai découvert que je ne l'étais plus du tout.

Lorsqu'on s'est retrouvés étendus côte à côte, mon bras lui entourant tendrement la taille, je me suis senti glisser dans le sommeil comme sur un toboggan et m'en suis réjoui ; ce qui s'était passé dans le salon nécessitait plus de réflexion que je n'étais en état d'en fournir pour l'instant. J'étais heureux, comme je ne l'avais plus été depuis longtemps. Dernièrement, les choses n'allaient pas si bien que cela entre Jan et moi, sans que je sache vraiment pourquoi. Ce n'était pas très grave, mais nous avions l'impression de ne rien pouvoir y faire, et ce genre de problème vous accompagne au lit. Mais ce soir, c'était fini ; fini pour de bon. J'étais heureux et, quoique somnolent, presque exubérant. Une fameuse soirée, ai-je pensé béatement dans le noir, et puis plouf – je me suis endormi.

3

Mon bureau est tout simple, pas minuscule mais pas grand non plus. J'ai un tapis d'un joli vert forêt, un bureau et un fauteuil convenables, un autre siège pour les visiteurs, une table sur laquelle je peux mettre des dossiers. Et deux reproductions m'appartenant sur les murs. Un Bruegel intitulé *La Tour de Babel*, que j'aime bien regarder parce qu'il est bourré de petits personnages s'adonnant à toutes sortes d'activités en vue d'édifier une tour immense qui touche déjà les nuages. Cela me rappelle les couvertures du magazine *Boys' Life* que je lisais étant enfant, remplies de petits garçons en train de nager, de marcher, de jouer à la balle, de grimper aux arbres, de faire un millier de choses. Vous en examinez une de temps en temps, convaincu que vous avez déjà tout vu, mais vous découvrez généralement quelque chose qui vous avait échappé. Eh bien, je pense que le Bruegel est aussi efficace que les couvertures de mon vieux *Boys' Life*, et quand je m'ennuie, je me lève et me plante devant pour chercher un détail nouveau. L'autre reproduction, c'est une photo de Fay Wray [1] en costume de jungle que j'aime beaucoup.

Le lendemain du jour où j'avais vu le fantôme de Marion, j'étais assis dans mon fauteuil, crayon en main, apparemment en train d'étudier les papiers étalés sur mon bureau. Je m'occupe de la promotion des ventes : je travaille avec mes homologues de l'agence de publicité ; je me rends parfois à des conventions et réunions commerciales de la côte ouest dont le bénéfice est douteux, mais au moins cela me change un peu ; et je m'occupe d'une assez grande variété de choses en rapport avec la vente de nos produits à base de papier, qui sont plus nombreux que ne pourrait l'imaginer un esprit normalement constitué. Une grande partie de ce que nous fabriquons est vraiment utile, rien n'est franchement nuisible, si bien qu'au moins je n'ai pas honte de mon travail.

Mais pour le moment, je ne faisais rien ; j'avais autre chose en tête que les serviettes en papier Zee. Dès le matin, les yeux à peine ouverts, je m'étais efforcé de réfléchir posément à ce qui s'était passé la veille au soir. A midi, j'avais pris un rapide déjeuner tout seul, si bien que j'avais eu le temps de me promener – d'abord jusqu'à la gare du ferry, en haut de Market Street, puis le long des docks couverts entre lesquels on aperçoit la Baie – et de réfléchir un peu en essayant d'arriver à une conclusion quelconque.

Mais apparemment il n'y en avait guère. Je ne faisais

1. La victime, non seulement de King Kong, mais encore du comte Zaroff, du Docteur X, d'un vampire, des *Masques de cire* et de nombreux sadiques, dont le boucher de *La Marche nuptiale* et de *Mariage de Prince* de Von Stroheim. *(N.d.T.)*

que revivre l'événement en imagination, encore et encore. Je tentais de me persuader que j'avais seulement imaginé ou rêvé tout cela, mais n'importe qui sait faire la différence entre le rêve, l'imagination et la réalité ; cela m'était bel et bien arrivé. Assis maintenant à mon bureau, j'étais parvenu à la seule conclusion possible : en de rares occasions, un fantôme peut vous apparaître.

Bien entendu, j'avais gardé ça pour moi et n'avais l'intention d'en parler à personne, sauf à Jan. En sortant de l'ascenseur pour plonger dans les lumières fluorescentes, l'air conditionné et l'affairement des machines à écrire de Crown Zellerbach, j'avais compris qu'il valait mieux ne pas essayer de convaincre quelqu'un de la réalité de ce qui s'était passé la veille au soir dans la pénombre de notre vieille maison. Et au petit déjeuner je n'avais rien dit à Jan ; il m'aurait fallu répéter mon histoire, la reprendre de zéro, et le temps me manquait. Je lui en parlerais ce soir et – comme c'était une histoire pas ordinaire – j'ai souri en y pensant, impatient d'y être. Et il m'est venu à l'esprit que j'avais aussi hâte de voir Jan. Au souvenir de la nuit qui avait suivi le film, je débordais de tendresse pour elle, je me réjouissais de ses qualités ; tout me plaisait en elle, y compris ses défauts.

Le téléphone a sonné et naturellement, comme j'étais en train de penser à elle, c'était Jan ; ça fonctionne comme ça, tout le monde le sait. « Tu n'as pas oublié que nous sortons ce soir avec les Hurst, a-t-elle dit, après les habituelles entrées en matière.

– Je sais, je m'en souviens. C'est même une perspective qui m'est plutôt agréable.

– A moi aussi. Il y a longtemps que nous ne sommes pas sortis. »

J'ai souri et ouvert un grand tiroir pour mettre les pieds dessus. « Je ne pense pas que ce soit dans le vent d'avoir envie d'aller à un cocktail.

– Je sais ; surtout un cocktail dont le but est de nous soutirer de l'argent. Nickie, j'appelle parce qu'il y a des soldes chez I. Magnin. De vrais soldes, et j'ai besoin d'une robe un peu habillée. Une petite chose toute simple. Noire, je suppose, et qui fera de l'usage, mais...

– Vas-y, alors.

– Eh bien, je ne suis pas sûre que nous ayons vraiment les moyens de...

– Nous n'avons déjà pas vraiment les moyens d'acheter à manger. Alors va pour une robe. Je veux éprouver cette fierté brûlante du mari qui sait que tous les hommes présents vont pincer les fesses de sa femme.

– Bon, tu pourras les pincer le premier. A ce soir. »

En gravissant la colline de Buena Vista après être descendu du bus, je regardais la ville ; mon cœur débordait d'amour pour le monde et pour cet instant lorsqu'un gamin de quatre ou cinq ans, accroupi sur une planche à roulettes, a foncé sur moi en zigzaguant, uniquement occupé à conserver son équilibre. Je me suis effacé pour le laisser passer, plein d'indulgence pour lui et pour la soirée qui m'attendait ; j'aime les sorties, quelles qu'elles soient, du moins à l'avance.

Comme d'habitude, je me suis arrêté en bas du perron pour souffler un moment, puis j'ai gravi les marches deux par deux ; il fallait que je me change, et ensuite il y aurait le trajet en automobile ; on allait traverser Golden Gate Bridge et grimper dans les collines de Marin County. En haut de l'escalier, j'ai crié : « Me voilà !

– Je suis là ! » La voix de Jan venait de la salle de bains. Elle s'est tue, puis a ajouté : « Je n'ose pas sortir.

– Pourquoi ? » ai-je dit à la porte de la salle de bains en passant devant ; je suis entré dans notre chambre en défaisant ma cravate.

« Tu vas me tuer.

– Eh bien, sors et finissons-en. Je te laisse le choix du genre de mort. » Tout en déboutonnant ma chemise, je gardais les yeux fixés sur la porte de la salle de bains, de l'autre côté du vestibule. Elle s'est lentement ouverte de l'intérieur, Jan restant encore invisible derrière le battant. Brusquement, elle a surgi, souriante mais le front pathétiquement plissé. Je l'ai regardée avec des yeux ronds, ahuri ; sa nouvelle robe était extravagante, ornée d'un motif coloré dont les tourbillons vous faisaient tourner la tête ; le tissu était teint de façon à donner l'impression qu'on l'avait bombardé de couleurs primaires ; de plus elle était bien plus courte que celles que Jan portait habituellement. Je voyais que la robe était bien coupée et les taches de couleurs réparties avec art. Mais on en avait plein les yeux et j'ai dit : « Qu'est-ce que c'est que ce *truc* ? » Je ne voulais pas laisser entendre que je désapprouvais la robe qu'après tout elle devait porter ce soir, aussi me suis-je empressé d'ajouter : « Elle est sensationnelle. » Et elle l'était, je m'en rendais compte. « Elle va vraiment faire sensation », ai-je dit, et ma sincérité a ramené le sourire sur ses lèvres. « Je l'aime bien ; des jambes comme les tiennes, il *faut* les montrer. » Durant une fraction de seconde, je me suis surpris à comparer ses jambes à celles de Marion Marsh et j'ai repoussé cette pensée idiote. « Tu es splendide ; il va sans doute falloir que je passe la soirée à te protéger de la concupiscence des invités mâles. A propos, si nous avons le temps...

– Nous ne l'avons pas.

– Vraiment dommage. Qu'est-il arrivé à la petite robe noire toute simple ?

– Je ne sais vraiment pas », a-t-elle répondu d'une voix faussement gémissante ; elle est entrée dans la chambre et a regardé sa robe. « J'étais entrée pour en acheter une et puis j'ai vu celle-là, je l'ai essayée juste pour m'amuser et... » Elle a levé les yeux pour me sourire et haussé les épaules. « Je ne sais pas ce qui m'a prise, mais je l'ai achetée. Tu l'aimes vraiment ? Tu racontes des histoires.

– Non, c'est vrai. » J'enfilais une chemise propre. « Mais aucun homme ne regardera les autres femmes ; elles vont te lyncher. Et Al ? Tu lui as donné à manger ?

– Oui ; il insistait. »

Pendant que, capote baissée, nous traversions la ville en direction du pont, j'ai raconté à Jan ce qui s'était passé la veille au soir en essayant de m'en tenir aux faits, mais sans oublier aucun détail. Elle m'a écouté avant d'émettre des commentaires ; elle avait des questions à poser et j'y ai répondu. Elle a dit qu'elle regrettait de ne pas avoir été là. Elle me croyait, je le voyais bien, c'est-à-dire qu'elle savait que je ne mentais pas, que je considérais comme vrai ce que je lui racontais. Mais elle se demandait si c'était vraiment arrivé, s'il ne s'agissait pas d'une hallucination... comment croire à une histoire pareille ?

Ross est ancienne pour une ville de Californie, et très prospère. Ses habitants sont suffisamment riches pour la préserver telle quelle. Il y a encore des rues trop étroites pour la circulation actuelle ; des chemins de terre inchangés depuis que les chevaux y tiraient des voitures, et on les garde comme ça. Il y a très peu de parcmètres, guère de plaques de rue ou même de réverbères, pour ainsi dire pas de numéros sur les maisons mais, au cœur même de la ville, un terrain boisé de plusieurs hectares que son propriétaire, le Club de l'Art des jardins, aurait pu rentabiliser en y construisant des immeubles. Le long de certaines petites routes non macadamisées s'étendent d'immenses propriétés vieilles de cinquante, soixante, soixante-dix, quatre-vingts ans et plus. Elles sont bien entretenues et régulièrement repeintes ; éloignées les unes des autres, ainsi que de la rue, elles se dressent derrière de grandes haies ou des rangées d'arbres au centre d'un grand jardin planté d'arbres et de massifs ; dans ce quartier, rien n'a changé depuis plusieurs décennies. J'aurais volontiers vécu dans l'une d'elles si cela m'avait été possible, et je me suis réjoui de voir que la soirée avait lieu là.

C'était, au bout d'une longue allée de gravier bordée d'arbres, une villa d'un étage recouverte de beaux bardeaux pâlis par les intempéries, mais si large qu'elle paraissait basse. Des voitures étaient garées de chaque côté et j'y ai ajouté ma Packard, puis on a continué à pied jusqu'à la maison. De la musique très assourdie en sortait et cela a éveillé ma curiosité. « C'est pour quelle œuvre de bienfaisance ? Comme nos cousins britanniques ont probablement cessé de dire.

– Une espèce de crèche. Pour les enfants dont les mères travaillent. Ouverte aux Noirs comme aux Blancs ; Hazel fait partie du comité.

– Bon ; cela veut dire que plus tu t'enivres, plus tu améliores les relations entre les races. Ce qui allège considérablement ta conscience. Si tu n'as pas une épouvantable gueule de bois le lendemain, tu es un sale raciste. »

En approchant du large escalier de bois menant à la galerie fermée, à l'ancienne, qui courait sur trois côtés de la maison, j'ai entendu plus distinctement un piano jouer de la musique d'ambiance. On a gravi les marches, longé la galerie jusqu'à ce que l'on aperçoive une grande porte-fenêtre ouverte, et commencé à entendre le bourdonnement soutenu d'un grand nombre de personnes en train de converser. Puis on est entrés dans un vestibule au dallage rouge brique où l'on est restés là un moment à regarder la salle ; j'ai compris pourquoi la fête se tenait là.

C'était une immense pièce d'une quinzaine de mètres de côté, avec un plafond qui faisait toute la hauteur de la maison et comportait des lucarnes que l'on pouvait ouvrir grâce à un système de chaînes et de roues dentées fixé aux murs. Elle avait dû servir de salle de bal car, juste en face de l'entrée où nous nous tenions, se dressait une estrade assez grande pour un petit orchestre ; ce soir-là, il n'y avait qu'un piano à queue devant lequel était installé un homme grassouillet aux cheveux gris dont la veste de smoking s'ornait de broderies argentées. Les yeux mi-clos, un sourire professionnel figé sur les lèvres, il se balançait au rythme de ses propres arpèges ; pour le moment, il interprétait *The Way You Look To-night.* Plus d'une centaine de personnes étaient agglomérées en petits groupes joyeux et bavards, se déplaçaient lentement dans la foule, ou se prélassaient sur d'innombrables fauteuils et canapés vieillots recouverts de velours marron ou bleu passé disposés le long des murs. Nous avons repéré les Hurst, Hazel et Frank, qui venaient vers nous en souriant, et pénétré dans l'immense salle pour les rejoindre.

Ils nous ont présentés à un groupe d'amis et nous sommes restés avec eux quelques minutes ; j'ai remarqué que les femmes mémorisaient les détails de la robe de Jan. L'une d'elles nous a parlé si longuement de la crèche que j'ai senti mon regard devenir vitreux. Puis deux couples qui connaissaient apparemment la plupart des autres se sont joints à notre cercle, et dans la bousculade des retrouvailles et le tumulte des plaisanteries, j'ai dit à Jan en lui prenant le bras : « Allons picoler pour les mères qui travaillent. »

J'avais repéré le bar, plusieurs tables sur tréteaux recouvertes de nappes et mises bout à bout le long d'un mur. Trois garçons en veste rouge servaient six à huit personnes ; à l'extrémité du bar, une femme distinguée aux cheveux gris était assise sur une chaise de bois pliante, un rouleau de tickets et une caisse en métal noir posés devant elle sur la nappe. J'ai acheté deux tickets, tous les deux bons, et la dame m'a dit d'une voix cultivée : « Ils vous donnent droit à n'importe quelle boisson, du vin blanc au martini. » Je l'ai remerciée tout en prenant conscience que je m'efforçais d'imiter son ton, puis me suis tourné vers Jan pour lui demander ce qu'elle voulait.

Son expression m'a rendu perplexe : elle regardait fixement, la bouche entrouverte, les nombreuses bouteilles entamées ou encore pleines rangées sur l'une des tables. Il y avait du whisky de toutes les marques, des douzaines de bouteilles de gin et de vodka, de vin et de sherry, des rangées de Coca-Cola, de 7-Up, de la bière au gingembre, du soda, etc. ; par terre, sous les tables, s'entassaient des caisses pleines de vin et d'alcool. C'était un étalage impressionnant, mais quand même... De temps en temps, par exubérance ou par exaltation, et comme beaucoup de timides, Jan se mettait dans la tête de faire le pitre à un moment que je trouvais généralement inopportun. Je me suis dit que cela allait être le cas et je lui ai donné un coup de coude pour l'en dissuader, mais trop tard. Un serveur l'a regardée, le sourcil interrogateur ; Jan lui a souri et m'a dit : « Terrible ! Non mais, regarde-moi toute cette gnôle ! C'est de la bonne camelote ?

– Ça suffit, Jan, ai-je murmuré, qu'est-ce que tu veux ?

– Eh bien, pour commencer, je vais prendre un Bronx. »

Le garçon a froncé les sourcils ; un homme qui était au bar nous a regardés fixement.

J'ai de nouveau murmuré : « Je ne pense pas qu'on serve des cocktails élaborés à une soirée comme celle-ci. Ça prend beaucoup trop de temps à préparer.

– D'accord, on fera tout pour être gentils. Je vais prendre un gin à la ravigote. » Jan a regardé le serveur, puis secoué la tête d'un air étonné. « Vous ne savez pas ce que c'est ? Où avez-vous été ? C'est simplement du gin, de la bière au gingembre et du jus de citron. Mettez beaucoup de gin et laissez tomber le citron ; c'est l'alcool qui compte !

– Oh, pour l'amour du Ciel ! » ai-je dit entre mes dents et je me suis retourné pour dévisager d'un air insolent ceux qui étaient près de nous. Le garçon a servi Jan, le visage presque inexpressif, une lueur sarcastique au fond des yeux. « Un bourbon soda », ai-je dit en lui donnant mes deux tickets. Je l'ai regardé préparer prestement mon verre et l'ai pris, content de pouvoir m'en aller. Jan était déjà partie rejoindre les Hurst. Je l'ai vue s'arrêter au milieu de la foule, pencher la tête en arrière et vider son verre comme un docker assoiffé. Elle a fait demi-tour et s'est avancée vers moi.

« Remettons ça, mon loup, a-t-elle dit en me tendant son verre vide. C'est du vrai de vrai, sorti tout droit du bateau !

– Chérie, tu te fais trop remarquer, crois-moi. Je sais que nous ne sommes pas beaucoup sortis ces derniers temps, mais essaie de te calmer, d'accord ? Avant de rejoindre les Hurst et leurs amis. Attends-moi ici, je reviens avec un verre. » Je me suis forcé à lui sourire avant de retourner au bar ; bon Dieu, j'avais hâte qu'il soit l'heure de partir !

En fait, il y avait un bar à chaque extrémité de la salle. En revenant vers les Hurst, j'ai vu Jan et Frank quitter le cercle et se diriger de l'autre côté, et c'est alors que j'ai aperçu le second bar. Lorsque, portant précautionneusement le verre de Jan et le mien, j'eus réussi à me frayer un chemin dans la foule, Frank et elle revenaient déjà, Jan sirotant sa boisson tout en marchant. Elle a rejoint le cercle, les yeux pétillants, les joues rouges, vidé son verre, puis me l'a tendu, a pris celui que j'apportais, et en a bu la moitié. Deux ou trois femmes l'observaient en reluquant sa robe et Jan les a regardées d'un air insolent jusqu'à ce qu'elles détournent les yeux. Brusquement, elle s'est déhanchée et a fait claquer les doigts de sa main libre. « On dort debout ici, a-t-elle dit. Je vais les dégeler, moi ! » Elle a vidé son verre et, sans me regarder, me l'a tendu. J'ai bien été obligé de le prendre

– j'en tenais trois maintenant – et Jan s'est de nouveau éloignée du groupe.

J'étais furieux contre elle comme je ne l'avais jamais été, je crois, mais je gardais le sourire et restais là, tenant discrètement, du moins l'espérais-je, ses deux verres vides. J'écoutais attentivement une femme nous dire combien la crèche avait besoin de locaux et d'équipements, refusant de me retourner pour voir ce que Jan faisait ; je savais qu'elle n'avait pas d'argent.

La femme a terminé son discours, quelqu'un lui a répondu, et j'ai bu une ou deux gorgées tout en changeant légèrement de position afin de lancer furtivement un coup d'œil sur Jan. Je suis resté absolument stupéfait : elle était au bar, tout sourire, en train d'accepter un verre d'un homme qui, je le savais, était un parfait inconnu. Il s'est incliné légèrement, refusant d'un geste ses remerciements. Jan a porté un toast à sa santé et vidé le tiers de son verre puis, lui tournant le dos, a plongé dans la foule – non pour rejoindre notre groupe comme je le pensais d'abord, mais pour se diriger vers l'autre extrémité de la pièce. J'ai pu suivre sa robe des yeux durant quelques pas, puis je l'ai perdue de vue.

Je ne savais pas quoi faire. Vraiment pas. Je ne pouvais pas me résoudre à nous plonger l'un et l'autre dans l'embarras, en me lançant ouvertement à sa recherche, même si j'en brûlais d'envie. Je me suis forcé à rester là et à finir mon verre. Puis j'ai souri à Hazel Hurst qui était à côté de moi et, brandissant mon verre vide, je lui ai dit : « Puis-je vous en rapporter un, Hazel ? » Elle buvait très peu, je le savais, et lorsqu'elle a dit non, j'ai souri de nouveau et me suis lentement dirigé vers le bar d'un air désinvolte, en regardant joyeusement autour de moi comme un homme qui s'amuse bien. Je pensais que si j'y mettais le temps, je pourrais croiser Jan de retour du bar et la faire sortir d'ici en vitesse.

A mi-chemin, j'ai entendu le piano s'arrêter en plein milieu d'un pot-pourri de comédies musicales, le niveau sonore des conversations est monté, et j'ai vu les têtes se tourner vers l'estrade. J'ai fait de même sans savoir ce que j'allais apercevoir, mais aussitôt j'ai eu l'impression de l'avoir toujours su. Là-haut, le pianiste souriait poliment, la tête penchée sur son clavier, en écoutant une femme qui lui parlait à l'oreille. L'instrument était entre elle et moi, et sa tête en partie cachée par celle du musicien. Je ne pouvais pas vraiment la voir, mais je savais qui c'était. Alors, tout sourire, Jan s'est redressée – sa robe était la chose la plus voyante de toute la salle – et lorsque le pianiste a entamé ce qu'elle avait dû lui demander, elle s'est installée sur la table d'harmonie, jambes pendantes, et a chanté *Bye Bye Blackbird* en remplaçant par des onomatopées les paroles qu'elle ne connaissait pas.

Elle n'avait pas beaucoup de voix, mais chantait juste. Le temps que j'arrive à me frayer un chemin jusqu'à elle, la chanson était terminée – le pianiste l'avait un peu abrégée – et les gens autour de l'estrade applaudissaient, mais mollement, nonchalamment, d'un air sardonique ; quelqu'un, par dérision, a crié : « Ouais ! » Jan était descendue du piano et se penchait de nouveau à l'oreille du musicien. Il a acquiescé d'un signe de tête, le sourire toujours figé sur les lèvres, et commencé *Sweet Sue* sur un rythme rapide et bien marqué.

Chose incroyable, Jan s'est mise à danser : genoux

rapprochés, pieds et coudes voltigeant, sa robe transformée en un brasier de couleurs. Et elle était *excellente* ; elle s'en tirait admirablement bien, dansait parfaitement en mesure tout en claquant des doigts, le visage levé vers le plafond, les yeux mi-clos de plaisir extatique. C'était surtout ses épaules et ses bras qui bougeaient, et ses jambes seulement à partir des genoux. Le balancement de ses hanches à part, son corps restait sur place, presque immobile. On entendait ses semelles de cuir frotter contre le bois ; c'était une danse terriblement excitante, primitive, empreinte d'une sorte de sexualité innocente, et lorsque j'ai réussi à atteindre le bord de l'estrade, je n'ai pu que rester là à lui lancer des regards noirs ; j'étais en colère, vraiment furieux, et en même temps j'éprouvais un ridicule sentiment de fierté devant cet exploit étonnant.

Le pianiste a conclu par une envolée de notes et un accord ; cette fois la salle a vraiment applaudi et une douzaine de voix au moins ont crié sincèrement « Encore ! ». Jan s'est inclinée, presque en professionnelle ; à gauche, à droite, pivotant lentement pour faire face à tout son public. Elle m'a aperçu, les yeux fixés sur elle, et s'est avancée vers le bord de l'estrade, droit sur moi. « Attrape-moi, Nick ! » a-t-elle dit en se retournant, et elle s'est laissée tomber en arrière dans mes bras tandis que mes trois verres allaient exploser par terre.

Je ne voulais pas réfléchir à la signification de tout cela, pas pour l'instant. Un sourire figé sur les lèvres, à jamais, me semblait-il, j'ai posé Jan sur ses pieds, glissé mon bras autour de sa taille et, de la main gauche, saisi son poignet gauche. Puis je me suis emparé aussi de son poignet droit et, les bras baissés, les mains hors de vue, je lui ai fait traverser – de force – la foule en joie qui l'applaudissait encore et reculait à contrecœur pour nous laisser passer. J'avais aperçu, près du bar le plus proche, une porte vitrée qui donnait sur l'un des côtés de la galerie et de là sur quelques marches menant à une pelouse. Nous avancions vite et allions atteindre le seuil lorsque Jan s'est arrêtée si brusquement que son poignet gauche m'a échappé. Je me suis tourné vers elle, la tenant toujours par l'autre bras, et elle m'a tendu sa main libre, paume ouverte. « Donne-moi vingt dollars.

– Dehors », ai-je dit tout bas, en hochant énergiquement la tête pour l'apaiser. « Sortons et je te...

– Non. » Elle a agité la main avec impatience. « Ici. Tout de suite. Ou je refuse d'avancer. »

Des gens nous regardaient, j'ai sorti mon portefeuille et j'y ai trouvé un billet de vingt dollars que je lui ai tendu. Jan l'a pris – j'avais été obligé de la lâcher – et a contourné l'extrémité du bar en passant devant la dame aux cheveux gris. Elle s'est emparée d'une bouteille de gin encore fermée, est revenue sur ses pas pour flanquer le billet sur la nappe devant la femme, et – moi dans son sillage – s'est dirigée vers la sortie en souriant et en envoyant des baisers à la foule incrédule qui chuchotait, hilare.

Une fois dans la Packard, j'étais tellement énervé que j'ai eu du mal à introduire ma clef de contact, et lorsque j'ai enfin démarré et reculé dans l'allée, j'ai failli emboutir l'aile de la voiture qui était derrière nous. Je me suis engagé sur la petite route de terre et j'ai roulé plusieurs centaines de mètres penché sur le pare-brise à essayer de voir à la lumière du clair de lune, avant de penser à allumer mes phares. Je me suis éloigné de l'autoroute et dirigé vers la campagne, cherchant un endroit où me garer pour parler ; là, tout de suite, j'en étais incapable.

Mais la capote était baissée, l'air doux de la nuit me rafraîchissait les joues, et bientôt je me suis senti capable de discuter calmement. « Jan », ai-je commencé, mais elle a fait semblant de ne pas m'entendre ; les sourcils froncés, elle essayait d'arracher le cachet de plastique transparent entourant le goulot de la bouteille qu'elle tenait sur ses genoux. Elle s'est mise à dévisser le bouchon avec impatience, sans ôter le cachet. Je me contrôlais difficilement et j'ai hurlé : « *Jan !* Arrête, bon Dieu ! » On était plus ou moins dans la campagne, il n'y avait aucun véhicule derrière nous ; j'ai obliqué vers l'étroit accotement et me suis arrêté sur un coup de frein brutal. « Jan, réponds-moi ou je te jure que je vais...

– Appelle-moi par mon nom et je te répondrai. » Elle souriait calmement.

Je l'ai regardée sans répondre, mais une fois de plus je savais ce qui se passait, je le savais depuis longtemps. Je savais qui, cet après-midi, avait acheté cette robe voyante trop courte, qui savait presque toutes les paroles de *Bye, Bye, Blackbird* et dansait le charleston comme si elle l'avait inventé. « Marion ?

– Je le crierai à ce monde absurde. Ouvre cette satanée bouteille, Nickie ; tu as besoin d'un petit verre ! »

Elle avait raison. J'ai saisi la bouteille et arraché le cachet en plastique ; le conducteur d'une Volkswagen qui passait s'est retourné pour nous regarder. Trois verres et six kilomètres plus loin sur la route non macadamisée et pleine de virages – on était en pleine campagne, hors des limites de la ville – j'ai éprouvé le besoin d'une nouvelle dose. J'ai pris la bouteille et, conduisant d'une main, bu une grande gorgée de gin au goulot.

« Chin-chin », ai-je dit ; elle a fait comme moi, puis a souri de toutes ses dents.

« C'est pas fabriqué dans une baignoire, ça, mon chou ; c'est du vrai d'avant guerre.

– Il faut qu'on parle. » Devant nous, un petit chemin menait à la barrière d'un champ et j'ai ralenti pour m'y engager.

« Oui, mais pas maintenant ; amusons-nous d'abord ! *Roule !* » Elle a mis son pied sur le mien et enfoncé la pédale de l'accélérateur jusqu'au plancher. La voiture s'est cabrée et a foncé ; d'un coup de volant, j'ai évité le chemin et le fossé qui le longeait. « Appuie sur le champignon ! On va faire une virée ! » a-t-elle crié en se retournant pour grimper sur le siège en cuir et s'asseoir sur la capote repliée. Elle a hurlé : « *Youpi !* » et une minuscule partie de mon esprit a noté que mes lèvres s'étiraient en un grand sourire et que mon pied laissait l'accélérateur au plancher.

La route était dangereuse et la partie arrière de ma grosse voiture chassait dans les virages. Mais, sans ralentir, je me suis penché en avant, j'ai desserré d'une seule main les écrous nickelés du pare-brise et l'ai couché à plat sur le capot.

L'air frais de la nuit, chargé des senteurs de la campagne, fouettait mes cheveux, pressait les verres de mes lunettes contre mes sourcils et mes pommettes, et m'obligeait à plisser les yeux. On a négocié un autre virage et chassé de l'arrière avant que les roues mordent à nouveau la route, mon cœur a bondi d'excitation dans ma poitrine et j'ai hurlé : « Youououpiiiii ! » Perchée sur la capote repliée, Marion brandissait sa bouteille de gin avec, dans ses yeux mi-clos sous l'assaut du vent, une expression de plaisir absolu, et sur ses lèvres gonflées un petit sourire de joie pure, irréfléchie, animale.

« Et merde pour les flics ! » Elle a bu une grande goulée de gin, son cou tendu se détachant en blanc au clair de lune, puis elle m'a lancé la bouteille. Je l'ai attrapée au vol et l'ai vidée jusqu'à la dernière goutte sans lever le pied de l'accélérateur. Un arbre se précipitait vers nous ; je me suis levé à moitié derrière le volant et, de toute ma force, j'ai jeté la bouteille. Elle a heurté le tronc en plein milieu, s'est fracassée superbement dans une envolée d'éclats de verre pareils à de la glace, et nous avons hurlé de plaisir, déchaînés comme jamais je ne l'avais été depuis mon enfance, comme je ne croyais plus possible de l'être.

Mais cinq cents mètres plus loin, j'ai ralenti en appuyant plusieurs fois sur le frein et me suis engagé en cahotant sur un chemin de terre creusé d'ornières qui menait à une ferme dont on apercevait les lumières au loin. Il y avait des chevaux dans un pré, et des arbres surplombaient le bas-côté. Je me suis arrêté dessous, j'ai serré le frein à main, coupé le contact et éteint les phares ; il fallait que nous parlions.

Marion s'est laissée glisser sur le siège – et sa robe de lui découvrir un peu plus les jambes – puis s'est tournée vers moi en tendant les bras. « Oh, Nickie, Nickie, c'est *si bon d'être de retour.*

– Attendez ! » J'ai levé la main. « Vous me prenez pour mon père, hein ?

– Bien sûr que non. Hier soir, oui. Quand on regardait mon film. J'étais encore désorientée ; on perd le sens du temps. Parce qu'il n'a plus d'importance.

– On n'est plus dans les années folles, vous savez.

– Ça, c'est bien vrai ! Quelle soirée ! Tout le monde ne parlait que de crèches ! Tu parles d'une fête ! Personne ne s'amusait. Qu'est-ce que c'est que ce grand pont rouge qu'on a traversé ?

– Le Golden Gate.

– Et les ferries, alors ?

– On s'en est débarrassé.

– Et allez donc ! C'est complètement idiot ! Ils étaient marrants.

– Mais on a gardé les funiculaires. Quelques-uns, en tout cas.

– Ça, c'est bien. Au fait ! Dempsey a battu Tunney ?

– Non. C'est Tunney qui a gagné. Deux fois. Il y a eu deux matchs.

– Merde ! Dempsey est si séduisant, bien plus mignon que le prince de Galles. On est en quelle année ?

– Mil neuf cent quatre-vingt-cinq.

– Quoi ? Alors, ça fait... cinquante-sept ans.

– Cinquante-neuf.

– Je déteste l'arithmétique. Ça veut dire que j'ai...

– Quatre-vingts ans. »

Elle est restée bouche bée, puis a souri. « Non, absolument pas. Et tu le sais bien. »

Une pensée s'agitait au fond de mon esprit ; elle était là depuis un certain temps et maintenant elle cherchait à attirer mon attention. « Marion... Hier soir. Après le film. C'était... *vous* ? »

Elle s'est appuyée contre la portière pour me faire

face ; un rire silencieux secouait ses épaules. Puis, elle a acquiescé d'un hochement de tête.

Je me suis détourné brusquement pour regarder par-dessus ma portière l'arbre qui se dressait à côté de nous. J'ai entendu Marion se rapprocher de moi ; elle m'a enfoncé un doigt dans les côtes. « Hé ! a-t-elle dit d'une voix douce, qu'est-ce qu'il y a de si intéressant par là ? Hé, Nickie, regarde-moi ! » J'ai secoué la tête. « Pourquoi non ?

– *Non*, merde ! » Je me suis retourné pour la regarder et j'ai secoué la tête. Ce n'était pas croyable. « Bon Dieu, je suis assis là à regarder le visage et le corps de ma femme et à vous raconter comment je l'ai trompée, *elle* ! Ça ressemble à de l'inceste ! En pire ! » J'ai appuyé mes coudes sur le bord inférieur du grand volant en bois et enfoui mon visage dans mes mains. « Bon Dieu ! Je dois être le premier en cinquante mille ans à découvrir une nouvelle sorte de péché.

– Ce n'était pas agréable ? » Je n'ai pas répondu, ni bougé. « Allons, a-t-elle repris d'un ton enjôleur, cela ne te fera pas de mal de dire que c'était bon. Parce que c'est vrai. Et tu le sais bien.

– Bon Dieu, oui.

– Oh, oui. Drôlement mieux que tout ce que peut en savoir l'autre, là, Janice Popote. » Elle est restée un moment silencieuse. « Regarde-moi, bon sang ! Je ne ressemble pas du tout à ta femme ! »

Je me suis retourné pour l'examiner. C'était le visage de Jan, ses cheveux noirs, ses bras, ses mains et son corps, mais... il y avait une insouciance dans les yeux, une sensualité dans les lèvres souriantes, une tension et une passion dans chaque ligne de ce corps familier que je n'avais jamais vues auparavant. Elle ressemblait à Jan mais, chose incroyable, ce n'était pas elle. Il s'agissait d'une autre femme ; Marion Marsh et personne d'autre se penchait maintenant vers moi, ses lèvres humides me souriaient, s'offraient à moi. « Embrasse-moi, Nick. »

J'ai fait non de la tête et lui ai tourné le dos.

« Pourquoi pas ?

– Pour une raison totalement ridicule : je ne veux pas tromper ma femme ! » Je regardais les arbres presque sans les voir, luttant contre la tentation – oh, mon Dieu, je n'aurais pas dû boire tout ce gin –, une tentation si forte qu'elle me coupait le souffle. Oui, je la *désirais* tellement que je n'arrivais pas à y croire. J'ai fermé les yeux et me suis mis à respirer profondément, lentement ; j'ai fait appel à toute ma raison, sachant que cette fille à côté de moi m'attendait, s'offrait à moi... et j'ai gagné. Lorsque j'ai fini par rouvrir les yeux, j'étais épuisé.

J'ai respiré encore plusieurs fois lentement pour me calmer, puis je me suis tourné vers Marion afin de lui faire comprendre qu'elle devait sortir de nos vies. Toujours face à moi, toujours souriante, elle ne bougeait pas, ne disait rien ; elle se contentait d'attendre pendant que je cherchais mes mots. Elle respirait la volupté – comment y arrivait-elle, comment était-ce possible ? C'était *la femme* la plus sensuelle que j'aie jamais vue. Cela brillait dans ses yeux, exsudait de ce corps familier et totalement étranger, remplissait l'air autour de nous. « Nickie, a-t-elle dit d'une voix douce, savez-vous que je suis nue sous cette robe ? » et un terrible désappointement m'a soudain envahi à l'idée que j'avais gagné et que j'allais réussir à résister ; c'était plus que je ne pouvais en supporter, alors je l'ai prise dans mes bras. Je l'ai enlacée, elle m'a enlacé, et là, les yeux fixés sur les chevaux, garé sur une route de campagne comme un lycéen, le corps de ma femme dans mes bras, je lui fus de nouveau sauvagement infidèle ; oh, bon Dieu.

On est repassés devant la maison où, chose incroyable, la fête continuait ; et on a rejoint l'autoroute avant que je me sente en état de reparler. Je me suis alors entendu articuler d'une voix solennelle et un peu tremblante vu la gravité de ce que je devais dire : « Marion. Ecoutez-moi. Ne recommencez jamais, jamais cela. » Mais elle n'a pas répondu et, à la lueur verdâtre d'un réverbère, j'ai remarqué qu'elle s'était endormie.

Elle dormait encore pendant la traversée du pont et de San Francisco, mais au bruit que j'ai fait en serrant le frein à main, elle a ouvert les yeux, jeté un coup d'œil sur la maison, puis sur moi. « Salut », a-t-elle dit.

La vue embrumée par le gin, j'ai essayé d'étudier son visage ; nous étions presque sous la lumière du réverbère situé devant la maison.

« Salut. » En femme bien élevée, elle a mis la main devant sa bouche pour réprimer un rot. Puis elle a appuyé le dos de sa main sur son front. « Nickie... Je ne me sens pas bien. »

4

Un peu avant midi, j'étais en pantoufles et pyjama dans la cuisine, à attendre que le pain grille en essayant de ne pas écouter le fort gargouillement du percolateur dont les pulsations évoquaient celles d'un cœur. J'avais une terrible gueule de bois et restais totalement immobile, les bras ballants, les yeux fermés ; quand les tartines ont sauté, je n'ai pu m'empêcher de grimacer de douleur. Il me fallait traverser la cuisine, mais j'ai réussi à me déplacer sans soulever mes semelles du linoléum. Sortir les assiettes, ce n'était pas trop dur, mais les plateaux étaient rangés à la verticale dans l'étroit intervalle entre le réchaud et le réfrigérateur, et pour en prendre un j'ai dû me pencher. J'ai procédé très lentement en pliant les genoux, sans baisser les yeux et à tâtons.

Al grattait à la porte de derrière ; l'heure de le laisser entrer était passée depuis longtemps et il le savait. Je lui ai parlé, les yeux fermés ; je lui ai dit que nous avions décidé de nous débarrasser de lui et de le remplacer par une plante verte. Peut-être m'a-t-il cru, car pendant que je me dirigeais vers le réfrigérateur, je l'ai entendu redescendre les marches du perron.

J'ai cherché fébrilement du jus de tomate en écartant

les cartons de lait ; je me souvenais que la vodka et le jus de tomate étaient censés guérir ce genre de douleur. Il n'y en avait pas, car on en buvait rarement. Mais j'ai trouvé une grande bouteille bien fraîche de champagne de Californie que Jan avait achetée en promotion à la boutique de vins et spiritueux du coin et qu'elle gardait pour notre anniversaire. C'était un cas d'urgence, aussi je l'ai prise, j'ai arraché le faux papier d'étain et ôté le bouchon de plastique en faisant attention au bruit.

Le plateau tremblait si fort dans mes mains que les liquides ont débordé pendant que je regagnais la chambre. Jan, en chemise de nuit rose, un châle en tricot brun jeté sur les épaules, était blême ; elle avait bu encore plus de gin que moi. Elle était adossée à l'oreiller. « Oh, chouette. Jamais je n'aurais pu me lever et je serais morte de faim. Merci, Nickie chéri », a-t-elle ajouté si gentiment, si tendrement, que ma conscience a commencé à me faire encore plus mal que ma tête.

« J'ai fait tout ça à tâtons ; je n'ose pas ouvrir les yeux. » J'ai posé le plateau au centre du lit et me suis recouché. Puis, lentement, lentement, ne mâchant que par un acte de volonté, avalant avec précaution, on a fait glisser le pain grillé avec de petites gorgées prudentes de ce champagne glacé, incroyablement délicieux ; on a pris de l'aspirine ; on a bu notre café. Après la deuxième tasse, j'ai dit : « Comment te sens-tu ? »

Jan a réfléchi, la tasse nichée au creux des mains. « Mieux, a-t-elle reconnu, un peu surprise. Mon mal de tête est moins affreux ; je suppose que l'aspirine commence à agir. En gros, je me sens un peu moins mal ; c'est le café et le pain grillé, je pense.

– Et surtout le champagne. Il vaut mieux ne pas faire ça trop souvent, tu sais, ou on sombre dans l'alcoolisme.

– En tout cas, ça aide. » Elle a bu encore une petite gorgée de champagne, un peu de café, puis a soupiré, reposé la tasse, s'est carrée sur son oreiller, a fermé les yeux et s'est assoupie.

Je suis resté à contempler cette femme pâle et vulnérable ; c'était *Jan*, c'était *ma femme*. La veille et la nuit d'avant, j'avais... Même si c'était son corps, il s'était agi d'une autre femme, il n'y avait pas le moindre doute là-dessus. Parfois, je rêvais tout éveillé à d'autres femmes, mais la solution à nos problèmes, quels qu'ils soient, ce n'était pas quelqu'un d'autre ; je voulais que ça marche avec *Jan*. Je suis resté à la contempler – ses joues avaient repris un peu de couleur –, me rappelant l'époque où nous n'étions pas encore mariés, notre lune de miel, ce genre de chose ; je me sentais très tendre et terriblement possessif. Puis j'ai glissé moi aussi dans le sommeil.

« Nick ?

– Oui ? » J'ai ouvert les yeux et testé rapidement l'état de mon organisme. J'étais définitivement remis.

« Que s'est-il *passé* hier soir ? Je n'arrive pas à me souv... » Sa voix s'est éteinte et, les sourcils froncés, elle a contemplé fixement le pied du lit. Puis elle m'a regardé. « Nick ! Hier soir. Est-ce que j'ai... *dansé* ? J'ai vraiment dansé ?

– Eh bien. Oui. Un peu.

– Toute seule ? »

J'ai acquiescé d'un signe de tête en l'observant.

« C'est drôle, je m'en souviens à peine. C'est comme si j'entrevoyais quelque chose l'espace d'un instant, avant que ça disparaisse. » Elle a écarquillé les yeux. « J'ai *chanté*, aussi, n'est-ce pas ? Là-haut, sur l'estrade ! »

J'ai de nouveau hoché la tête.

« Oh, Nick, mais c'est *horrible* ! » Elle s'est caché le visage dans les mains. « Pourquoi tu ne m'en as pas empêchée ! Je ne vais plus oser parler aux Hurst ! » Elle a baissé les mains et m'a contemplé pensivement. « Et après... Je ne suis pas sûre de bien me rappeler ; c'est comme un rêve dont on se souvient à peine. Mais... on n'a pas fait une virée en voiture ? *A toute vitesse ?* En dérapant dans les tournants ? Et tu n'as pas... mais si, tu l'as fait, Nick ! Tu as jeté une bouteille contre un arbre ! »

J'ai encore acquiescé en silence.

« Je ne comprends pas. Nous n'avons pas l'habitude de nous enivrer ! » Elle s'est tue et m'a regardé fixement.

Je ne savais pas quoi dire, ni s'il fallait que je parle. J'ai haussé les épaules. « Bah. Ce sont des choses qui arrivent. On n'en est pas maître. » Il y avait un peu de couleur sur ses joues, mais ses yeux étaient cernés de bistre. Elle avait l'air délicate, fragile, et une tendresse mêlée de culpabilité m'a envahi. « Je suis content que tu te sentes mieux. »

L'accent de sincérité de ma voix lui a arraché un sourire. « Je sais. Tu vas mieux, toi aussi ? » Signe de tête affirmatif. « Je m'en réjouis. »

Je me suis penché vers elle et j'ai déposé un petit baiser sur ses lèvres. Puis, presque couché sur le plateau, je l'ai prise par les épaules et embrassée de nouveau, plus longtemps et d'une manière plus appuyée. Je voulais mettre fin à son inquiétude et il me semblait que c'était le meilleur moyen. « Eh bien ! » Jan faisait semblant de reprendre son souffle. « Qu'est-ce que cela veut dire ? Et avec la gueule de bois en plus. »

J'ai souri. « Surtout avec la gueule de bois. C'est l'effet que ça me fait, je ne sais pas pourquoi ; toujours.

– Toujours ? Est-ce que tu veux dire que...

– Au diable l'histoire ancienne. Ce qui compte, c'est maintenant. » Je me suis de nouveau penché par-dessus le plateau pour la prendre dans mes bras.

« Eh bien, on pourrait peut-être se débarrasser de ça. » Elle a pris le plateau, l'a posé par terre, s'est retournée vers moi pendant que je me rapprochais d'elle et on s'est longuement, doucement embrassés. Puis on s'est laissés retomber en arrière, nos têtes sur l'oreiller de Jan. On avait tous deux le sourire, on s'appréciait mutuellement, goûtant à l'avance l'étreinte amoureuse, pondérée, presque alanguie, encore un peu empreinte de gueule de bois, qui nous attendait.

On s'est installés plus confortablement et on s'est encore embrassés. Jan a cherché et trouvé le mouchoir qu'elle gardait sous son oreiller et s'est mouchée. J'ai tiré la couverture sur nos épaules et remonté mon oreiller d'un coup de poing ; je sentais une pulsation à la base de mon crâne, un mal de tête qui se demandait s'il allait revenir ou non. Mais je m'en moquais. Ma culpabilité m'avait poussé à faire des avances à Jan et maintenant je me prenais délicieusement au jeu. Je l'ai embrassée avec une passion sans hâte et elle y a répondu. Mes perceptions ont commencé à s'estomper et j'ai souri de soulagement parce que je tirais de tout cela autant de plaisir, et même *plus*, que la nuit dernière. Les mains de Jan se sont jointes sur ma nuque, s'y sont nouées, elle m'a attiré à elle, m'embrassant de plus en plus fort, et mes bras se sont resserrés autour d'elle jusqu'à la faire suffoquer. « Jan ?

– Oui ?... »

J'ai été pris d'une irrésistible envie de me raconter des histoires, de me dire que je me faisais mener en bateau. J'en avais envie. Dieu, que j'en avais envie ! Mais je savais que le moment de vérité était arrivé, l'épreuve à laquelle je ne devais pas échouer, et je l'ai repoussée si violemment que ses mains se sont disjointes et qu'elle a poussé un cri. Mais j'ai continué à l'éloigner de moi, brutalement, frénétiquement, des deux mains. « Non, bon Dieu, non ! ai-je hurlé. C'est vous, et je le sais !

– Bah, quelle différence ça fait ? a répondu rageusement Marion.

– Toute la différence du monde ! » J'ai allongé une jambe et posé mon pied sur le ventre de Marion pour la maintenir loin de moi.

« N'est-ce pas, hein ? Toute la différence du monde. » Elle s'est recouchée en souriant ; c'était le visage de Jan, mais les yeux brûlants et malicieux de Marion.

Je suis un mordu du cinéma muet, expression que je n'aime pas beaucoup, mais je n'en ai pas d'autre à ma disposition. J'ai vu beaucoup de films de Keaton, Laurel et Hardy, Chaplin et Mack Sennett. Aussi je sais que leurs meilleurs gags sont loin d'être bâclés. Une fois admis le postulat de départ, certaines des plus belles séquences – comme celle de Keaton et du mortier sur le wagon plate-forme, dans *Le Mécano de la « General »* – sont merveilleusement logiques, chaque événement découlant inévitablement du précédent. Curieusement, ils sont conformes à la réalité ; cela aurait vraiment pu se passer comme ça. Dès lors comment m'étonner que ce qui m'arrivait là, dans ma propre chambre à coucher, ait dégénéré en un gag digne des Keystone Kops [1].

Marion tente de se rapprocher de moi, mais mon pied, toujours appuyé sur son ventre, la tient à distance. « Nickie, tu as envie de moi et tu le sais ! »

Je le sais. « Non, pas du tout. Et maintenant, ça suffit ! »

Sa main se glisse sous le pyjama pour remonter, chatouilleuse, le long de mon mollet et ma jambe bouge involontairement pour lui échapper. Aussitôt elle se jette sur moi et je recule jusqu'au bord du lit, je pose mon autre pied par terre et me retrouve debout, tâchant d'assurer mon équilibre. Elle éclate de rire, saisit l'extrémité du cordon de mon pyjama et tire dessus d'un coup sec ; le nœud se défait et mon pantalon tombe à mes pieds. Je me penche vivement et le saisis à deux mains, mais elle, à plat ventre au bord du lit, cherche à m'empoigner et je m'enfuis, un pied libéré, l'autre traînant le pantalon encore entortillé autour de la cheville. Marion se lève dans un tourbillon de tissu rose et de jambes en l'air, et moi, nu et sans défense, tirant sur le bas de ma veste de pyjama, je libère d'une ruade mon autre jambe et traverse la pièce en courant. Une grande penderie court le long d'un mur de notre chambre ; la porte la plus proche de moi est ouverte ; je m'engouffre dedans. C'est une porte à glissière, je la fais coulisser derrière moi.

Instantanément, elle se rouvre et Marion apparaît,

1. La force de police follement incompétente des films de Mack Sennett de 1914 au début des années 20. Bien des comédiens des films muets, tel « Fatty », avaient commencé par jouer l'un de ces flics délirants. *(N.d.T.)*

souriante et excitée. Je m'enfonce dans les vêtements suspendus à côté de moi. « Marion, je vous en prie ! C'est absurde !

– Mais marrant ! Dans une penderie, hein, Nick ! Dis donc ! »

Je m'enfuis en faisant glisser sur la tringle des brassées de vêtements appartenant à Jan, et Marion me suit en les rejetant presque aussi vite derrière elle : on a l'air de nager dans les habits. « Nickie, crie-t-elle d'une voix étouffée, c'est excitant, non ? »

Bizarrement, c'est vrai. Si elle réussit à me toucher ne serait-ce que du bout du doigt, je sais ce qui va se passer, là, tout de suite ; aussi, me servant de mes deux bras en une sorte de nage indienne, je me mets à rejeter derrière moi de plus grandes brassées de vêtements pour me frayer un passage vers l'extrémité de la penderie.

Brusquement, je m'arrête pile ; de la lumière vient d'apparaître devant moi, l'autre porte est en train de s'ouvrir sans bruit. Je reste immobile, écoutant, n'entendant rien, respirant à peine. Le silence se prolonge et je comprends qu'elle est là, quelque part dans la chambre, à guetter le bruit que je vais faire en me dirigeant dans une direction ou dans une autre. Je reste à mi-chemin des deux portes ouvertes, dans un petit no man's land vide entre ma partie de penderie et celle de Jan. Je tends silencieusement la main, l'extrémité de mes doigts effleure du nylon et je reconnais ma veste de ski. Très lentement, je tâte en dessous, touche un tissu plus doux et referme ma main dessus.

C'est alors que j'entends cliqueter les cintres vides ; elle se fraie un chemin vers moi au milieu des vêtements de Jan, espérant probablement me rejoindre pendant que je suis en train de me diriger de ce côté-là. Sous mes chemises, mes costumes et mes pantalons suspendus, il y a un espace vide d'un mètre de haut. Accroupi, je me faufile sous mes vêtements, puis, toujours en canard, j'émerge silencieusement dans la chambre vide, mon pantalon de ski à la main. Je me redresse et, en équilibre sur un pied, je m'empresse de le mettre. Mais, voulant faire trop vite, je perds l'équilibre après avoir enfilé une seule jambe et je suis obligé de faire un petit saut ; mon pied heurte le sol comme un marteau.

Aussitôt, j'entends Marion changer de direction à l'intérieur du placard et elle apparaît du côté de Jan. Elle reste immobile, à me regarder, puis lève lentement les deux mains, les doigts recourbés comme des griffes, et, les épaules secouées d'un rire silencieux, elle fait une grimace qui se veut grotesquement lascive. Elle s'avance lentement vers moi.

Lorsqu'on est poursuivi, on se retrouve en proie à une espèce de panique imbécile. Sans réfléchir, je me laisse simplement tomber par terre sur les mains et le ventre et, prenant appui des deux pieds contre la paroi du placard, je me propulse sur le parquet ciré jusque sous le lit.

Je me dépêche de me retourner sur le dos et je regarde les pieds nus et l'ourlet rose de la chemise de nuit de Marion traverser la pièce ; elle rit à gorge déployée. Je n'ai toujours qu'une seule jambe dans le pantalon de ski et, dans l'espace d'une trentaine de centimètres de haut dont je dispose, je tente d'enfiler l'autre, mais sans arriver à trouver l'ouverture, ni à manœuvrer, ni à voir derrière moi ; je transpire horriblement. Enfin mes orteils découvrent un orifice et – fou de rage – j'y enfonce violemment ma jambe, en forçant.

Marion s'est penchée pour me regarder ; ses cheveux pendent presque tout droit de sa tête renversée, ses yeux pétillants sont fixés sur les miens. Nous restons un moment immobiles à nous contempler. Puis une main apparaît à côté de son visage, son index se recourbe lentement et me fait lascivement signe de venir ; je me mets à jurer.

Elle se redresse, puis le lit commence à se déplacer doucement sur ses roulettes ; je vais me retrouver à découvert. Je réagis sans réfléchir et, comme un fantassin rampant sous le feu, je joue frénétiquement des pieds et des mains pour me déplacer aussi vite que le lit. Enfin, je retrouve la raison. Je me suis cogné la tête contre le sommier ; je me suis fait mal aux poignets en retombant sur le sol ; j'ai chaud, je suis plein de poussière, fou de colère ; je suis prêt à résister à n'importe quelle femme. Je cesse de bouger et me laisse exposer au grand jour.

Je me relève avec difficulté en me tenant au dosseret du lit, maintenant au milieu de la pièce ; je dois ressembler à un triton avec mes deux membres inférieurs prisonniers du tissu extensible d'une des jambes de mon pantalon de ski. Cette vision coupe la parole à Marion ; elle ne peut que montrer du doigt mes jambes enveloppées de bleu, unique membre épais étrangement déformé dont les deux pieds émergent d'un seul revers, et elle éclate de rire, stupéfaite et ravie. Que je sois damné si je saute sur un pied, me dis-je, et, me tenant au dosseret, je reste immobile. Marion s'écroule sur le lit en se tenant le ventre et en hurlant de rire ; je souris d'un air penaud et je finis par rire moi aussi.

Elle doit s'arrêter, à bout de souffle, les joues ruisselantes de larmes, et elle reste étendue à secouer la tête avec incrédulité. Je la regarde et je résiste. Je résiste plus que jamais. Je résiste furieusement. Et je succombe. Comme je ne peux pas marcher, j'effectue un plongeon, sorte d'éclair blanc terminé en pointe bleu ciel, et la prends dans mes bras au premier rebond après l'atterrissage.

Lorsque je me suis redressé, ce fut très lentement. Je me suis emparé de la couverture et l'ai drapée autour de mes épaules en laissant retomber l'un des coins sur ma tête, et je suis demeuré ainsi, les genoux repliés, pelotonné. « Merde, ai-je dit. Merde de merde.

– Tu n'avais qu'à pas m'énerver ! » Marion a redressé l'oreiller à coups de poing, puis s'est renversée en arrière et a ramené le drap sur elle. « C'était une fameuse partie de pyjama ! Et tu le sais bien ! » Elle a souri. « Oh ! c'est si bon d'être de retour ! *Et de refaire l'amour !*

– Et de s'emparer du corps de quelqu'un d'autre, hein ?

– Mais pas de n'importe qui ! C'est ma maison, ici, c'est là que j'habitais, aussi il fallait que ce soit Jean, Jane, June, peu importe. Tu ne crois tout de même pas que ça me plaît ? » Elle a saisi une mèche de cheveux et l'a tenue devant ses yeux. « Regarde-moi ces cheveux minables. Une couleur d'un moche ! » Elle l'a laissée retomber. « Et ces sourcils épais ! Et ces bras maigrichons ! » Elle a sorti une jambe des draps et l'a levée très haut avec élégance. « Je dois dire que les jambes ne sont pas mal. Mais les miennes étaient mieux. » Elle a gardé la pose en souriant d'un air coquin jusqu'à ce que je détourne les yeux ; elle m'a alors mis sa jambe sous le nez, les orteils bien droits pour en faire valoir le galbe.

« Ça suffit. »

Elle a ramené la jambe sous le drap et s'est mise à faire de gros bruits de baisers. « De l'intérieur, sa bouche me paraît drôle. Pas assez charnue ou je ne sais quoi. Mais elle embrasse pas mal, hein, Nickie ? » Brusquement, elle a lancé les bras en arrière et cambré son corps sous le drap jusqu'à ce qu'il ne soit plus soutenu que par les épaules et les talons. « Oh ! c'est merveilleux, Nick ! Tout est merveilleux ! Simplement s'étirer, c'est merveilleux ! J'avais oublié ça ! » S'allongeant de nouveau, elle a vu le plateau par terre, à côté d'elle. « Hé ! Ça fait longtemps que je n'ai pas bu de champagne ! » Elle s'est penchée au bord du lit, a rempli deux verres et, se redressant, m'en a tendu un. Je l'ai siroté tristement ; elle a goûté, puis vidé le sien d'un coup. « Eh bien, dis donc ! C'est *bath* ! Où as-tu dégoté une telle roteuse ?

– Dans la boutique de vins et spiritueux près de Haigh Street.

– Le bootlegger a une *boutique* ?

– Non. La prohibition, c'est fini, Marion. Ça l'était bien avant ma naissance.

– Eh bien, voilà qui simplifie tout. » Elle a pris la bouteille, s'est resservie et l'a tendue impatiemment jusqu'à ce que j'aie terminé mon verre, afin de le remplir de nouveau.

« Marion. Il faut que vous partiez. Et que vous nous laissiez tranquilles. Disparaissez.

– Alors qu'il reste encore du champagne ? Tu ne connais pas Marion Marsh.

– Je commence à la connaître. »

On a terminé la bouteille ; il ne restait plus qu'un demi-verre pour chacun. Marion a vidé le sien la tête renversée en arrière, avalant jusqu'aux dernières gouttes, puis elle l'a posé sur la table à côté d'elle en faisant claquer ses lèvres. « Il nous faut encore un peu de cette super bibine, Nickie.

– Pas question. Il faut que vous partiez, sacré nom de nom ! »

Elle a rejeté le drap, s'est dirigée, nue et belle, vers la partie de la penderie réservée à Jan et a glissé un pied puis l'autre dans l'unique vieille paire de chaussures à hauts talons qui s'y trouvait. Elle s'est emparée du sac de Jan posé sur la commode, s'est tournée vers la porte de la chambre et, d'une main, a décroché au passage le manteau de ma femme.

En un temps record, j'ai enfilé un pantalon et une chemise sur ma veste de pyjama, chaussé mes pieds nus de mocassins et rentré mes pans tout en descendant l'escalier quatre à quatre. Mais lorsque je suis arrivé sur le trottoir, elle était déjà loin, presque au coin de la rue. J'ai sauté dans ma Packard sans ouvrir la portière et l'ai suivie, accélérant autant qu'il était possible. Je n'avais pas atteint le coin de la rue qu'elle avait déjà tourné à droite.

J'ai fait de même et me suis garé au bout du pâté de maisons. Marion, à cinquante mètres devant moi, est passée devant la confiserie, le salon de beauté et le coiffeur et s'est dirigée vers la boutique de vins et spiritueux dont l'enseigne se balançait au-dessus du trottoir. Une grosse femme se tenait presque en dessous, tournée vers Marion. Sa bouche remuait, et lorsque le moteur s'est tu, je l'ai entendue appeler faiblement : « Au secours. » Elle a répété ces deux mots, moins un cri qu'un simple énoncé : « Au secours » ; puis : « Police. » Elle ne regardait pas Marion, mais un homme qui s'éloignait d'elle et venait vers nous. Il n'était pas vieux, comme je l'avais cru au premier coup d'œil, mais misérable, vêtu d'un manteau sale, excessivement long – jusqu'à effleurer ses souliers non lacés – et coiffé d'un bonnet tricoté qui descendait bas sur le front et les oreilles. Il lorgnait Marion qui s'avançait vers lui ; j'ai brusquement compris de quoi il s'agissait à l'instant où l'homme, qui n'était pas à dix mètres de Marion et marchait lentement à sa rencontre, a ouvert son manteau. J'ai juré et bondi hors de la voiture. Parce que l'homme, un exhibitionniste, était complètement nu sous son manteau dont il tenait les pans ouverts, les yeux rivés sur ceux de Marion.

Celle-ci n'a pas hurlé, ni détourné le regard, ne s'est pas éloignée à grands pas, et n'a même pas eu un moment d'hésitation. Elle a ouvert tout grand son propre manteau et tous deux ont marché l'un vers l'autre nus comme des vers, les pans de leur unique vêtement tenus droit devant eux.

L'homme en est resté bouche bée. Il s'est arrêté, les yeux fixes, horrifié, puis a ramené ses bras contre lui, s'est enveloppé étroitement dans son manteau, a fait demi-tour et s'est enfui à toute allure.

La grosse femme vers laquelle il revenait maintenant a poussé un cri aigu, fait demi-tour et s'est mise aussi à courir. Tous deux – la femme affolée fuyant à pas pesants, lui traînant les pieds pour ne pas perdre ses souliers – ont descendu la rue en un étrange ralenti tandis que Marion, le manteau douillettement refermé, très grande dame, pénétrait dans la boutique.

Je riais trop, en silence, les épaules tressautant, pour protester lorsque je l'ai suivie dans la boutique et qu'elle a acheté plusieurs bouteilles de champagne, dépensant, à dix-neuf *cents* près, tout l'argent qui était dans le porte-monnaie de Jan.

Je me souviens d'une partie de ce qui s'est passé ensuite avec une clarté éblouissante, mais pas du tout du reste. Je nous vois descendre en courant les marches de mon appartement, les bouteilles à la main, Marion vêtue de la robe de chambre en velours rouge galonnée d'or de Jan et chaussée de mules assorties. Sur le perron, nous frappons bruyamment à la porte des Platt en nous étranglant de rire. Et je vois encore leurs têtes quand ils viennent ouvrir en courant et nous aperçoivent sur le seuil ; ils n'avaient pas encore déjeuné. Je me souviens de les avoir invités à monter boire le champagne, mais pas de leur arrivée.

Je me souviens de Marion et de moi, dans la cuisine, ouvrant une bouteille ; je la tenais pendant qu'elle se débattait avec le bouchon. Al grattait à sa petite porte, je l'ai ouverte du pied, il l'a poussée avec sa truffe, est entré et s'est arrêté pile. Immobile, figé en plein mouvement, il regardait Marion fixement. Visiblement, il ne reconnaissait pas Jan ; c'était pour lui une étrangère et il l'examinait avec circonspection. Quand Marion eut débouché la bouteille, elle s'est penchée, a fait gentiment claquer ses doigts et Al s'est approché prudemment. Elle l'a gratté un peu derrière les oreilles et ils sont devenus amis.

Les Platt avaient dû monter chez nous, car je les vois

là : Frank assis sur le rebord de la fenêtre, un verre à la main, souriant largement à ce qui se passait ou à ce qu'on disait ; Myrtle se précipitant chez eux puis remontant avec une pile de vieux disques qu'elle a posés sur la table basse. Marion les a rapidement passés en revue, comme des cartes géantes, s'est écriée : « Nom d'un chien, Eddie Cantor ! » et m'en a tendu trois ou quatre. Je les ai enfilés tant bien que mal sur la broche du tourne-disque et j'ai mis l'appareil en marche ; c'est la voix de Donald Duck qui est sortie du haut-parleur et nous avons tous hurlé ; Marion était ravie car c'était la première fois qu'elle entendait cela. J'ai réglé la vitesse sur 78 et remis le plateau en route.

Je me vois encore sur le canapé, en train de gratter Al derrière les oreilles, Myrtle et Frank assis côte à côte sur le rebord de la fenêtre, pendant que Marion, claquant des doigts, chantait : *Ida ! Sweet As Apple Cider* en même temps que la voix riche et sonore d'Eddie Cantor. Et je me souviens de Marion nous apprenant « comment danse Eddie Cantor ». Elle nous a placés à distance les uns des autres, nous a dit de lever les mains, doigts écartés, puis de les claquer rapidement mais en silence, puisque seules les extrémités de nos doigts devaient se rencontrer. Quand nous eûmes maîtrisé ce geste grâce au champagne, elle nous a entraînés à garder les yeux exagérément écarquillés tout en les faisant tourner. Alors, roulant des yeux, applaudissant du bout des doigts et levant haut les genoux, nous avons caracolé allégrement de-ci de-là dans la pièce en chantant *Makin' Whoopee !*, accompagnés par les aboiements de Al.

Si c'est ainsi que dansait Eddie Cantor, cela nous

plaisait bien, et apparemment nous connaissions tous plus ou moins les paroles de *Makin' Whoopee !*, même Al, qui hurlait, le museau pointé vers le plafond. Le haut-parleur réglé au maximum, on a bramé la chanson avec Eddie Cantor en dansant comme lui dans tout l'appartement ; les plafonds et les vitres des fenêtres vibraient tellement qu'une gravure est tombée du mur du salon.

Mais je n'avais pas l'impression d'être ivre ; ou alors, l'ivresse du champagne était différente, plus légère ; cet après-midi-là, nous avions simplement l'impression de flotter. Marion a demandé l'heure à maintes reprises, m'a-t-il semblé, mais cela ne m'a pas agacé. Je me contentais de dire : « Trois heures moins le quart »... « Six heures et quart »... « Sept heures passées »... Je ne me rappelle pas à quelle heure on s'est mis au slow, mais je me souviens de nous deux, joue contre joue, bougeant à peine, rêveusement, au son de *The Sheikh of Araby* interprété par Rudy Vallee tandis que Myrtle, assise sur le canapé, nous regardait avec un grand sourire et que Frank dormait dans un fauteuil. Je me souviens, avec un profond sentiment de honte, de m'être stupidement senti flatté que Marion m'ait estimé digne de tout ce tintouin, et de le lui avoir chuchoté à l'oreille. Elle m'a répondu : « Vous vous imaginez que vous êtes l'unique raison de mon retour ? Ne vous faites pas d'illusions, cheik. J'ai bien plus de raisons que ça de le faire, je vous assure ! Quelle heure est-il ? » Comme nous passions devant Myrtle, celle-ci a dit combien c'était merveilleux de nous voir toujours aussi amoureux, Jan et moi, et ma conscience m'a accablé d'injures. Que pouvais-je faire d'autre, ai-je répliqué silencieusement ; m'asseoir dans un coin et bouder jusqu'à ce qu'elle s'en aille ?

Je me souviens d'avoir refermé bruyamment la portière de la Packard avant de laisser retomber ma tête sur le dossier du siège en cuir, d'avoir entendu l'autre portière claquer, puis le ronronnement du moteur.

Lorsque je me suis réveillé, Marion conduisait, mais malgré le champagne qui continuait de pétiller dans mes veines et dans ma tête, je n'avais toujours pas l'impression d'être ivre. J'ai ouvert les yeux et, la tête toujours renversée en arrière, j'ai vu le toit d'un bâtiment qui ne m'était pas inconnu glisser lentement à côté de nous. Nous ralentissions pour nous ranger au bord du trottoir et c'était cela qui m'avait réveillé. Mais oui ; je connaissais ce toit de tuiles, ces murs de stuc beige, ces portes cintrées genre mission espagnole. Mais qu'est-ce que c'était ?

Je me suis redressé et j'ai examiné tout ça pendant que nous nous arrêtions. Marion a serré le frein à main, éteint le moteur et les lumières ; ce bâtiment encore beau mais vétuste était faiblement éclairé par quelques rares ampoules ; aucune autre voiture n'était garée en bordure du long trottoir peint en rouge. « Dépêche-toi, Nick ! Mets la voiture quelque part, dans un garage, on va être en retard ! » Je me suis retourné ; Marion, vêtue du manteau de ville de Jan est descendue, a claqué la portière, fait en courant le tour de la Packard, a traversé le trottoir et franchi l'une des nombreuses portes à deux battants du bâtiment.

Je ne comprenais pas de quoi elle parlait, mais je savais maintenant où nous étions ; c'était la gare du Southern Pacific. Au bout d'un moment, je suis descendu de voiture, j'ai pénétré à l'intérieur, puis je me suis arrêté. A l'autre extrémité de la salle d'attente au sol dallé, Marion se tenait devant un guichet, le dos tourné vers moi. Sauf l'employé auquel elle parlait, il n'y avait là qu'une seule autre personne, un vieil homme qui attendait sur un des grands bancs en bois vernis, un sac à provisions en papier kraft froissé par un long usage entre les pieds.

Marion a quitté le guichet, s'est avancée jusqu'au centre de la salle d'attente vide puis arrêtée. Je suis allé la rejoindre, mais elle ne m'a pas vu tout de suite ; elle contemplait longuement la vieille gare et a même levé les yeux au plafond. Des yeux qui, je l'ai vu en m'approchant, étaient perplexes. Elle a entendu le bruit de mes pas et s'est tournée vers moi. « Nick, il m'a dit qu'il n'y avait plus d'*Alouette !* » Elle a de nouveau regardé l'homme derrière l'unique guichet ouvert ; un jeune de dix-neuf ans au plus, un Mexicain avec un brin de moustache, en manches de chemise, qui, les coudes sur le comptoir, les pommettes appuyées sur ses poings, lisait un magazine ouvert devant lui. « Il a dit qu'il n'y avait plus de train de nuit pour Los Angeles ! » a-t-elle gémi ; j'ai cru qu'elle allait se mettre à pleurer.

« Je sais. » Je l'ai prise par le coude, gentiment. « Marion, les gens ne voyagent plus en chemin de fer. Il n'y a presque plus de trains. »

Elle n'a pas répondu, pas bougé. Elle parcourait lentement des yeux les bancs usés et vides ; la longue rangée de guichets presque tous obturés par des planches de contre-plaqué ; le restaurant aux vitres poussiéreuses, dans un coin de la salle d'attente, dont les portes étaient fermées par des chaînes et des cadenas ; l'immense tableau marqué ARRIVÉES-DÉPARTS et ses bandes vertes totalement vides ; le bar-buffet démonté, la rangée de supports métalliques des tabourets, maintenant disparus, encore boulonnée au sol. « Je suis venue ici un soir, dit-elle. Je jouais à l'Alcazar. J'étais dans le premier et le troisième acte de la pièce, mais pas dans le second, aussi j'ai pu me précipiter ici et revenir à temps pour ma dernière entrée. Douglas Fairbanks et Mary Pickford partaient pour Hollywood.

« Ils rentraient chez eux à Pickfair ; cela faisait trois jours qu'ils étaient ici. Ils sont venus voir la pièce le second soir ; je les ai repérés au cinquième rang d'orchestre. Et ils allaient retourner à Hollywood. En prenant l'*Alouette*, bien sûr. Je suis arrivée ici à temps pour les voir descendre d'une immense voiture de tourisme vert foncé dont la capote de toile ocre était repliée ; il faisait beau ce soir-là. Ça s'est passé là. » Elle m'a montré la rue d'un geste de la tête et s'est avancée vers la porte ouverte. Je l'ai suivie en la tenant toujours par le coude. « Tout en aidant Mary à descendre de voiture, Doug saluait de la main et souriait – tu sais, ce merveilleux, merveilleux sourire. Et elle aussi avait un beau sourire. » On s'est arrêtés sur le trottoir, Marion regardait fixement la rue sombre et vide. « Elle avait dans les bras un énorme bouquet de roses jaunes. Et leur voiture était garée juste où est la tienne ; l'emplacement avait été réservé exprès. Je n'ai pas pu les approcher. Il y avait au moins un millier de personnes sur le trottoir et dans la rue qui criaient " Doug ! Mary ! " et ceux qui étaient le plus près essayaient de les toucher. Doug souriait toujours et tenait Mary par la taille pendant qu'ils se frayaient un chemin dans la foule. Ici même, là où nous sommes ! Les voyageurs qui arrivaient pour prendre l'*Alouette* – il y en avait des centaines chaque soir, Nick ! – devaient débarquer de leurs taxis et de leurs voitures au milieu de la rue. Et les gens montés sur les marchepieds sautaient en l'air pour essayer de voir Doug et Mary par-dessus les têtes. Puis tout le monde les a suivis dans la gare ; ça se bousculait au portillon, mais on a tous réussi à passer pour les voir partir. Quand l'*Alouette* a démarré, juste à l'heure, Doug et Mary se tenaient sur la plate-forme arrière, au-dessus du grand rond éclairé où s'inscrivait le mot : *Alouette.* Doug saluait la foule et Mary jetait ses roses, une par une ; des hommes couraient sur le quai, à côté du train, pour les attraper. Ils ont continué, lui à saluer, elle à envoyer des baisers tant qu'on a pu les voir au bout des rails, et nous aussi, on a continué à leur dire adieu jusqu'à ce qu'il n'y ait plus que deux lumières rouges et le gros panneau rond éclairé de l'*Alouette.* » Marion s'est retournée pour regarder la façade délavée de la gare, puis a pivoté sur ses talons, et on a traversé le trottoir vide pour rejoindre la voiture.

Je conduisais en surveillant Marion du coin de l'œil. Elle regardait la ville défiler, puis fixait le plancher de la voiture, relevait les yeux, puis les baissait de nouveau. Au bout d'un certain temps, elle a dit, le regard fixé à ses pieds :

« Tu veux bien aller dans O'Farrell Street, Nick ? Entre Mason et Powell », et je lui ai fait signe que oui.

On a traversé Market Street pour s'engager dans O'Farrell, attendu à un feu rouge devant Mason, puis avancé lentement vers Powell ; au milieu du pâté de maisons, j'ai ralenti. « Ici ?

– Un peu plus loin, je crois... Non, on l'a dépassé. A moins que... Attends. »

Je me suis rangé le long du trottoir. La capote de la voiture était toujours baissée ; Marion s'est retournée, puis elle s'est penchée en avant pour regarder à travers le pare-brise. Elle a examiné un bâtiment devant nous, de l'autre côté de la rue. « Matel ? Qu'est-ce que ça veut dire ? » Elle montrait du doigt un énorme panneau de plastique jaune, rouge et blanc qui dépassait la façade du bâtiment.

« Motel, ai-je rectifié. C'est... eh bien, c'est un peu comme un hôtel. Mais sans hall. Il n'y a que des chambres et un endroit où garer sa voiture... » Je me suis interrompu ; elle secouait la tête pour ne plus entendre mes paroles, les yeux fermés.

Puis elle les a rouverts brusquement et levés de nouveau vers le motel. « Non, mais regarde-moi ça ! a-t-elle dit en colère. Bon Dieu, que c'est laid ! Partons d'ici, Nick. C'est là qu'était l'Alcazar, autrefois. »

Un pâté de maisons plus loin, j'ai dit : « Autre chose ?

– Non, rien.

– Alors, vous devriez peut-être me dire ce que vous voulez qu'on fasse. »

Mollement, elle a répondu : « On était partis pour Hollywood, non ?

– Pour Hollywood. » J'ai secoué la tête. « Pour quoi faire ?

– Pour quoi *faire* ? Tu as vu *Flaming Flappers !* J'étais sensationnelle, a-t-elle répliqué en toute simplicité. On m'avait donné un petit rôle dans un autre film. Et j'étais encore plus sensationnelle dans celui-là. Nous allons partir pour Hollywood, Nickie – comme nous aurions dû le faire autrefois ! Pour que je puisse recommencer ma carrière. »

J'ai secoué la tête à plusieurs reprises, puis très gentiment objecté : « Vous savez, Marion, le monde a beaucoup changé. L'Alcazar a disparu. Ainsi que l'*Alouette.* L'Amérique est pleine de motels. *Flaming Flappers*, c'était il y a très, très longtemps. Et je ne suis pas mon père. »

Elle a acquiescé en silence, puis appuyé la tête contre le dossier de son siège. Je lui ai jeté un coup d'œil ; elle avait fermé les yeux, des larmes coulaient sur ses joues. « Merde. J'allais devenir une star ! »

Arrivés devant chez nous, j'ai serré le frein à main et Marion a rouvert les yeux pour regarder la maison. Durant quelques secondes elle est restée ainsi, immobile, puis elle s'est tournée vers moi. « Adieu, Nickie. » Elle a secoué lentement la tête. « Je suis fatiguée, si *fatiguée.* » Puis elle a souri et posé la main sur mon bras. « Mais on s'est bien amusés, hein ? » Je n'ai pas répondu ; dire oui aurait été déloyal vis-à-vis de Jan et je me sentais suffisamment coupable comme cela. « Allons, Nickie, a-t-elle dit d'un ton de reproche, désappointée par mon attitude, avoue qu'on s'est bien amusés. Tu n'en mourras pas ! »

Je suis resté silencieux un moment, à la regarder. « Vous partez vraiment ? Pour toujours ? »

Elle a hoché la tête. « Oui.

– Bon. Alors, pourquoi pas ? J'admets qu'on s'est bien amusés parce que c'est vrai ; je ne peux pas le nier. » J'ai évoqué quelques souvenirs, puis j'ai souri. « Oui, on s'est bien amusés, Marion. En fait, c'était merveilleux, et je ne l'oublierai jamais.

– Et comment. » Elle a souri et reposé la tête sur le dossier.

Je me sentais infiniment mieux d'avoir pu exprimer cela tout haut, d'avoir dit la vérité. « Vous êtes une fille formidable, Marion. Très différente de toutes celles que j'aie jamais rencontrées. Et à bien des égards.

– Dis-leur que je bégaie, a-t-elle murmuré les yeux clos.

– Ne me demandez pas de faire des comparaisons entre Jan et vous, je m'y refuse. » Je suis resté un moment à contempler fixement la rue déserte à travers le pare-brise. « Mais bon Dieu, oui. Je reconnais qu'on s'est bien amusés. C'était merveilleux, Marion. Absolument merveilleux.

– De quoi diable parles-tu ? » Elle s'est redressée. « Jan... ?

– Jan ? Bien sûr que c'est Jan. » Elle a regardé autour d'elle, puis repris : « Oh, mon Dieu » et porté la main à son front en fermant les yeux. « Nickie... je ne me sens pas bien du tout. *Encore* ! » a-t-elle ajouté, et elle a ouvert brusquement les yeux. « Nickie, nous avons encore trop bu, n'est-ce pas ? J'ai les mêmes... souvenirs fragmentaires. Je me rappelle vaguement certaines choses. Qu'est-ce qui nous arrive ? De boire ainsi deux soirs de suite ; c'est comme... un retour aux années folles ou quelque chose dans ce genre !

– Boire du champagne pour soigner la gueule de bois, voilà notre erreur. » Je me suis penché pour lui ouvrir la portière, essayant de mettre fin à cette conversation, et elle est descendue de voiture.

Mais chez nous, toutes les lumières étaient allumées, les meubles du salon avaient été poussés le long des murs, il y avait des chips sur le tapis, une bouteille de champagne vide sur un fauteuil, et – ultime triomphe de l'anarchie – Al dormait sur le canapé. Jan a regardé tout cela en se contentant de secouer la tête et nous nous sommes dirigés vers notre chambre. Sur le seuil, elle s'est arrêtée pile. « Que fait le lit au milieu de la pièce ?

– Eh bien. C'est toi. Qui as fait ça. Tu as dit que tu voulais changer les meubles de place. »

Elle ne m'écoutait pas. En pénétrant dans la pièce, elle a montré le plancher du doigt. « Qu'est-ce que ton pantalon de pyjama fait là ?

– Eh bien... » J'ai essayé de sourire d'un air égrillard. « C'est toi qui l'as jeté par terre.

– Je ne me souviens pas d'avoir fait ça. » Elle a froncé les sourcils. « Pourquoi est-ce que j'aurais jeté ton pantalon de pyjama par terre ? En fait, je ne me souviens même pas qu'on... A moins que ? Je me souviens d'avoir commencé à... » Je me suis dit que la meilleure chose à faire, c'était de se mettre au lit et d'éteindre la lumière, aussi j'ai commencé à déboutonner ma chemise. Mais Jan désignait maintenant le haut de la porte de la penderie restée ouverte, et sa bouche béait tout autant, mais d'étonnement. « Qu'est-ce que ton pantalon de ski fait là-haut ?

– Eh bien. C'est toi. Tu voulais le raccommoder. C'était pour ne pas l'oublier. L'un des revers est déchiré. Tu vois ?

– Le *raccommoder* ! Ton pantalon de *ski ?* Pourquoi m'occuperais-je de ça maintenant... » Elle s'était tournée vers moi en déboutonnant son manteau et me regardait avec de grands yeux étonnés. « Tu avais gardé ta veste de pyjama ?

– Oh, bon Dieu. » J'étais à bout de réponses, mais Jan ne s'en est pas aperçue. Elle est restée immobile à réfléchir, puis s'est avancée lentement vers la partie du placard qui lui était réservée, elle a ôté son manteau, l'a rangé, s'est retournée, et a remarqué pour la première fois la robe qu'elle portait, une robe très courte dont le motif semblait avoir été conçu par quelqu'un qui aurait jeté dessus d'épais globules de couleurs primaires. « J'avais dit que je ne la porterais plus jamais... je déteste cette robe ! »

Elle est venue s'asseoir sur le lit, le regard fixé pensivement dans le vide. Je me suis dirigé lentement et discrètement vers mon pantalon de pyjama, je l'ai ramassé avec mon pied, j'ai fini de me déshabiller et je l'ai enfilé. J'étais en train de suspendre mon pantalon sur un cintre lorsque j'ai entendu Jan murmurer : « Maintenant, je me souviens », et j'ai pivoté sur mes talons. Elle souriait en hochant lentement la tête. « Un peu, a-t-elle ajouté. C'était fou ; mon Dieu... » Elle m'a regardé, soudain heureuse. « Et tu as dit que c'était merveilleux. Tu as dit que c'était absolument merveilleux. Oh, Nickie, cela fait si longtemps que tu ne m'as pas dit une chose pareille. » J'ai essayé de sourire en retenant ma respiration.

Elle a joint les mains sur ses genoux, son visage est devenu pensif. « Mais c'est comme si... ce *n'était pas* moi. Bien sûr que c'était moi, mais... » Elle a secoué la tête. « Mais ce *n'était pas* moi. Je ne sais même pas ce que je veux dire par là, mais... » Elle a secoué de nouveau la tête. « Je m'en *souviens.* Un peu. Par bribes. » Je me suis contenté de rester immobile, de l'autre côté de la pièce, en pyjama, à attendre. Soudain Jan s'est retournée pour me regarder, les yeux écarquillés. « Et ce n'était pas moi non plus l'autre soir ! Chanter comme ça ! Danser ! Faire l'idiote sur une estrade ! Je n'aurais jamais fait cela ! » L'envie m'a pris de hurler, de me rouler par terre, de sauter sur une jambe comme si j'avais une crampe, mais j'étais comme hypnotisé. Jan a fixé de nouveau le mur. Très lentement, elle a dit : « Ce n'était pas moi non plus la nuit d'avant. Ici. Au lit. Après le film de Marion. » Comme une somnambule, Jan s'est levée. Dans un souffle de voix, elle a murmuré : « Marion... Tu as dit tout à l'heure dans la voiture : " C'était absolument merveilleux... *Marion* ! " » Elle s'est mise à hurler : « Tu as dit " MARION " ! Mon Dieu... » Elle s'est brusquement assise. « Elle a... elle s'est emparée de moi. Hein ? Et tu le savais. Tu le *savais* ! Oh, Nickie, a-t-elle gémi, je n'aurais jamais *imaginé* qu'un jour tu me serais infidèle ! »

J'ai menti. J'ai couru vers le lit, je me suis assis à côté d'elle et j'ai passé un bras autour de ses épaules tremblantes ; ma voix était convaincante parce que j'ai commencé par dire la vérité : « Je ne *savais pas*, Jan ! Je suis venu me coucher après le film de Marion. Tu t'es réveillée et... j'ai cru que c'était toi ! Mon Dieu, n'était-ce pas normal ? » Elle a cessé de trembler, elle a levé les yeux, et j'ai vu sur son visage qu'elle comprenait que c'était vrai. Alors, je me suis mis à mentir : « Même chose hier soir. Après la soirée avec les Hurst. Je croyais que c'était toi...

– *Dehors ?* Dans *une voiture ?* Tu croyais que c'était *moi ?*

– Eh bien, c'était bien *toi* que je tenais dans mes bras ! Et n'oublie pas que nous étions ivres. »

Elle a réfléchi, puis secoué la tête et haussé les épaules. « Mais ce matin, tu savais. Parce que, en bas, dans la voiture, tout à l'heure, tu as dit : " C'était merveilleux, *Marion !* " Tu es amoureux d'elle !

– Oh, je t'en p...

– Tu veux divorcer ?

– Jan, je t'en prie ! Pour quoi faire ? *Pour épouser Marion ?* » D'un ton apaisant, j'ai dit : « Chérie, ma chérie, écoute-moi. Aujourd'hui, je savais ; oui. Mais je ne m'en suis aperçu que... *pendant.*

– Et alors ?

– Et alors, quoi ?

– Quand tu t'es aperçu que ce n'était pas moi, pourquoi *tu ne t'es pas arrêté ?*

– Arrêté ? Bon Dieu... quelle idée. C'est typique, absolument *typique* de ce qui ne va pas entre nous ! »

Elle a sauté sur ses pieds, s'est emparée à deux mains de l'ourlet de la robe de Marion, a tiré d'un coup sec, l'a déchirée de bas en haut, enlevée et – éclatant en sanglots – s'est mise à la réduire en lambeaux ; mon mal de tête, latent depuis ce matin, s'est mis à rugir comme une fusée.

5

Le dimanche matin, quand je suis entré dans la cuisine, Jan était en train de préparer le petit déjeuner ; je lui ai souri et dit : « Salut. » Mais elle m'a répondu d'un simple signe de tête, sans un mot ni un sourire. Pendant le petit déjeuner, j'ai laissé Al entrer pour égayer un peu l'atmosphère ; je lui jetais de temps en temps une croûte de pain grillé. Comme toujours quand on lui lance quelque chose, les morceaux tombaient par terre ou rebondissaient sur son nez et il devait les retrouver en reniflant le sol comme un limier. Jan est restée plongée dans la lecture de la première page du journal dominical, aussi me suis-je mis à lui parler par l'entremise du chien. « Al, pourrais-tu dire à Jan de me passer le sucre ? Merci... Demande à Jan si elle veut un peu plus de ce café absolument délicieux ; et sers-toi par la même occasion. »

Très vite, elle s'est adressée à Al avec un pâle sourire : « Dis-lui qu'il peut m'aider à faire le ménage ; la maison en a bien besoin. »

La journée a fini par passer grâce à la lecture de tous les articles du journal du dimanche et d'une excessive politesse, et dans l'après-midi, lorsque l'ordre a régné de nouveau dans la maison, Jan a fait la sieste pendant que je sortais Al.

Mais le lundi soir, quand je suis rentré à la maison, des verres et un bol de chips m'attendaient sur la table basse du salon et on s'est installés sur le canapé, le dos tourné au mur de Marion. Jan a dit qu'elle avait réfléchi, compris que l'on m'avait manipulé, et qu'il ne serait pas juste de me le reprocher. Cela, c'était ses paroles, mais ses yeux ne disaient pas la même chose ; pas complètement ; pas encore.

Mais au moins s'était-on officiellement réconciliés ; Jan s'est appuyée contre le dossier et a dit d'un ton parodique, avec le sourire de circonstance : « Alors, mon chéri ? Comment s'est passée ta journée ?

– Oh, écrase », ai-je aimablement répliqué, puis Al est entré sans se presser pour me dire bonjour et a accepté quelques chips. « Et toi, Al, comment s'est passée ta journée ?

– On n'a pas arrêté, a répondu Jan ; il a fallu aboyer à la fois contre l'éboueur et contre l'employé du gaz ; une journée bien remplie, quoi.

– Eh bien, c'est son job. N'est-ce pas ? ai-je dit à Al. Cela tient à sa situation de “ Chien ”. Il se charge de tous les aboiements. Tout seul. Personne ne l'aide jamais, ni même ne lui propose de l'aider, mais il ne se plaint pas. » Je me suis penché vers lui et, bien que j'aie la technique pour m'esquiver, cette fois il a réussi à me lécher la joue. M'essuyant avec une des petites serviettes en papier que Jan avait sorties, j'ai fait remarquer : « J'hésite à évoquer le sujet, mais où les chiens sont-ils allés chercher l'idée que c'est un plaisir d'avoir la figure balayée par une grosse langue humide ? Au bout de cinq mille ans de domestication, vous n'avez pas encore appris que ce n'est pas un bon plan ? On ne verrait jamais un chat faire ça. » Ses oreilles se sont dressées au mot *chat*. « Ils sont intelligents, eux. » J'ai pris une chip et il l'a regardée fixement. Je la lui ai donnée. « Tu sais ce que je vais faire de toi, mon pote ? Je vais t'embarquer pour le Danemark. » Il s'est délicatement léché les babines, les yeux fixés sur le bol. « Là-bas, ils pourront t'opérer et te changer en *chat*. » Il a dressé les oreilles et penché la tête sur le côté. « Parfaitement. Ils vont couper ces longues oreilles qui pendouillent d'un air stupide pour en faire de *belles* petites oreilles pointues comme celles des *chats*. » Je lui ai lancé une autre chip. « Ils t'apprendront à marcher sur les palissades – ils se servent de roues auxiliaires pour commencer, après c'est à toi de te débrouiller. Et il y a aussi un cours intensif de miaulement. Oh, devenir un *chat*, tu vas adorer ça ! » Je me suis emparé d'une de ses oreilles et l'ai gentiment giflé avec. « Un duel, m'sieur ? » et il a montré les dents en un nonchalant semblant de menace tout en remuant la queue. J'ai pris la dernière chip et lui ai montré du doigt quelques miettes qu'il avait laissées sur le parquet. « Plus de ça ou je fais circuler un contrat à ton sujet, compris ? » Je lui ai lancé la frite, elle a rebondi sur son nez, il l'a cherchée en reniflant – elle était à un mètre environ –, et Jan et moi avons échangé un sourire.

On s'est mis à parler. Mes vacances commençaient la semaine suivante et, n'ayant rien trouvé de spécial à faire, on a décidé de rester à la maison ; visiter des musées, voir une pièce qui était paraît-il assez bonne, essayer deux ou trois restaurants dont on nous avait parlé. Il y avait aussi la chambre d'amis à repeindre. On s'est resservis et Jan m'a répété ce que Myrtle Platt avait dit le matin où elles avaient fait connaissance devant les boîtes aux lettres du perron.

L'un dans l'autre, on avait l'air assez décontractés, pourtant nous étions tendus, sur nos gardes, et cela a duré comme ça toute la soirée. Marion était-elle vraiment partie ? Apparemment, oui, mais... on ne s'était pas encore réconciliés au lit. Jan avait peur, disait-elle, et je ne pouvais pas le lui reprocher. Tout en continuant de bavarder dans le noir, on a décrété que je profiterais de mes vacances pour arracher aussi le papier du mur de Marion.

Le mardi, je suis rentré un peu tard à la maison – une cérémonie idiote au bureau, qui aurait aussi bien pu attendre jusqu'à demain ou à la Saint-Glinglin. Jan était à la cuisine en train de préparer le dîner ; en entendant les bruits qu'elle faisait, je m'y suis rendu directement. La première chose que j'ai dite en franchissant le seuil fut : « Alors ? » et elle a compris ce que je sous-entendais. Elle a fait non de la tête en souriant et a levé la main, deux doigts croisés : Marion n'était pas revenue. Je l'ai embrassée, serrée dans mes bras, et j'ai glissé une main sous sa jupe jusqu'à ce que je trouve un élastique à faire claquer. Puis je me suis changé, j'ai préparé l'apéritif sur l'égouttoir en bois et on l'a bu, Jan devant son fourneau et moi appuyé contre l'évier.

« Jan, ai-je dit, quel effet ça te faisait ? D'être possédée ? » Je pensais que maintenant nous pouvions en parler.

« Horrible. » La porte du four était ouverte et, munie d'une fourchette, elle piquait quelque chose qui grésillait. « C'était affreux ». Elle a refermé la porte et s'est redressée. « J'étais épouvantée. » J'ai hoché la tête en silence. Jan est restée debout à boire distraitement, les yeux fixés sur Al qui assistait, fasciné, à ses activités culinaires. Puis elle a secoué la tête et posé son verre sur la paillasse, à côté du fourneau. « Non, ce n'est pas ce que j'éprouvais ; c'est ce qu'il me semble que j'aurais dû éprouver, mais non. C'était un peu effrayant. » Elle réfléchissait. « Un peu... fantomatique. » Elle a souri à ce mot. « Tu sais, je ne faisais qu'apercevoir par intermittence ce qu'elle faisait. C'était surtout très flou. Comme de regarder au travers d'une douzaine de vitres. Seulement de temps en temps... quand elle était fatiguée, je pense, et devait lâcher prise un moment.

– C'était comment ? Pendant ces intermittences ? »

Elle a réfléchi, puis souri, surprise de ce qu'elle allait répondre. « *Intéressant*. La vie est parfois un peu terne, bien sûr ; c'est ce qu'on ressent tous. Et je dois reconnaître que c'était *intéressant* de – comment dire cela ? – de partager la vie et l'esprit d'une autre, d'une femme enthousiaste qui se réjouissait pratiquement de tout ce qu'elle voyait. C'était fascinant de savoir, de savoir *vraiment*, comment quelqu'un d'autre voit les choses. » Jan buvait à petites gorgées silencieuses, elle avait l'air – peut-être est-ce que je me trompais ? Je n'en étais pas sûr – un peu triste, et j'ai soudain eu l'impression bizarre que quelque chose avait disparu de sa vie. Elle a vidé son verre, lentement, le regard perdu dans le vague, puis ses yeux se sont fixés sur moi, pleins de colère. « Et elle te trouvait épatant ! » Elle a pivoté sur ses talons, s'est penchée pour ouvrir d'un coup sec la porte du four et a lardé de coups de fourchette ce qu'il y avait à l'intérieur.

Puis elle s'est redressée et excusée de son mouvement d'humeur ; je lui ai souri, disant qu'il n'y avait pas de mal et... bon, on a survécu à ce mardi-là.

Tous les mercredis, Jan jouait au bridge avec Myrtle Platt et deux amies de celle-ci, aussi Al et moi l'avons aidée à faire la vaisselle pour qu'elle puisse descendre tôt : il nous débarrassait des restes que je lui jetais en grattant les assiettes que je passais à Jan. Elle a changé de vêtements et elle est descendue, j'ai un peu erré dans la maison, cherchant quelque chose à lire. Un catalogue de films de chez Blackhawk était arrivé ce jour-là ; je me suis assis sur le rebord intérieur de la fenêtre – il faisait encore un peu jour – et j'ai noté deux ou trois choses que j'aimerais bien avoir ; pour Noël, peut-être : le *Dr Jekyll et Mr Hyde* de 1920 avec Nita Naldi, ma seconde vedette préférée du cinéma muet [1] – la première étant Lya de Putti [2] – et peut-être *The Social Secretary,* avec Norma Talmadge et Erich Von Stroheim [3].

J'ai reposé le catalogue et contemplé durant quelques minutes le mur de Marion. J'ai relu une fois encore *Marion Marsh a habité ici, 14 juin 1926*, le dos du canapé cachant le reste. Puis je me suis levé pour téléphoner à mon père ; il était environ huit heures du soir ici, donc dix heures à Chicago. Il a aussitôt répondu et on a bavardé ; de temps en temps, l'un de nous télé-

1. Spécialiste des femmes fatales, elle est surtout connue pour sa participation aux *Arènes sanglantes*, de Niblo, en 1922, et aux *Dix Commandements*. Elle a tourné avec Hitchcock en 1925 *(The Mountain Eagle)*, puis a disparu à l'avènement du parlant. *(N.d.T.)*
2. Actrice hongroise qui a tourné dans des films expressionnistes allemands, dont deux Murnau, avant d'aller aux Etats-Unis où elle a joué dans sept ou huit films. Elle s'est suicidée à l'arrivée du parlant. *(N.d.T.)*
3. Mise en scène d'Emerson, 1916. Inédit en France. *(N.d.T.)*

phonait, surtout quand une lettre tardait à arriver. Il était tombé par hasard sur un vieil ami à moi, Eddie Krueger, qui venait souvent chez nous quand j'étais au lycée, puis plus tard lorsque je passais mes vacances d'étudiant à la maison, du vivant de ma mère. « Et il fait un sale temps, a-t-il ajouté, mais c'est normal pour la saison.

– Oui. Il y a quelque chose que je voudrais te demander, Papa. Juste par curiosité, mais je me pose la question.

– Vas-y.

– Eh bien. Les années folles. Je me demande...

– Les quoi ?

– Les années folles. Les années 20.

– Ah, oui ; alors quoi ?

– C'était aussi sensationnel qu'on le dit toujours dans les livres ? C'était vraiment différent d'aujourd'hui ? Les gens étaient-ils différents ? »

Il y eut un long silence. Me demandant si la communication n'avait pas été coupée, j'ai ouvert la bouche pour reprendre la parole lorsque mon père a répondu. « Eh bien, j'y ai pas mal pensé pour ma part. Il faut que tu essaies de comprendre que moi aussi, j'avais vingt ans dans les années 20. J'étais jeune, insouciant, et on a tendance à magnifier sa jeunesse, à ne se souvenir que des bonnes choses et à oublier les mauvaises. Il y a eu aussi trop de légendes sur les années folles ; on les a idéalisées. Mais même en tenant compte de tout cela et en réfléchissant bien... je te répondrai : bon Dieu, oui. Ah, Nick, ça été une époque sensationnelle. Tellement *différente*. Tout était différent. Vivre à cette époque-là, être jeune pendant ces années-là, c'était formidable.

– *Pourquoi ? En quoi ?* »

Nouveau silence. « C'est difficile à expliquer ; tout était tellement différent. L'époque, l'aspect des objets, le pays lui-même ; bon sang, même l'odeur des drugstores. Et bon Dieu, oui, les gens étaient différents. On était loin d'être aussi intelligents que vous. Un peu nigauds même. A vingt et un ans, il ne m'était toujours pas venu à l'idée de mettre certaines choses en question. Pas plus qu'on ne se demande si le soleil va se lever ou pourquoi il doit neiger en hiver. Mais il me semble qu'on était plus gentils. Plus tolérants ; je ne me souviens pas d'une haine comme celle qui règne aujourd'hui. Les gens étaient faciles à vivre, la vie nous *intéressait* vraiment – on était pleins d'entrain, nom de nom ! On savait s'amuser ! Je crois que vivre avait pour nous un sens. Je ne peux pas vraiment t'expliquer ça, Nick. C'était simplement une époque plus agréable. Je me dis que j'ai eu de la chance d'être jeune pendant les années 20. Et je plains les jeunes d'aujourd'hui. Tout est tellement sinistre. »

On a parlé encore un peu ; je me demandais ce qu'il dirait si je lui parlais de Marion, mais bien sûr, j'ai gardé le silence là-dessus. Quand Jan est remontée de chez les voisins, je dormais ; elles avaient joué une partie supplémentaire qui avait traîné en longueur.

Le jeudi, vers dix heures du matin, j'ai posé mon magazine et regardé Jan tricoter quelque chose qui était censé se transformer en un vêtement destiné à ma personne. Je suis resté à la contempler, sachant qu'en m'en tenant à mon expérience, un pull allait effectivement sortir de ce qu'elle faisait là. Mais je n'arrivais pas à croire qu'agiter convulsivement une paire de bâtons pointus pendant qu'une pelote de fil se déroulait interminablement pouvait, à la longue, produire quelque chose d'utilisable ; qu'est-ce qui faisait tenir tout ça *ensemble* ?

Jan savait que je la regardais, mais faisait semblant de l'ignorer. Elle portait un ensemble tout simple, un corsage blanc et une jupe noire, plutôt sévère, mais elle était charmante, très jolie. « Jan », ai-je dit ; elle a levé les yeux et m'a adressé un sourire radieux, les aiguilles en suspens. « On ne peut pas continuer comme ça.

– Je sais. » Elle a vite baissé les yeux sur son tricot.

« Eh bien, alors, si je peux me permettre de faire cette proposition à une dame, pourquoi ne pas aller dans notre chambre à coucher, joyeusement, la main dans la main, pour baiser un bon coup ? »

Elle est devenue rouge comme une voiture de pompiers.

Jan et moi devons représenter le reliquat de la toute dernière génération à qui on a appris, durant l'enfance, qu'il y avait de « vilains mots ». Beaucoup de nos amis ne sont qu'un peu plus jeunes que nous, de deux ou trois ans environ, mais ce léger écart semble constituer une ligne de démarcation car ils peuvent proférer ce genre de mots sans difficulté. Et bien que ce soit des gens polis, bien élevés, qui n'en auraient pas fait mention si nous n'en avions pas parlé, ils s'en étaient tout de même aperçus. Moi, je me débrouille assez bien ; j'ai fait mon service, et j'étais un garçon. Mais pour Jan, ça n'a pas été sans mal. J'ai appris – elle me l'a avoué – qu'elle s'entraînait. Par exemple, seule chez elle, en train de laver la vaisselle du petit déjeuner, les mains dans l'eau savonneuse, elle rassemblait tout son courage, prenait une bonne goulée d'air et criait : « Putain de merde ! » Au début, elle le disait mal, d'une manière trop ostensible, impossible à utiliser en bonne compagnie. Mais elle a persévéré, introduisant ces mots-là et plusieurs autres *de rigueur* [1] dans des phrases banales, s'exerçant comme vous le feriez pour perfectionner votre accent français, jusqu'à ce qu'enfin elle puisse les lancer avec désinvolture, sans le moindre soupçon d'emphase ou d'atténuation. Pour finir, elle les a essayés dans ce que mon père aurait appelé une « assemblée mixte » et s'en est sortie à la perfection. On aurait dit qu'elle n'avait fait que cela toute sa vie ; le seul ennui c'est qu'elle devenait rouge comme une tomate et le restait pendant une demi-heure.

Elle s'est empourprée, mais a hoché courageusement la tête. « Laisse-moi seulement finir mon rang. »

Quand elle a pénétré dans la chambre, je boutonnais ma veste de pyjama tout en grattant du pied le ventre de Al ; il était couché sur notre descente de lit en fourrure, encore plongé dans son coma postprandial. « Il vaudrait mieux lui faire le coup du gâteau », a-t-elle dit.

Je me suis accroupi pour taper sur l'épaule de mon chien. Un œil brun s'est entrouvert ; j'ai fait du pouce, par-dessus mon épaule, le geste de l'arbitre qui signifie *out*, et l'œil s'est refermé. « Il dit que sortir ne l'intéresse pas.

– Eh bien, il le faut tout de même. Nickie... j'ai peur.

– Oui. Moi, aussi. » J'ai retapé sur l'épaule de Al ; cette fois il n'a pas ouvert l'œil. « Il prétend qu'il a autant que nous le droit d'être ici. Il dit qu'il est aussi un être humain.

1. En français dans le texte.

– Eh bien, dis-lui que les gens qui ont du poil sur les paupières ne sont pas des humains. Tu as vraiment peur ?

– Oui ; je ne veux pas qu'elle revienne. Mais tout de même...

– Je sais. Je sais.

– Tu n'es pas un être humain. Tu es un chien ! Tu crois qu'on ne s'en est pas aperçus ? » Je me suis emparé de la queue toute molle de Al. « Et ça, alors ? » J'ai tiré l'une de ses longues oreilles de basset. « Et comment expliques-tu ça ! » J'ai tapoté son nez de caoutchouc noir. « Et ça ! » J'ai pris une de ses pattes. « Et cette chose ; il y a toutes sortes d'indices ; tu ne peux pas nous tromper ! » J'ai levé les yeux vers Jan en train de défaire la fermeture Éclair de sa jupe. « Mais si tu préfères pas...

– Oh, non ! Non. On ne peut pas... continuer comme ça. Eternellement. Sans. »

Al a agité faiblement la queue et je l'ai montrée du doigt. « Voilà qui constitue la preuve définitive : *tu es un chien*. Viens que je te fasse le coup du gâteau. » Il s'est levé, a bâillé, s'est étiré, a souri à Jan et m'a suivi dans le couloir. Lorsque je suis revenu, elle était au lit, assise bien droite, avec le sourire rigide d'un cadavre résolu à être heureux.

Ce n'était pas vraiment des conditions idéales pour faire l'amour, mais on s'y est mis – lentement, timidement, bravement. Cela a commencé à aller un petit peu mieux, puis beaucoup mieux ; alors j'ai donné à Jan un baiser extra-spécial, elle m'a retourné une vraie lettre-recommandée-avec-accusé-de-réception en exprès, et les choses ont bien démarré. « Tu es une vilaine petite fille et je vais le dire à ta mère.

– Vas-y ; elle ne te croira pas. »

Je l'ai embrassée longuement, passionnément, et elle m'a rendu la pareille. Puis je me suis soulevé sur un coude et j'ai donné de la lumière. Jan m'a regardé, étonnée. « Jan ?

– *Oui*, je t'en prie. »

J'ai éteint la lumière pour la rallumer aussitôt. « Où es-tu née ?

– *Quoi ?*

– Où es-tu...

– A Kankakee, dans l'Illinois ! Mon Dieu ! »

J'ai tendu la main vers la lampe, puis me suis figé. « Quel était le nom de jeune fille de ta mère ?

– *Sellers !* »

J'ai éteint la lumière, Jan m'a étreint dans l'obscurité. Les lèvres contre son oreille, j'ai murmuré : « Quel est ton numéro de Sécurité sociale ? »

Tendrement, elle a répondu : « 481-03-2660.

– *Chérie* », ai-je murmuré, et Jan et moi avons enfin fait l'amour pour de bon.

Au bureau, vendredi a fini par passer et trois longues semaines de vacances se sont déployées devant moi. On n'allait pas faire grand-chose, mais c'étaient tout de même des vacances et je suis rentré à la maison, prêt à fêter ça : on allait dîner au restaurant avec Fritz et Anita Kahler.

Anita avait téléphoné dans l'après-midi : elle était grippée ; il fallait remettre notre sortie. J'ai refusé d'entériner la situation, je n'avais pas envie de rester à la maison, je voulais célébrer le début de mes vacances, sans savoir comment. Pour finir, on est allés au cinéma.

J'ai acheté du popcorn, pour faire vraiment festif, mais Jan n'en a pas voulu, et on a regardé le film, un grand machin en Technicolor et panoramique. J'ai essayé de m'intéresser au moins au paysage, qui était vraiment spectaculaire. La musique d'accompagnement montait fréquemment en crescendo et sombrait dans des silences dramatiques. Le vent sifflait dans les canons, les coups de feu pétaient dans les rues poussiéreuses, les sabots des chevaux martelaient le sol, les roues des chariots grinçaient, et les gens des années 1870, anticipant sur le jargon d'aujourd'hui, disaient des choses comme : « Tu te rends compte, deux cents Indiens ? »

Je me suis remémoré les noms des acteurs mineurs et les films dans lesquels je les avais déjà vus. Quand, en plein milieu de l'action, j'ai jeté un coup d'œil à Jan, j'ai vu qu'elle s'était assoupie, le menton appuyé sur la poitrine. J'ai compris que je n'aurais pas dû la traîner là, et si elle avait été éveillée je lui aurais proposé de partir. Mais à présent, je me demandais un peu comment l'histoire allait évoluer, et elle dormait si paisiblement. Plus tard, m'apercevant qu'elle était réveillée, je me suis tourné vers elle pour lui demander si elle voulait qu'on s'en aille ; elle semblait maintenant apprécier le navet et souriait légèrement, la bouche entrouverte pour mieux écouter ; on est donc restés jusqu'au bout.

Les lumières se sont rallumées, les rares spectateurs disséminés dans la salle se sont levés et Jan s'est tournée vers moi. « C'était merveilleux ! » a-t-elle dit, et cette exclamation que j'ai crue ironique m'a fait sourire.

« Oui, sensationnel. » J'ai attendu qu'elle se lève, mais elle continuait à fixer l'écran éteint.

« Ce paysage ! » Sa voix était pleine d'enthousiasme ;

les gens qui remontaient lentement l'allée se sont retournés pour la regarder. « Ces costumes ! a-t-elle insisté, les yeux toujours fixés sur l'écran. Et ces *couleurs* ! » Elle s'est tournée vers moi. « Nickie, espèce de salaud, pourquoi tu ne m'as pas dit qu'il y avait des films en couleurs ! Et que l'écran était aussi *grand* ! » Elle m'a regardé, les yeux écarquillés ; dans l'allée, les gens souriaient maintenant ouvertement, aussi est-ce à voix basse qu'elle a ajouté, admirative et intimidée : « Et qu'ils *parlaient*. Oh, Nickie, quelle chance j'ai eue de revenir jeter un dernier coup d'œil sur le monde. » Sa voix s'est de nouveau élevée, excitée, exubérante. « Tu *t'imagines* ! On peut vraiment *entendre ce qu'ils disent* ! Oh, bigre de bigre de BIGRE ! »

Elle a cligné des yeux puis regardé l'écran éteint. « Oh ! C'est fini ? » Jan s'est empressée de se lever et a pris son manteau. « Excuse-moi ; j'ai dû m'endormir. » Elle a enfilé sa manche pendant qu'on se dirigeait en crabe vers l'allée et a dit tranquillement : « Abominable, hein ? Mais tu veux que je te dise ? » Elle m'a pris par le bras pour franchir la sortie. « Je me sens un peu grise, tu sais, comme quand on vient de voir un superbe film. »

6

Je me devais de faire doublement grasse matinée – c'était non seulement dimanche, mais le premier jour des vacances. Je suis donc resté allongé, les yeux fermés, en me disant que j'avais encore sommeil et que j'allais me rendormir, mais dans ma tête j'étais bien éveillé. Parce que je savais.

Il n'y avait pas un bruit dans la chambre, pas le moindre mouvement, aucune présence près de moi ; j'ai ouvert les yeux et tourné la tête : la place de Jan était vide et les couvertures rejetées de son côté. Je me suis redressé en vitesse et j'ai aperçu sur le plancher des lambeaux de vêtements aux bords effilochés : la belle robe noire de Jan déchirée en dizaines de morceaux.

M'habillant aussi vite que possible, je me suis écrié : « *Merde !* Bordel de merde ! », mais je me suis rendu compte au ton de ma voix que cette véhémence était fausse et je suis resté un moment immobile. Puis j'ai hoché la tête et fini par admettre que Marion m'avait manqué. Elle m'avait manqué toute la semaine ; et je n'y pouvais rien.

A ma décharge, je dirai ceci : pendant que j'enfilais

la première chemise venue, une blanche dont je n'ai fermé qu'un bouton sur deux, arrachais de son cintre un pantalon marron délavé et chaussais mes pieds nus de mocassins, j'ai eu la bonne grâce de ne pas faire retomber le blâme sur Jan. Il fallait apparemment une femme aussi extravagante et aussi exubérante que Marion pour faire apparaître ce qui n'était pas du tout mon vrai moi, mais quelqu'un d'autre qui savait autrement s'éclater. Je n'aimais pas cela, je n'aimais pas ce que cela impliquait, je ne voulais pas y penser ; cela me rendait triste. Voilà les sentiments que je voulais éprouver à l'égard de Jan.

L'appartement était silencieux comme seule peut l'être une maison où il n'y a personne d'autre que vous. J'étais en train de boucler ma ceinture lorsque j'ai entendu la porte d'en bas s'ouvrir, des pas monter l'escalier, et je me suis posté en haut des marches.

Une Walkyrie blonde les gravissait, vêtue du pantalon noir de Jan et de son pull à col roulé. Elle a levé les yeux, m'a souri en tapotant sa chevelure. « Une perruque. Bon marché. Mais au moins, je ne suis plus gris souris. Je l'ai achetée chez le coiffeur de Haight Street, et fait mettre sur le compte de Jan. J'espère que ça ne t'ennuie pas. » Elle est arrivée sur le palier. « Accueille-moi un peu plus chaleureusement, Nickie. » Elle m'a embrassé sur le front, frôlé en passant, et est entrée dans le salon.

« Vous deviez ne pas revenir ! » Je l'ai suivie. « Vous avez dit que vous ne reviendriez pas ! »

Elle a fait volte-face, le visage soudain durci. « Ferme-la ! Tous les paris sont annulés. Ils sont en *couleurs* maintenant ! Sur un très grand écran. Et les acteurs parlent, Nickie ! Ils ne font pas que bouger, ils parlent ! » Elle s'est retournée pour regarder le mur, au-dessus du canapé, puis s'est avancée en lisant à voix haute : « Marion Marsh a habité ici, 14 juin 1926. » Elle m'a lancé un coup d'œil par-dessus son épaule en hochant la tête. « C'est le jour où j'aurais dû partir pour Hollywood. Avec Nick Cheyney. » Elle a contemplé de nouveau le mur en soulignant d'un hochement de sa tête blonde chacune de ses phrases. « J'aurais été une star. Une grande star. Aussi grande que Joan Crawford. » Plongée dans son rêve, elle a baissé les yeux. « C'est ce qui *aurait dû* arriver », a-t-elle déclaré avec véhémence en hochant encore la tête. Puis plus calmement : « Et c'est ce qui *va* se passer. » Elle a levé les yeux vers moi. « *Je vais devenir une star.* » Brusquement, un grand sourire s'est épanoui sur ses lèvres. « Du cinéma parlant et en couleurs. »

Je suis allé me percher sur le rebord intérieur de la fenêtre, j'ai montré le canapé du doigt et, après un instant d'hésitation, elle s'y est installée. Je me suis penché en avant, les avant-bras appuyés sur les genoux, les mains jointes. « Ecoutez, lui ai-je dit. Toute votre vie, vous avez agi sur des coups de tête et à quoi cela a-t-il abouti ? Ils ont fini par vous tuer. Et vous recommencez. Votre vieux film passe à la télévision plus d'un demi-siècle après, vous revenez pour le voir et, encore sur un coup de tête, vous vous jetez sur moi uniquement parce que je ressemble à votre ancien béguin. Mais cela ne fait que nous valoir des ennuis et vous découvrez que tout a changé depuis votre époque. Vous vous en *apercevez* ! Vous *comprenez* que cela ne sert à rien. Ensuite vous jetez un coup d'œil sur un film nul qui n'a que l'avantage d'être parlant et en couleurs plutôt moches et vlan – vous revenez une fois de plus pour reprendre votre ancienne carrière, sans avoir la moindre idée des moyens à employer. Vous ne *réfléchissez* donc jamais, nom de Dieu ! »

Je l'avais touchée ; je l'ai vu. Elle ne pouvait rien répondre et elle est restée silencieuse une seconde ou deux. Tout ce qu'elle a trouvé à dire, ce fut : « Que vous dites.

– Bon, alors, expliquez-moi votre plan. »

De nouveau, elle a dû chercher pour trouver une réponse ; puis, d'un air de défi, elle a lancé : « J'ai des amis à Hollywood.

– Vous en aviez en 1926, Marion ! Ils ont disparu. Ils sont morts !

– Balivernes ! Les gens que je connaissais n'étaient pas des stars, c'étaient des gosses ! Comme moi. » Elle a réfléchi un moment. « Comme l'accessoiriste de *Flaming Flappers*, Hugo Dahl ! Il n'avait que dix-sept ans, c'était le troisième assistant accessoiriste, ou quelque chose comme ça. » Elle s'est levée d'un bond et précipitée sur nos étagères à livres. Je garde là quelques annuaires téléphoniques d'autres villes que j'ai piqués dans des hôtels : celui de Manhattan, vieux de deux ans, un de Portland, les trois de Los Angeles, un autre de Reno. Marion a pris celui qui portait au dos BEVERLY HILLS et, debout, a cherché la lettre D en faisant voltiger les pages. Son doigt a parcouru une colonne, a fait marche arrière, s'est arrêté, puis elle m'a regardé d'un air triomphant. « Il est toujours vivant. Il va m'aider », a-t-elle affirmé d'un air suffisant en refermant l'annuaire et en le remettant en place. « Il en pinçait pour moi.

– Bon sang, Marion, il n'a plus dix-sept ans, c'est un *septuagénaire* ! ai-je dit d'un ton suppliant. Probablement à la retraite et depuis longtemps sorti du milieu du cinéma.

– Peut-être que oui. Peut-être que non.

– D'accord, peu importe, parce que... écoutez : vous n'avez jamais pu posséder Jan plus de quelques heures. Cela exige quelque chose, n'est-ce pas ? De l'énergie psychique ou un autre truc du même genre. » Elle n'a pas répondu, se contentant de prendre un air renfrogné. « Et au bout d'un certain temps, vous en manquez, n'est-ce pas ? Alors vous êtes obligée de céder et Jan revient : j'ai raison ?

– Peut-être.

– Peut-être, mon cul. Vous ne serez même pas arrivée à Hollywood que Jan reprendra les commandes et rentrera à la maison. Et même si vous arrivez jusque là-bas, elle peut faire dix mille choses pour saboter votre retour avant qu'il ait commencé. »

Pendant une bonne douzaine de secondes, elle est restée silencieuse à lancer des regards noirs au plancher, puis elle a levé les yeux. « Il faut qu'elle me *laisse* faire ! s'est-elle écriée.

– Qu'elle vous *laisse* faire ? Qu'elle vous cède un... bon morceau de sa *vie* ? A vous ? Pourquoi diable ? »

Marion a murmuré quelque chose sans me regarder.

« Quoi ?

– Je dis que ce ne serait pas pour *toujours* !

– Ah bon ? Vous pensez à combien de temps ?

– Je ne sais pas exactement. » Elle m'a regardé, la tête penchée sur le côté comme quelqu'un qui réfléchit à une offre. « Quelques années peut-être ? »

J'ai éclaté de rire et elle a explosé.

« D'accord, *une* année, nom d'un chien ! » Elle s'est levée d'un bond, les bras croisés sur la poitrine, les mains serrant ses coudes comme si elle avait froid. Et avec cette crinière blonde, si artificielle qu'elle parût, ce pantalon noir et ce tricot que Jan ne portait presque jamais, cette expression ardente sur son visage pendant qu'elle marchait de long en large dans le salon, elle ne ressemblait pas du tout à ma femme. « Et puis n'importe comment, a-t-elle hurlé, qu'est-ce que ça peut bien fiche ! Qu'est-ce qu'elle *fait* de sa minable petite vie ? Rien ! *Bonne nuit* ; elle joue même au bridge ! »

Je me suis contenté de secouer la tête. « Bon Dieu... Vous êtes impitoyable, hein ? Absolument impitoyable.

– Tu ne comprends rien à rien ! » Elle m'a lancé un regard de mépris. « Je ne suis pas plus impitoyable que toute autre le serait à ma place. Toute femme qui éprouverait les mêmes sentiments. » Elle est venue se planter devant moi, agressivement penchée en avant. « C'est *cela* que tu ne comprends pas ; *ce que je ressens*. Tu ne penses qu'à Jan. Et à toi. Pense un peu à moi ! » Elle m'a regardé encore un moment, puis s'est remise à marcher de long en large. « J'ai tout perdu, a-t-elle murmuré en se parlant autant à elle-même qu'à moi. J'ai perdu plus que n'importe qui. La plus grande partie de ma vie, qui aurait été merveilleuse. » Elle s'est retournée vers moi, suppliante à présent. « Je demande ça comme un cadeau. Qu'on m'en rende juste un petit peu. *Force-la à accepter, Nick !* »

Au bout d'un moment, j'ai secoué désespérément la tête – que pouvais-je faire d'autre ? – et elle m'a brusquement tourné le dos. Je l'ai regardée arpenter la pièce : toucher distraitement un abat-jour en tâtant le tissu entre le pouce et l'index ; prendre un cendrier, lire l'inscription au dos et le reposer ; s'arrêter pour regarder une gravure ; reprendre sa déambulation. « Minable, a-t-elle murmuré. Tout est terne. Peur des couleurs. »

Elle est sortie dans le couloir puis revenue. Après s'être arrêtée devant la fenêtre pour regarder dans la rue, elle est repartie. « Elle tourne nerveusement en rond », ai-je pensé, mais je me suis aperçu que ce n'était qu'une phrase, et tout à fait inexacte ; elle était calme. Un jour, j'avais observé un tigre dans un zoo ; il faisait sans arrêt le tour de sa cage, ses yeux ne voyaient même plus la foule curieuse se succéder devant lui. J'ai compris qu'il n'était pas nerveux, mais éternellement patient. Il ne savait pas ce qu'il attendait. Mais quand cela se produirait, si cela se produisait, il s'en apercevrait aussitôt : un loquet mal fermé ; une grille graduellement affaiblie par la rouille.

Marion errait simplement dans la maison en attendant la suite des événements, quels qu'ils soient ; on avait dit tout ce qu'il y avait à dire. Je la regardais ; sous l'absurde perruque blonde, je voyais le visage de ma femme, pourtant ce n'était pas elle. Pas Jan, mais Marion Marsh qui aurait pu devenir une star du muet. Elle avait connu *cela* ! Elle avait vraiment été à Hollywood en ces temps lointains, presque mythiques, du muet. « Marion, avez-vous vu des stars ?

– Lon Chaney, une fois [1].

1. Il a entre autres interprété les rôles de Quasimodo, du Fantôme de l'Opéra, de Mr Wu, et de Pew dans *L'Ile au trésor*. Un film lui fut consacré en 1957, *The Man of a Thousand Faces* (L'Homme aux mille visages). *(N.d.T.)*

– Sans blague ? Où ?

– Dans une rue du studio. A l'heure du déjeuner. J'allais acheter un sandwich à la cantine et j'ai pris un raccourci entre deux bâtiments. » Elle s'est arrêtée devant moi et j'ai croisé les jambes en l'écoutant. « Il a tourné le coin et s'est dirigé droit vers moi. Ils étaient en train de tourner ; il avait un maquillage absolument horrible. Avec une cicatrice sur le sourcil gauche et un œil tout blanc.

– Singapore Joe ! Il était maquillé pour le personnage de Singapore Joe dans *La Route de Mandalay* [1] !

– Vous avez vu ce film ?

– Non, je vendrais mon âme au diable pour une copie ; j'ai seulement lu des choses dessus. On avait recouvert son œil avec une membrane d'œuf.

– Comment vous savez ça ?

– Je collectionne les vieux films, mais je n'en ai pas beaucoup ; *Le Signe de Zorro, Le Lys brisé* [2]. Deux ou trois épisodes de séries. Quelques anciennes actualités. Mais j'ai lu beaucoup de livres sur le cinéma et on dit que cette membrane d'œuf a définitivement détérioré la vue de Chaney.

– Ça avait l'air horrible, Nickie. » Elle est venue s'asseoir à côté de moi. « Il a vu que j'avais un peu peur... rien que nous deux, seuls, dans cette ruelle étroite. Et quand il s'est rapproché de moi, il a fermé exprès son *autre* œil pour que seul le blanc me regarde ! J'ai poussé un petit cri, alors il m'a fait un grand sourire, il a fermé celui-là et, en me croisant, m'a fait un clin d'œil avec le bon. Il était vraiment très

1. *The Road to Mandalay*, de Browning, 1926. *(N.d.T.)*
2. *Broken Blossoms*, de Griffith, 1919. *(N.d.T.)*

gentil, vous savez ; tout le monde le disait. Et pas mal physiquement, dans le genre “ dur ”.

– Bon sang ; vous avez vraiment vu Lon Chaney. Avec son maquillage pour *La Route de Mandalay.* » J'ai souri en hochant la tête. « Qui avez-vous vu d'autre ?

– Oh... Laura La Plante.

– *Sans blague ?*

– Oui. Elle travaillait sur le plateau voisin du nôtre. Et quand on n'avait pas besoin de moi, j'allais les regarder tourner. »

J'ai hoché la tête ; au temps du muet, le bruit importait peu et on filmait souvent côte à côte, sur des plateaux adjacents. « Quel film c'était ?

– Je ne m'en souviens plus.

– Vous ne vous en souvenez plus ?

– Non. » Elle m'a regardé d'un drôle d'air.

« C'était quel genre de scène ? Je pourrais le retrouver à partir de là.

– Oh, Nickie, qu'est-ce que ça peut faire ! Elle était dans une cuisine en train de préparer le dîner ou je ne sais quoi. C'était Laura *La Plante* que je voulais voir [1].

– Comment était-elle ? »

Elle a haussé les épaules. « Pas mauvaise. Mais j'étais meilleure. » Elle m'a vu sourire et a fait de même. « Je sais. Ça a l'air prétentieux de dire ça. Oui. Mais c'est vrai : j'étais bien meilleure qu'elle. Je le suis toujours. Et le serai toujours.

1. Laura La Plante a commencé à tourner en 1919. J'ai retrouvé sa présence dans trois films : *The Cat and the Canary (La Volonté du mort)*, une comédie d'épouvante, 1927 ; *The Last Warning (Le Dernier Avertissement)*, une comédie policière, 1929 ; *Show Boat (id.)*, un mélodrame, 1936. *(N.d.T.)*

– Vous n'avez pas connu de stars ?

– Si. Oh, pas vraiment, pas très bien. Mais j'ai un peu fréquenté Valentino ; un jour, il a tourné sur un plateau voisin du mien et on a bavardé, deux ou trois fois.

– Mon Dieu ! Valentino ! De quoi avez-vous parlé ?

– Oh... » Elle a froncé les sourcils, les yeux fixés sur le sol. Puis elle a relevé la tête. « Il a dit que les gens de son village étaient fiers de lui, un petit village d'Italie. Je crois que c'était vraiment un homme très simple. Et très gentil. Avec moi, en tout cas. »

J'ai secoué la tête. « Vous avez vraiment *connu* Valentino. Je n'arrive pas à y croire. Il y a un film avec lui qui passe en ce moment à l'Olympic. *Les Quatre Cavaliers de l'Apocalypse* [1]. Je l'ai vu deux fois.

– Vous êtes un vrai cinglé de cinéma, hein ? J'ai connu un type de la Paramount qui collectionnait aussi les films. En fait, il les volait.

– Quoi ?

– Oui. Il travaillait dans ce qu'on appelait... le département distribution. C'était juste un emballeur, en fait ; il empaquetait les copies des nouveaux films et les expédiait aux distributeurs. Par exemple, une douzaine à New York, une demi-douzaine à Chicago, deux ou trois à Milwaukee, et ainsi de suite. Un emploi minable et pas bien payé du tout, mais lui aussi, c'était un dingue du cinéma. Comme moi. Comme la plupart d'entre nous. On aimait le cinéma à la folie : être *dans* les films, avoir un *contact* quelconque avec le cinéma. Une fois...

1. *The Four Horsemen of the Apocalypse*, de Rex Ingram, 1921. *(N.d.T.)*

– Attendez : parlez-moi de ce type qui collectionnait les films.

– Je vous l'ai dit. Il était fou de cinéma, mais il savait qu'il ne pourrait jamais tourner ; avec le nez retroussé qu'il avait... un nez en pied de marmite. J'aimais pas beaucoup le regarder, mais il était gentil et m'avait à la bonne. Les films qui lui plaisaient, il les gardait, c'est tout ; il commandait une copie supplémentaire et l'emportait chez lui. »

Je me suis lentement mis debout en me tournant pour lui faire face. J'ai senti l'excitation monter en moi et j'ai tenté de la contrôler : il me semblait qu'il fallait faire très attention, sinon tout ce que j'entendais pourrait se disperser et s'évanouir comme un rêve dont il est impossible de se souvenir. « Marion. Ecoutez. Quel genre de films il aimait ? »

Elle a haussé les épaules, puis baissé les yeux et réfléchi. « Oh... » Elle m'a regardé. « Ceux de Griffith, par exemple. Tu connais ? Le metteur en scène. D. W. Gr...

– Oui ! Je connais.

– Eh bien, il avait tous ses films, je m'en souviens ; tous ses longs métrages.

– Tous ? » ai-je murmuré. J'ai senti mes genoux se liquéfier et se dérober sous moi. « Tous les longs métrages de Griffith ? Oh, mon Dieu. Savez-vous que plusieurs d'entre eux ont disparu ? Sont perdus ! Il n'en existe plus une seule copie dans le monde ! Et il les avait... tous ?

– Oui. » Elle a levé vers moi des yeux pensifs.

« Quoi d'autre ? Marion, qu'est-ce qu'il avait d'autre ?

– Je ne sais pas, Nickie. Des tas de films. Il faisait des échanges avec des amis qui travaillaient dans d'autres studios.

– Oh, mon Dieu. » Je me suis assis à côté d'elle, puis me suis remis debout. « Où, par exemple ?

– Eh bien, il avait un copain à Universal avec lequel il...

– *Universal !* NON ! Ecoutez, il y a eu un incendie à Universal ! Après vous. Des centaines de films absolument inestimables ont disparu ! Des films fabuleux ! Des films qui sont devenus *mythiques* aujourd'hui ! » Je restais stupéfait, à la regarder. « Et il en *avait*. Dire qu'il les a eus autrefois. Dites-moi, c'était en quelle année ?

– 1926.

– Et quel âge avait-il ?

– Oh... trente ans. »

J'ai fait le calcul, puis j'ai secoué la tête. « Il doit être mort maintenant. Peut-être pas, peut-être que non. *Comment s'appelait-il ?* » J'ai pivoté sur mes talons, couru à l'étagère, sorti les trois annuaires de Los Angeles et suis revenu en toute hâte près de la fenêtre. « Comment s'appelait-il, Marion ? Il est peut-être encore vivant, son numéro de téléphone est peut-être là-dedans ! » Je me suis assis, les trois volumes sur mes genoux, celui de BEVERLY HILLS dessus.

« Vous savez, quand j'étais ici, il n'y avait qu'un seul volume et il n'était pas aussi gros que...

– *Marion !* » Elle s'est tue. « Comment *s'appelait-il* ?

– Je ne m'en souviens pas.

– IL FAUT VOUS EN SOUVENIR !

– *Attendez* une seconde ! C'était un nom de famille pas courant et un prénom court. Dick ? Non, pas Dick – ça, c'était le grand électricien – mais quelque chose comme ça. » Elle est restée silencieuse, les sourcils froncés. « Norman ? Non, ça, c'était ce jeune charpentier brun. Et Ned Berman, c'était un cameraman...

– Bon sang, vous n'aviez pas d'amie ?

– Je ne me souviens pas aussi bien des femmes. Je vais retrouver dans une minute ; arrêtez de m'interrompre. »

J'ai essayé de rester assis à attendre, mais j'étais si énervé que je me suis levé d'un bond pour aller aux toilettes avant de revenir en toute hâte. Elle avait toujours les sourcils froncés, les yeux fixés au sol, la lèvre inférieure entre les dents. « Vous l'avez retrouvé ? » Je me suis planté devant elle.

« Non, pas encore. Qu'est-ce que tu as à t'exciter comme ça, Nick ? Je sais que tu t'intéresses au cinéma, mais moi aussi et je ne me...

– *Je m'intéresse ?* » Je n'ai pu me retenir de ricaner en disant cela. « Sapristi. Si vous aviez collectionné quelque chose... mais vous ne l'avez jamais fait, n'est-ce pas ?

– Je ne collectionnais que les hommes. » Elle m'a souri, se délectant comme d'habitude de toute forme d'agitation. « Pourquoi tu me demandes ça ? »

Je ne pouvais pas rester en place. Les mains fourrées dans mes poches, je me suis mis à marcher de long en large devant elle, à pas rapides. « Ecoutez, si vous étiez une collectionneuse, vous auriez votre – quoi ? – votre Saint-Graal. Un collectionneur de manuscrits s'imagine qu'il est au fond d'une librairie d'occasion peu fréquentée, au bord de la faillite. Il découvre une liasse de papiers derrière des livres, en bas d'une étagère, dans un coin sombre, restée là depuis des années. Il détache la ficelle et parcourt de vieux papiers sans intérêt. Et puis – au milieu de la liasse – il l'aperçoit, là, sous ses yeux. Ses mains tremblent parce qu'il reconnaît la minuscule écriture qu'il a si souvent contemplée sur des reproductions de la signature de cet homme. Juste sa *signature*, le seul spécimen de cette écriture que l'on ait jamais trouvé. Conservée dans une vitrine au British Museum, avec un gardien posté là en permanence. Qui vaut un million de dollars, estime-t-on, si elle était à vendre. Pourtant » – je m'écoutais, jouissant de ma propre éloquence, et Marion souriait – « voici des pages et des pages de cette minuscule écriture à l'encre délavée. Avec des notes dans la marge ! Et *alors*, alors... dans ce long texte écrit à la main, il trouve un monologue. Les premiers mots ont été rayés, mais il peut les lire : " Exister ou mourir, voilà mon dilemme ", barrés d'un trait de plume. Juste en dessous, en lettres plus petites de la main même de l'auteur..." Etre ou ne pas être : c'est la... " »

Elle a éclaté de rire et je lui ai souri. « D'accord. Bon. Je suis allé trop loin, c'est ridicule. Mais pas tout à fait, Marion. C'est presque ça. On a *trouvé* un Rembrandt inconnu accroché au mur d'une petite boutique de brocante, et il coûtait quatre dollars cinquante. Et une théière d'occasion en métal, marquée soixante-quinze *cents*, dont le fond portait en lettres si petites et si estompées que seul un collectionneur pouvait les déchiffrer... *P. Revere, Silversmith*[1]. Quelqu'un a trouvé dans la boîte à dix cents d'un bouquiniste un petit livre imprimé à Boston en 1827 et intitulé *Tamerlane and Other Poems*, par Edgar A. Poe. C'est pour cela qu'on collectionne, à cause d'un rêve quasiment impossible. Et vous voulez savoir quel est le mien ? »

Elle a hoché la tête en souriant.

« Toutes les bobines... les quarante-deux bobines du chef-d'œuvre perdu d'Erich von Stroheim... *Les Rapaces*[2].

– Il les avait.

– *Vous dites n'importe quoi !*

– Non ! Je me souviens très bien de ce film. Tout le monde en parlait à San Francisco ! J'ai assisté à une partie du tournage qui a eu lieu ici ! Enfin Von Stroheim a dit que c'était terminé, il y avait des douzaines et des douzaines de bobines et ils ont pratiqué des coupures. C'était à la... la M.G.M. ! »

J'ai hoché la tête en silence, osant à peine parler. « Oui. On l'a réduit à dix bobines. Et même une partie de celles-là ont disparu. Marion... » Je me suis accroupi près d'elle, les yeux levés, chuchotant presque. « Vous êtes sûre de ce que vous dites ? Il possédait vraiment *les quarante-deux bobines* ?

– Bien sûr ; il m'en a parlé. Pour les avoir toutes, il

1. Paul Revere (1735-1818), fils d'un huguenot français émigré dans la région de Boston, grand orfèvre et surtout héros national de la guerre d'Indépendance. *(N.d.T.)*
2. *Greed*, 1923. Von Stroheim a réduit ce nombre à vingt-quatre, puis a accepté d'autres coupures, ce qui a donné dix-huit bobines. Mais finalement on n'en a gardé que dix et Stroheim a désavoué cette version, la seule que nous connaissions. *(N.d T.)*

avait dû donner en échange trois films de la Paramount. Mais il les avait. »

Je me suis relevé, assis à côté d'elle, et j'ai pris sa main dans les miennes en la regardant dans les yeux. « Alors, Marion, ai-je dit gentiment, vous comprenez maintenant ? Vous comprenez pourquoi il *faut* que vous vous rappeliez son nom ?

– Oui. Je comprends. Ce que tu ressens. » Elle a retiré brusquement sa main des miennes et s'est levée d'un bond. « Pourquoi *toi,* tu ne comprends pas ce que *je* ressens ? » Elle m'a regardé d'un air furieux, puis son expression a changé. « Ecoute... comment ça s'appelle, la salle où on passe *Les Quatre Cavaliers de l'Apocalypse...*

– L'Olympic ; c'est un vieux cinéma.

– Ils ont des matinées ?

– Aujourd'hui, c'est samedi ? Oui, il y en a le week-end.

– Emmène-moi le voir. » J'allais dire quelque chose, mais elle a hurlé : « Nickie, ne *discute* pas ! J'en ai marre des discussions ! Fais ce que je te dis !

– J'allais dire oui. »

J'ai donné à Al deux ou trois biscuits pour chien en forme d'os dont il n'aime pas le goût mais qu'il adore enterrer, et il a répondu par un petit remuement de queue. Puis, j'ai emmené Marion à l'Olympic.

C'est une belle vieille salle. Je crois qu'elle date des années 20, et on y donne de vieux films accompagnés à l'orgue. Ils ont de bonnes copies et le projectionniste est excellent. On a acheté du popcorn qu'ils vendaient dans des sacs à rayures multicolores, comme autrefois. Il y avait beaucoup de monde pour une matinée, mais on a trouvé deux sièges côte à côte.

Les lumières se sont éteintes, l'orgue s'est mis à jouer, les anciens rideaux de velours rouge se sont ouverts en grinçant et le spectacle a commencé par des actualités Pathé avec un coq qui chantait silencieusement devant le logo. On a vu une course de chevaux oubliée, et un sénateur de l'Oklahoma, tout aussi oublié, qui saluait de la main sur la plate-forme arrière d'un train ; une légende nous a appris qu'il venait de se déclarer fermement et courageusement contre l'abrogation du Volstead Act [1]. Et on a regardé un chimpanzé qui faisait du vélo.

Ensuite, pendant que l'orgue en jouait la musique, les paroles de *Rose Marie* ont remonté ligne par ligne du bas de l'écran ; une tache blanche marquait le mot ou la syllabe qu'il fallait chanter. Peu de gens se sont exécutés, mais Marion, oui, d'une voix haute et claire, et bien sûr je me suis joint à elle en me renfonçant un peu dans mon fauteuil. Après une demi-douzaine de : « Oh, ma Rose Marie-e... Reine de la prairie-e... », je me suis pris au jeu et j'ai chanté à pleins poumons le célèbre refrain de cette jolie et poétique opérette, allant jusqu'à éprouver du regret lorsque ce fut fini.

Puis sont apparus sur l'écran le titre et le générique des *Quatre Cavaliers de l'Apocalypse* et nous nous sommes calés dans nos fauteuils. Au début je me suis un peu ennuyé – je l'avais déjà vu deux fois – mais bientôt j'ai été de nouveau pris par l'action et j'en ai tiré grand plaisir. C'est dans ce film qu'il y a le fameux tango de Valentino, une grande et belle scène. Assis à des tables entourant la piste de danse d'un café argen-

1. Loi de 1920 qui avait renforcé le dix-huitième amendement en faveur de la prohibition. *(N.d.T.)*

tin, une douzaine de spectateurs regardent Rudolph Valentino en costume de gaucho danser avec Helena Domingues habillée en Espagnole, y compris le grand châle à franges.

Valentino la serre dans ses bras d'un air romantique, la cambre en arrière, se penche sur elle pour plonger son regard dans le sien, et l'on peut s'en moquer ou s'en délecter. Moi, je m'en délecte ; je ne supporte pas les idiots qui, à des séances du muet, croient prouver leur grande intelligence par d'incessants ricanements. L'interprétation conventionnelle et les scénarios d'autrefois sont peut-être stupides, mais si vous en faites abstraction, vous verrez souvent beaucoup de choses valables.

Cette séquence-là vaut la peine d'être vue. C'est une grande scène de danse – Valentino était danseur professionnel avant de devenir acteur de cinéma – et l'organiste jouait vraiment bien, comme c'est généralement le cas à l'Olympic ; son tango était parfaitement synchronisé avec les mouvements du couple, aussi bien que dans un film parlant.

Ce qui me semble étrange, c'est que j'ai aussitôt compris ce qui m'arrivait ; mais après tout, ce n'était pas si étrange que cela : plus d'une fois, j'avais entendu Jan chercher ses mots pour décrire ce phénomène. C'était presque une sensation physique, comme si – dans l'éventualité où l'on peut imaginer une sensation pareille – quelqu'un s'était assis dans le même siège que moi et me poussait fermement, mais sans m'écraser. Si bien que soudain nous *occupions le même espace*. En une sorte de mouvement rapide, de glissement doux, on s'est emparé de moi ; j'étais littéralement « possédé ».

Mon propre moi désormais immobilisé – impuissant et affaibli –, j'étais comme mis de côté, repoussé dans un coin reculé de mon être. J'avais toujours conscience des stimuli qui me parvenaient par l'intermédiaire de mes sens. Je savais quels messages mes yeux et mes oreilles recevaient – mais vaguement car le monde s'éloignait de plus en plus ; j'étais comme un enfant qui s'enfonce rapidement dans le sommeil. En deux secondes, trois peut-être, je me suis retrouvé pelotonné quelque part, loin à l'intérieur de moi-même, pendant que Rudolph Valentino prenait plus ou moins les commandes.

Par moments – et je ressentais cela comme un enfant profondément endormi ou en proie à la fièvre – la prise exercée sur mon être se relâchait pendant une seconde ou une demi-seconde. Presque aussitôt, elle se resserrait de nouveau avec une force renouvelée, mais j'avais eu le temps de percevoir ce qu'il voyait, entendait, ressentait, et le souvenir de ces moments-là me bouleverse encore.

Car ce qu'il percevait – non seulement sur le vieil écran carré, au-dessus de la scène poussiéreuse de l'Olympic, où s'agitaient des noirs, des blancs et des gris, mais au-delà de celui-ci – ce qu'il éprouvait dépassait ce que tout autre spectateur pouvait appréhender. Assis droit comme un i sur le bord de son siège, les mains serrées sur la poitrine, le menton levé, il ne voyait pas que l'écran papillotant. Au-delà de l'image, dans son souvenir, un metteur en scène coiffé d'une casquette, un petit porte-voix à la main, observait tout, les yeux plissés. L'objectif de la caméra fixée sur son trépied en bois suivait ses propres mouvements : un homme se tenait derrière, les genoux pliés, l'œil pressé contre le viseur ; il portait des culottes de golf, une chemise blanche et une cravate, et son poing droit tournait la manivelle d'un mouvement régulier pendant qu'il filmait ce que le public de l'Olympic regardait maintenant. Derrière le cameraman, il y avait un petit groupe de spectateurs et de techniciens du studio, dont deux en salopette et un qui tenait un marteau. Un homme portant un gilet et un drôle de feutre à large bord jouait au piano le tango sur lequel ils dansaient. Immobile, les yeux fixés sur l'écran, il revoyait tout cela dans sa mémoire. Et surtout, il revivait un autre souvenir : la foudroyante et triomphale certitude, au moment même où il dansait, que cette scène allait être extraordinaire.

Brusquement, ça été le néant. Le néant absolu ; pas même le vide. Puis un bref retour à la conscience durant lequel je me suis senti comme drogué : là-haut, sur l'écran, le magnifique tango s'achevait. On est passé à une autre scène, à d'autres personnages, et à l'instant même de la coupure, un sentiment m'a envahi. Une vague de désespoir si sombre que, même si je le pouvais, je refuserais de la transmettre dans toute sa force. C'était un insupportable et horrible désir, le pire de tous – le désir sans espoir de ce qui aurait pu être.

Les yeux du visage levé vers l'écran ont commencé à se remplir de larmes. Elles ont débordé, coulé sur mes joues, et la main de Marion est venue se percher sur mon bras. « Je suis désolée, Rudy, a-t-elle chuchoté, vraiment désolée. Mais il fallait qu'il sache. Merci. »

Ma tête s'est inclinée, ma main s'est posée un instant sur la sienne, puis Valentino a disparu, et je suis resté là à cligner des yeux, sachant maintenant ce que je n'avais pas voulu comprendre : l'énormité de la perte lorsqu'une vie, un talent et une carrière sont fauchés en plein vol. Le moi d'un être humain est sans limites, et sauf les politiciens à l'échelle nationale, personne n'est aussi narcissique qu'un acteur. Pour Rudolph Valentino, âgé de seulement trente et un ans, des décennies de gloire et d'adulation mondiales s'étendaient loin, loin devant lui. Brusquement, stupidement, il avait perdu tout cela. Fauché ! Disparu ! C'était simplement insupportable.

« Tu comprends, maintenant ? » Marion me regardait. J'ai cligné des yeux, fait signe que oui, et me suis essuyé les yeux du dos de la main.

« Oui. Oh, mon Dieu. Sortons. » Je me suis levé et, Marion dans mon sillage, me suis frayé un chemin jusqu'à l'allée en passant devant six genoux, deux barbes et une paire de lunettes à monture métallique qui reflétaient l'écran.

Sur le chemin du retour, j'ai gardé la capote baissée, laissant l'air frais et embrumé de San Francisco rafraîchir mon visage. Je n'ai rien dit jusqu'à ce que nous nous arrêtions à un feu rouge, à deux ou trois pâtés de maisons de chez nous. « Cette vieille fripouille, ai-je murmuré. Ce pauvre type baisé par la mort. La seule chose qu'il pleure, c'est sa carrière perdue. Je ne crois même pas qu'il ait accordé une seule pensée à la Femme en noir.

– A qui ?

– La mystérieuse femme voilée, tout habillée de

noir, qui venait se recueillir sur sa tombe tous les ans. Certaines années, elles étaient quatre ou cinq. »

Elle n'écoutait pas. Le feu est passé au vert, j'ai redémarré et elle a murmuré : « Tôt ou tard, tout le monde meurt, et ce n'est pas si pénible que ça, réellement. Une fois que c'est arrivé, la plupart des gens n'y pensent plus. Mais pour certains d'entre nous qui vivaient quelque chose de fantastique et ont été *coupés en plein élan*... » Elle a secoué la tête. « Il fallait que je te montre, Nickie. Et même après ça, tu ne sais pas vraiment ce que je ressens. Parce que Rudy ne réagit pas comme moi ; il n'a pas eu le courage de faire ce que je fais ! Il s'est résigné. »

J'ai tourné dans Divisadero, puis ralenti devant la maison ; je me suis arrêté, j'ai coupé le contact et serré le frein à main ; Marion a posé une main sur mon bras. « Aide-moi, Nickie. Il faut que tu m'aides.

– Mais *comment*, Marion, *comment* ?

– Fais comprendre à Jan qu'elle *doit* accepter ! Juste pour un an. Ou six mois. Pour un seul film ! N'importe comment, elle ne fait pas grand-chose de sa vie ; fais-lui comprendre ça, Nickie. Je t'en prie. Je t'en supplie. »

Je me suis penché, les bras croisés sur mon vieux volant, et suis resté à contempler la rue déserte à travers le pare-brise. C'était vrai ; c'était vrai que Marion avait réellement plus besoin d'une petite partie de la vie de Jan que celle-ci. Mais... J'ai regardé Marion en secouant la tête. « Ce n'est pas bien, Marion. De dire à Jan, ou à n'importe quelle autre femme, qu'elle doit renoncer à une partie de sa vie.

– Parle-lui-en tout de même ! Raconte-lui seulement

ce qui s'est passé aujourd'hui. Dis-lui ce que tu as ressenti. Et laisse-la décider. Tu peux au moins lui en *parler* ! »

Au bout d'un moment, j'ai haussé les épaules. « Bon, je vais m'en occuper. Mais c'est elle qui décidera.

– D'accord. Parle-lui. » Marion a appuyé la tête sur le dossier en cuir et regardé le fin brouillard traverser le ciel qui s'obscurcissait. « A propos, a-t-elle dit nonchalamment, ce fameux nom m'est revenu. »

J'ai tourné brusquement la tête pour la regarder, mais elle n'a pas bougé. Contemplant toujours rêveusement le ciel, elle a ajouté d'un air absent : « Depuis plusieurs heures, en fait. Là-haut, dans l'appartement, j'ai consulté l'annuaire téléphonique de Los Angeles pendant que tu étais aux toilettes. » Elle a fait rouler sa tête pour me regarder en coin, le visage et les yeux innocents. « Il y est, Nickie chéri. L'homme aux films est toujours vivant. Et je suis absolument sûre qu'il les a gardés. » Elle a levé de nouveau les yeux vers le ciel. « Viens avec moi à Hollywood et nous irons le voir. Je te dirai son nom... » Elle s'est tournée pour me sourire de nouveau, doucement, tendrement. « ... lorsque nous serons là-bas. Lorsque tu auras parlé à Jan. »

Elle a fermé les yeux, respiré lentement et profondément, et ses yeux se sont rouverts. « Oh, mon Dieu... *encore*. » Jan a regardé autour d'elle pour voir où elle était et je me suis hâté de parler.

« Ecoute, nous nous sommes contentés d'aller au *cinéma* ! »

Elle a acquiescé d'un signe de tête et appuyé un doigt sur son front. « Je sais ; j'ai toujours un léger mal de tête lorsque je vais au cinéma dans la journée. Et puis c'est tellement ridicule que je sais que c'est vrai. » Elle a froncé les sourcils ; sa main avait senti quelque chose sur son front ; elle a tâté plus haut, puis s'est emparée de la perruque blonde. Elle l'a arrachée de sa tête et l'a regardée fixement. « Qu'est-ce que c'est que *ça* ?

– Montons. » Je me suis penché pour lui ouvrir la portière. « J'ai plein de choses à te dire. »

7

Nous sommes allés promener Al, mais Jan a d'abord changé de vêtements ; elle n'aimait pas le pantalon noir et le chandail à col roulé. En entrant dans la chambre à coucher, elle s'est arrêtée pile, a regardé les lambeaux de tissu noir éparpillés sur le plancher, et sa réaction m'a surpris. « Au fond, elle a peut-être raison », a-t-elle murmuré, puis elle a mis sa robe orange, la plus éclatante qu'elle possédait.

On a marché avec Al jusqu'à la cour de l'école, à trois pâtés de maisons de chez nous ; il aime cet endroit parce qu'en général des enfants le caressent, jouent avec lui et lui donnent parfois des bonbons. Mais ce jour-là, il n'y avait personne et Al s'en est accommodé le mieux qu'il a pu en vérifiant si les balançoires, les jeux de bascule et l'unique arbre étaient bien là. Assis sur le large rebord du bac à sable du jardin d'enfants, j'ai parlé à Jan pendant qu'Al vagabondait dans les environs.

En m'en tenant aux faits, je lui ai dit ce que Marion désirait et ce qui m'était arrivé à l'Olympic. Elle m'a écouté avec tellement d'attention qu'elle bougeait à peine. Puis elle est restée silencieuse pendant une trentaine de secondes. « Est-ce que *toi*, tu le ferais ? a-t-elle éclaté brusquement, presque en colère. Tu donnerais une partie de ta vie à... disons, Rudolph Valentino ?

– Eh bien... Je ne sais pas grand-chose sur Valentino. Peut-être à Cary Grant.

– Tu parles s'il en a besoin ! Nick, je sais ce que Marion éprouve ; comme toi avec Valentino, par bribes, de temps en temps. Je n'aurais jamais soupçonné qu'on puisse désirer quelque chose à ce point, et pourtant... tu veux que je te dise ? Je l'envie presque, parfois : je voudrais bien éprouver un désir aussi violent. Tu comprends ce que je veux dire ?

– Oui. Quand mon père était jeune, au sortir de l'école, il a voulu travailler. Tu sais pourquoi ? Pour " faire son chemin ". Il a trouvé un job ici, à San Francisco, chez un grossiste. Il déchargeait pendant des heures des camions de livraison dans un entrepôt. Un travail vraiment dur, et pour un petit salaire. Mais il était content. Parce que cela lui offrait, disait-il, une chance de " montrer ce qu'il avait dans le ventre ". Eh bien, moi, j'ai un peu plus de bon sens. Qui croit à des choses pareilles aujourd'hui ? Personne, et on a raison ; il se faisait exploiter. Mais, vraie ou fausse, j'envie presque la manière dont les gens voyaient les choses autrefois. Aussi, oui, je comprends ce que tu veux dire.

– Dis-moi ce que je dois faire, Nick ! Et je le ferai. Si tu estimes qu'il faut en passer par là, je suivrai ton avis ! Peut-être que ma petite vie idiote n'a aucune importance, ne compte...

– Hé ! ne dis pas ça ! » J'ai passé un bras autour de ses épaules et lui ai pincé la cuisse. « Que veux-tu dire par une " petite vie idiote " ? Elle n'est pas si...

– Oh, si, elle l'est, a-t-elle répondu calmement. C'est une petite vie de rien du tout. Je m'imagine que j'ai vraiment fait quelque chose quand j'ai essayé une nouvelle recette et que ça t'a plu. Ou quand je décore une pièce comme me le conseille un magazine. Ou quand je lis jusqu'au bout un livre difficile. »

J'ai discouru et discuté, pour essayer de la réconforter ; elle a hoché la tête et fait comme si cela avait marché. On a appelé Al pour lui remettre sa laisse et on est rentrés à la maison. Il faisait encore jour, mais la brume de fin d'après-midi avait blanchi le ciel, et brusquement la fraîcheur du soir tombait.

« Dis-moi ce que je dois faire, Nick », a-t-elle répété, mais j'ai secoué la tête.

« Non. C'est à toi de décider. »

Un peu plus loin, elle a repris : « Bon. Mais dis-moi ce que *toi*, tu ferais. Tu peux me dire cela, au moins. »

J'avais l'impression d'être sincère. J'étais persuadé qu'à sa place, j'aurais été d'accord. Aussi j'ai hoché la tête et dit : « Oui. Je crois que je serais d'accord.

– Alors, c'est oui. Je vais lui donner... » Elle a hésité puis fini sa phrase presque avec colère. « ... deux semaines, c'est tout. Pour commencer. Puis nous verrons combien, après. Ça te paraît équitable ?

– Et comment. Ecoute, donne-lui deux semaines, et si rien ne se passe, terminé ; nous reviendrons à la maison pendant ma troisième semaine de vacances. En prenant tout notre temps.

– Ah. Tu viens toi aussi ? »

J'ai senti mon visage s'empourprer ; il ne m'était pas venu à l'idée de rester ici. « Eh bien, oui. Tu ne pensais pas que je... que j'allais te laisser partir toute seule ? Tu seras là une partie du temps, tu sais. Très seule, si je ne viens pas.

– D'accord. Mais tu sais, de temps en temps, je peux la forcer à partir ; j'ai appris comment procéder et je l'ai déjà fait. Cela ressemble un peu à une lutte, et je suis parfois arrivée à la... pousser dehors. Elle le sait. Aussi dis-lui que je serai là tous les soirs, dès qu'elle rentrera à l'hôtel ! Et la nuit aussi, *toutes* les nuits. Ou j'apparaîtrai en plein milieu de ses tentatives et je lui couperai l'herbe sous le pied.

– Bonne idée, sacrément bonne. »

Une fois rentrés, on a nourri Al, puis on est allés dîner dehors ; ni elle ni moi n'avions envie de rester à la maison. J'étais déprimé, je ne savais pas très bien pourquoi et pensais que Jan l'était peut-être elle aussi. On est allés dans un petit restaurant de Haigh Street que je trouve charmant parce qu'il n'est pas cher du tout, *La Popote du quartier*, comme Jan m'interdit de l'appeler. Et tandis que nous marchions, une histoire vraie que j'avais lue un jour m'est revenue en mémoire.

On avait assassiné un homme chez lui, sans raison apparente. Tout était encore là, l'argent, les bijoux, différentes choses de valeur, y compris une collection de timbres. Rien ne manquait, semblait-il ; c'était un mystère. Or l'un des enquêteurs collectionnait les timbres. Il a feuilleté les albums de la victime et trouvé une page de pièces rares, les premières émissions d'Hawaii ; toutes y étaient sauf le timbre de deux *cents*. Il savait ce que les autres flics ignoraient ; que c'était le plus rare de la série. Il s'est renseigné sur les amis du mort jusqu'à ce qu'il découvre un autre collectionneur de timbres. Il a fait connaissance de cet homme. Ils sont devenus amis. Et finalement, un soir, l'homme a montré au policier sa fierté et sa joie, une collection complète des premiers timbres hawaiiens. Où avait-il trouvé celui à deux *cents* ? Il n'a pas voulu répondre. Arrêté et accusé de meurtre, il se refusait toujours à révéler la source de son acquisition ; il ne le pouvait pas. Il a été jugé et condamné, et c'est alors qu'il a avoué ; son ami avait refusé de lui vendre ce timbre, celui qui manquait à sa collection pour qu'elle soit complète. Il l'avait donc tué et volé, il avait assassiné un ami pour un timbre oblitéré de deux *cents*.

Tout en descendant Haigh Street avec Jan, je me suis dit qu'un jury composé de pairs de cet homme – douze autres collectionneurs – l'aurait acquitté, mais cela ne m'a pas aidé. Pourquoi n'avais-je pas parlé à Jan de l'homme d'Hollywood qui possédait peut-être une stupéfiante collection de vieux films incroyablement rares ? Oui, pourquoi ? Avais-je été honnête en la poussant à laisser Marion tenter sa chance... afin de pouvoir l'accompagner ? Est-ce que je vendais ma femme – en désespoir de cause ! – contre la simple possibilité de mettre la main sur tout un fouillis de pellicule ? Mon Dieu, ai-je pensé, je vis le scénario d'un vieux mélo du muet : le film que je veux... c'est *Les Rapaces* !

Aussi, pendant le dîner, je lui en ai parlé ; je lui ai révélé combien mes motifs étaient douteux. Et Jan m'a répondu : « Je suis soulagée, Nick. Je craignais que tu ne veuilles aller à Hollywood pour être avec Marion ! » Brusquement, je me suis senti en pleine forme et j'ai commandé une carafe de ce mystérieux liquide rouge et trouble que *La Popote* appelle du vin. On a levé nos verres et bu, les lèvres crispées, les yeux fermés de douleur, et je me suis demandé si ma vraie raison, la vraie de vraie, ce n'était pas d'aller à Hollywood avec Marion. Merde, me suis-je dit, et bravement, j'ai de nouveau rempli nos verres. Plus tard, pour la première fois de ma vie, je me suis armé de courage et j'ai demandé un petit sac pour emporter les restes, afin que notre vieil Al puisse participer aux festivités.

Le lendemain matin, Jan n'avait pas tellement le moral en faisant les bagages, mais si elle a éprouvé le désir de revenir sur sa décision – et je pense qu'elle a été tentée de le faire – elle n'y a pas cédé, et à huit heures nous étions prêts. Elle portait une robe rose lavable, un manteau en toile et s'était coiffée d'un foulard, au cas où nous roulerions capote baissée. J'avais un pantalon marron délavé, des mocassins, une chemise sport et un tricot sans manches.

Pour finir, j'ai déposé un carton d'aliments pour chien sur le perron des Platt ; ils avaient dit qu'ils s'occuperaient de Al. Et quand celui-ci est arrivé en trottant pour voir ce que je faisais, je lui ai expliqué la situation. J'ai dans l'idée que les chiens peuvent tirer quelque chose d'une explication, qu'ils comprennent ou pas tous les mots.

Accroupi à côté de lui, je lui ai frotté les oreilles, en empoignant de temps en temps un grand morceau de toute cette peau qui pend sur ses épaules et sur son cou ; les bassets ont l'air d'avoir deux fois plus de peau qu'ils n'en ont besoin. « Ecoute, lui ai-je dit. Ce n'est pas vrai que tu as été viré de ton poste de Chien ; tu es titulaire. Et ne va pas croire que nous t'avons adopté ;

tu es notre vrai fils. Nous allons partir pour quelque temps, mais nous reviendrons. Et les Platt vont pourvoir à tes besoins matériels, sinon spirituels. Aussi ne t'inquiète pas ; d'accord ? » Il a remué la queue et j'ai tendance à croire qu'il a hoché la tête. J'ai tiré sur une énorme poignée de peau entre ses épaules. « Entre parenthèses, je ne sais pas où tu as trouvé ce minable costume de chien, mais il ne te va pas du tout. » Il a essayé de me lécher l'oreille, mais je l'ai esquivé. « Et quand je reviendrai, j'aimerais te voir dans quelque chose de plus neuf et de plus élégant ; personne ne porte plus des oreilles aussi longues. » Il a pris un air intéressé. « La prochaine fois, pourquoi n'essaierais-tu pas un costume de caniche ? Ils sont assez chic. Le modèle avec des bracelets autour des chevilles et de la queue ? Il faudra faire raccourcir les pattes, bien sûr. » Je me suis relevé. « Maintenant, rappelle-toi bien, on reviendra, on va revenir. En attendant, utilise intelligemment tes atouts et tu pourras soutirer aux Platt toutes sortes de friandises interdites. » Je me suis penché et lui ai donné un coup de poing sur l'épaule, qu'il a plus forte et plus massive que la mienne, et je suis remonté chez nous pour charger nos sacs dans la voiture.

Nous ne savions pas quand Marion allait réapparaître, mais elle s'est manifestée au moment du départ. Je descendais les escaliers en portant nos bagages, Jan derrière moi avec les clés pour fermer la porte, quand je l'ai entendue faire demi-tour et remonter comme si elle avait oublié quelque chose. Quand j'ai levé les yeux de la malle arrière, où j'étais en train de fourrer les sacs, elle descendait les marches les deux bras levés, les coudes en ailes de pigeon, ajustant la perruque blonde. Et brusquement je me suis dis que j'allais réellement faire le trajet jusqu'à Hollywood avec le fantôme d'une actrice de cinéma de 1926. Je devais la contempler fixement car en ouvrant la portière elle s'est arrêtée pour me lancer : « Monte, Nickie ; et garde la pédale au plancher ! On a quarante-sept ans de retard. »

Au cours du voyage, il ne s'est passé que deux ou trois incidents qui valent la peine d'être racontés. C'est un long trajet en une journée, ma vieille Packard n'est pas la meilleure des voitures pour faire de la distance et je n'ai pas beaucoup parlé. J'ai tout de suite demandé à Marion si elle était d'accord avec les conditions de Jan et elle a dit que oui. Puis j'ai réclamé le nom de l'homme qui possédait cette étonnante collection de vieux films muets – s'il les avait encore ; s'ils existaient toujours.

« Bollinghurst. Il s'appelle Ted Bollinghurst. » Ce n'était qu'un nom, mais mon ventre s'est contracté ; je me suis senti de nouveau plein d'entrain et j'ai su que ce nom resterait à jamais gravé dans mon esprit. « D'après ton annuaire, il habite au 1101 Keever Street, à Beverly Hills. C'est tout ce que je sais, Nick. J'ignore s'il a toujours ses films. »

A partir de là, Marion a pas mal bavardé, me signalant tels ou tels changements. Il y en avait eu un certain nombre depuis 1926, et la plupart du temps, je me contentais de hocher la tête et d'écouter. Pour déjeuner, on s'est arrêtés dans un drive-in, et cela a beaucoup amusé Marion qui a insisté pour se pencher à ma portière afin de passer commande par l'intermédiaire du micro sur pied : des milk-shakes pour nous deux, un cheeseburger pour moi, un hamburger pour elle, avec le maximum de garniture. Mais elle a froncé les sourcils, puis s'est penchée de nouveau. « Sans oignons, le hamburger ! » a-t-elle ajouté dans le micro, puis elle m'a adressé un pâle sourire. « Salut, Nick », et je lui ai tapoté le genou pendant qu'elle était encore là ; Jan ne digère pas les oignons.

La seule autre chose qui est arrivée, c'est que je me suis brusquement retrouvé en train de me battre avec le gros volant en bois ; le compteur marquait 110, ce qui est très, très rapide pour la Packard, et les pneus hurlaient dans un tournant.

J'ai réussi à rester sur la route, puis j'ai ralenti prudemment jusqu'à ce qu'on se retrouve dans la ligne droite ; le foulard de Marion était autour de mon cou et flottait au vent. « Que s'est-il *passé* ?

– C'est Rudy qui conduisait, a-t-elle répondu l'air de s'excuser. Il voulait te relayer un moment.

– Eh bien, c'est un fichu conducteur !

– Je sais. Il a dit que cette voiture était bien plus dure à conduire que son Isotta-Fraschini et qu'il ferait mieux de te laisser reprendre les commandes.

– Dans *un tournant* ?

– Je sais ; il est marteau. »

A onze heures moins vingt du soir, Jan et moi dînions à la cafétéria du Beverly Hills Hotel. Nous étions si fatigués qu'en attendant d'être servis, on est restés silencieux à se regarder d'un air stupide. « Je récolte ses migraines, ses gueules de bois et maintenant son épuisement », a dit Jan en se massant le front.

Sa main a effleuré la naissance de ses cheveux ; elle a senti la perruque blonde et l'a enlevée en haussant les épaules. On a laissé tomber le dessert, un pudding qui avait pourtant l'air délicieux, on est allés se coucher et à onze heures dix on dormait, la perruque blonde perchée sur le dosseret du lit.

Je me suis réveillé dans la nuit ; Jan non plus ne dormait pas.

« Nick ?

– Oui.

– Je ne suis pas sûre d'avoir envie de continuer. Qu'en penses-tu ?

– Tu prendras ta décision demain matin. » Et je me suis rendormi.

Il faisait jour lorsque je me suis réveillé de nouveau, et Marion, vêtue de la robe orange de Jan et coiffée de sa perruque, était assise au bord du lit, un annuaire téléphonique ouvert à côté d'elle, les yeux sur son réveil de voyage. « Il est sept heures moins le quart ; c'est trop tôt pour téléphoner ?

– Oui. » Et je me suis rendormi.

C'est le bruit du cadran du téléphone qui m'a réveillé et j'ai regardé la pendulette ; il était huit heures. « C'est une heure convenable, maintenant ! m'a dit Marion sur la défensive. Allô ? Mr Dahl, s'il vous plaît. Mr Hugo Dahl ? » Silence. « Je vois. Je me demande si je ne pourrais pas le joindre là-bas ? » Silence, puis elle a hoché la tête. « Sur North Gower Street ; merci beaucoup. » Elle a raccroché lentement et m'a regardé, soudain très effrayée. « Il est en route pour le studio – il travaille toujours pour le cinéma. Oh ! Nickie, j'ai peur ! C'est mon unique espoir ; j'ai consulté les annuaires et, de tous les gens que je connaissais, il n'y a plus personne dans le cinéma, sauf lui. Et s'il ne se souvenait pas de moi ? » Je partageais ses doutes, mais n'ai rien dit ; elle s'est levée d'un bond pour faire le tour du lit et venir s'asseoir de mon côté. « Nickie, tu viens avec moi aujourd'hui, n'est-ce pas ? Je ne peux pas aller toute seule au studio ! J'ai peur, vraiment peur !

– Bon, d'accord. »

Elle a paru soulagée, puis a jeté un coup d'œil à la pendulette. « Il est trop tôt pour partir ; il n'y est pas encore. On pourrait...

– Non.

– Juste un petit câlin. Pour nous porter chance.

– Malchance. » Je me suis glissé de l'autre côté du lit, j'ai tiré l'annuaire vers moi, cherché le B et trouvé : « Bollinghurst, Theo N, 1101 Keever Street ». J'ai levé les yeux et adressé un grand sourire à Marion. « HOUrra pour HOLLywood ! » J'ai entonné une chanson, me suis levé d'un bond et suis allé prendre ma douche, toujours en chantant.

Dans le taxi, je me suis carré sur la banquette arrière pour regarder Wilshire Boulevard. Je ne connaissais pas grand-chose de cette ville et ma curiosité était en éveil. Mais chaque pâté de maisons devant lequel on s'arrêtait à cause de la fréquence des feux ressemblait au précédent – les immeubles généralement blancs, neufs ou paraissant tels, et de même taille, étaient tous empreints d'une certaine similitude. Pourtant, je remarquais que chacun avait un style frappant, parfois unique ou bizarre. Ailleurs, n'importe lequel d'entre eux aurait été mémorable, considéré comme *le* monument de la ville. Ici, tous cherchaient à se faire remarquer et l'ensemble n'éveillait que l'indifférence. Ils étaient en pierre, mais on avait du mal à croire qu'ils aient pu être construits pour durer aussi longtemps. Et dans l'étrange lumière délavée de Los Angeles qui filtre au travers d'un smog perpétuel, ces bâtiments anonymes qui se succédaient interminablement semblaient dépourvus de substance, de propriétaire et de signification. Il existe des non-livres et des non-célébrités, des gens dont la seule gloire est d'avoir un nom connu, on ne sait pourquoi. Il me semblait que nous étions dans une non-ville et je l'ai dit à Marion.

« Pourtant, autrefois, c'était un endroit merveilleux, une ville et une vraie. » Elle a regardé par la fenêtre, puis secoué la tête et s'est rencognée comme pour échapper à ce qui l'entourait. « Je n'aime pas cette ville, je ne pourrais jamais l'aimer. Je ne vois pas comment on pourrait. » Brusquement, elle s'est penchée pour parler au chauffeur. « Ramenez-nous à l'hôtel !

– O.K. » Il a haussé les épaules et, vérifiant dans son rétroviseur s'il n'y avait pas de flic, il a ralenti et attendu une interruption dans la circulation. Puis il a effectué un rapide demi-tour, en toute illégalité.

J'ai attendu une explication et, au bout d'un moment, elle a levé les deux mains et enlevé sa perruque.

« Jan ? »

Elle a fait signe que oui, en silence, d'un air de défi. « Maintenant que nous sommes ici, je ne suis pas du tout sûre de vouloir aller jusqu'au bout, Nick. Je n'aime pas cet endroit ! Qu'est-ce que nous faisons ici ? » Elle a soudain cligné des yeux, sursauté légèrement, puis s'est penchée de nouveau. « Conduisez-nous à Gower Street ! » a-t-elle dit en remettant sa perruque.

« Oh, bon Dieu. » Je me suis affaissé sur la banquette et tourné vers la vitre en me désolidarisant de ce qui pouvait se passer à côté de moi.

« Personnellement, je m'en fiche, madame. » Le chauffeur s'est retourné pour lui sourire avec un calme forcé. « Vous pouvez faire cela toute la journée si vous voulez, tourner et retourner en rond, aussi longtemps que vous payez la somme qui est au compteur. Mais si je me fais prendre, vous paierez l'amende ! » Revenu devant l'hôtel, il a effectué un second demi-tour, licite celui-là, et on est repartis sur Wilshire.

« Retournez à l'hôtel ! » Elle a arraché la perruque.

« Non ! » Freinant sec, le chauffeur s'est rangé le long du trottoir. « Je refuse ! Rien ne peut m'y obliger ! Vous n'avez qu'à prendre une autre voit...

– Restez là ! ai-je dit d'un ton apaisant. Attendez une seconde ; le pourboire vous dédommagera de tout cela. » A voix basse, calmement, j'ai rappelé à Jan qu'elle avait promis, je lui ai demandé de patienter, de voir ce qui arriverait, et elle a fini par acquiescer. « Allez, ai-je dit au chauffeur. North Gower Street, et cette fois, nous ne changerons pas d'avis. »

L'aspect extérieur du studio m'a vraiment déçu. Je ne sais pas à quoi je m'attendais, sauf que je pensais qu'il aurait au moins un peu de glamour. Mais je n'ai vu qu'un long et grand mur de stuc presque nu de l'autre côté d'un parking miteux, crevassé, entouré d'une clôture blanche délabrée et jonché de papiers que personne ne ramasserait jamais. En haut du mur du studio, quelques panneaux d'affichage faisaient de la publicité pour des films ; sans eux, on aurait pu penser qu'il s'agissait d'un entrepôt. Et la porte, apparemment l'entrée principale d'un studio de renommée internationale, n'avait rien d'extraordinaire ; le vernis s'écaillait autour des poignées, la vitre était un peu sale. Si j'avais trouvé à l'intérieur un cabinet médical véreux, cela ne m'aurait pas surpris.

Mais ce qu'on a découvert, c'était un box juste assez grand pour nous et le petit bureau qui nous faisait face, tellement minable qu'il avait l'air d'avoir été refusé par une œuvre de charité. Quelques grandes photos en couleurs de deux ou trois stars du cinéma et de la télévision étaient accrochées aux cloisons en contreplaqué, et derrière le bureau un homme mûr au visage aimable, revêtu d'un uniforme ressemblant vaguement à celui d'un flic, a levé les yeux de son magazine, *The Hollywood Reporter*. « Que puis-je pour vous ? »

Si je m'étais inquiété de la manière dont Marion serait reçue, le sourire qu'elle a adressé au vigile m'aurait rassuré ; j'ai vu dans les yeux de l'homme qu'il l'appréciait. « Excusez-nous de vous déranger », a-t-elle dit en le regardant avec ce qui semblait un intérêt sincère et un évident désir d'avoir l'occasion de passer une heure à bavarder avec lui, « mais je voudrais voir Mr. Hugo Dahl.

– Vous avez rendez-vous ? » Inconsciemment il s'est mis à hocher la tête, essayant de susciter l'existence d'un tel rendez-vous.

« Non, je suis une vieille amie à lui. Si vous lui dites que Marion Marsh est ici, je pense qu'il acceptera de me recevoir. »

L'homme a consulté une liste abondamment corrigée de numéros de téléphone fixée à son bureau avec du scotch jaunâtre, et a composé quelques chiffres. « La réception, miss Marion Marsh pour Mr. Dahl. » Il a attendu la réponse en souriant à Marion. « Un moment », a-t-il dit dans le combiné, puis à Marion : « Vous avez bien dit Marion Marsh ? » Elle a acquiescé d'un signe de tête et lui a lancé un autre grand sourire qu'il lui a rendu. « Oui, c'est cela », a-t-il fermement affirmé dans l'appareil, puis il a raccroché. « Il arrive. »

Je n'ai rien dit. Marion avait-elle oublié que Hugo Dahl verrait le visage de Jan ? On a fait quelques pas, le peu que permettait la petite pièce, en regardant les agrandissements photo de piètre qualité. Bientôt, j'ai entendu les portes de l'ascenseur s'ouvrir dans le couloir, des pas approcher, puis un homme de haute taille, encore mince mais bedonnant, d'environ soixante-dix ans, vêtu d'un costume bleu marine et d'un pull à col roulé, est entré. Sa calvitie était compensée par la longueur de ce qui lui restait de cheveux gris au niveau de la nuque et des tempes, son visage ridé et flasque semblait exprimer un état de fatigue chronique. Mais il avait l'œil vif et sur le qui-vive. « Vous êtes... Marion Marsh ? »

Regardant fixement l'homme plus que mûr ou au seuil de la vieillesse, elle n'a pas répondu tout de suite. Puis elle lui a adressé un sourire éblouissant, et la bouche de Hugo Dahl s'est ouverte de surprise incrédule. « Je suis la petite-fille de Marion Marsh. Mais peut-être ne vous souvenez-vous plus d'elle ? »

Il lui a rendu son sourire, ce qui a momentanément

fait remonter ses bajoues, et j'ai entrevu l'homme qu'il avait été dans sa jeunesse. « Personne ne peut oublier Marion Marsh. Je me souviens dix fois mieux d'elle que des gens avec lesquels j'ai déjeuné hier. Vous êtes sa *petite-fille* ? » a-t-il dit d'un air incrédule, et Marion a hoché la tête sans cesser de sourire. « Vous ne lui ressemblez pas, sauf quand vous souriez ; c'est exactement son sourire. Mais comment se fait-il que vous vous appeliez Marsh ?

– On m'a prénommée Marion à cause d'elle. Et je l'admire tant – elle avait tellement de talent – que j'ai pris Marsh comme nom de scène. » Timidement, elle a ajouté : « Je devrais dire à l'écran. Ou du moins, je l'espère. »

Il a souri d'un air entendu, mais gentiment. « Et c'est pour cela que vous êtes venue me voir. Elle vous a parlé de moi, n'est-ce pas ? Est-elle... encore vivante ? Il me semblait avoir entendu dire que...

– Oh, oui ! On ne peut plus vivante ! Elle a été grièvement blessée dans un accident. Il y a des années. Mais elle a survécu. Et elle m'a souvent parlé de vous. » Elle a hésité d'une façon tout à fait convaincante. « Je ne devrais peut-être pas le dire, mais... j'ai toujours eu l'impression qu'elle vous aimait bien. Cela s'entend dans sa voix quand elle prononce votre nom. »

Il a éclaté de rire. « Si ce n'est pas vrai – ce qui est sûrement le cas – je préfère ne pas le savoir. Eh bien, ce matin je fais passer des auditions et si la petite-fille de Marion Marsh le désire, elle peut y participer. Venez. » Sur le point de faire demi-tour, il s'est souvenu de moi et a demandé : « Vous venez aussi ?

– Oh ! excusez-moi ! s'est écriée Marion. Je ne sais

plus où j'en suis. C'est un ami qui est... qui est acteur, lui aussi ! Il est venu pour me soutenir moralement. J'ai une peur bleue.

– Eh bien, suivez-moi tous les deux ; on va vous habiller, Marion. » Lorsqu'on est sortis de la réception, Marion s'est retournée pour sourire au vigile, puis on a parcouru un couloir où se succédaient des portes avec des plaques de plastique noir marquées de noms en blanc. Dehors, on a suivi une rue, ou une ruelle, étroite – très étroite – et on est passés devant une maison en bois de plain-pied, à l'ancienne mode : bardeaux peints en gris, fenêtres à guillotine peintes en blanc, toit pointu. Derrière les fenêtres, on voyait des femmes taper à la machine sous une lumière fluorescente.

Plus bas dans la rue, il y avait une rangée de bâtiments en brique encrassés, avec très peu de fenêtres, percées au hasard, semblait-il, ce qui empêchait de compter les étages, trois ou quatre peut-être. Des gens flânaient sur les escaliers de secours. Tandis qu'on longeait toutes ces constructions, j'ai eu le bonheur – et la surprise – de voir que Marion ne m'oubliait pas. « Je dois aller voir quelqu'un d'autre, a-t-elle dit à Dahl. Ted Bollinghurst ; vous l'avez connu ?

– Oh, oui, bien sûr, nous appartenions tous au même studio. Et puis il est parti. Pour United Artists, je crois. Je le rencontrais de temps en temps pendant les années 20 et 30. Hollywood était bien plus petit que maintenant. Puis j'ai entendu dire qu'il avait quitté le cinéma pour entrer dans l'immobilier, et je n'ai plus eu de nouvelles pendant des années. Quand on n'est plus dans le cinéma, vous savez, on n'existe plus. Bien longtemps après, j'ai lu un article sur lui ; il était devenu riche. Comme beaucoup de ceux qui ont travaillé dans l'immobilier à Hollywood au bon moment. Bon Dieu, quand je pense au terrain que j'aurais pu acheter. L'été 1928, je me suis offert un roadster Dodge d'occasion qui coûtait exactement autant que trois hectares d'un terrain sans aucun intérêt qui est maintenant en plein centre de Beverly Hills. Si je l'avais acheté au lieu de l'automobile, et si je l'avais gardé, je serais riche aujourd'hui et n'aurais pas besoin de... et puis, au diable tout ça. Bollinghurst et pas mal d'autres en ont eu l'idée et moi pas. La dernière fois que j'ai entendu parler de lui, dans les années 50, il avait acheté Graustark.

– Acheté quoi ? ai-je demandé.

– Graustark, la propriété de Vilma Banky[1] ; vous n'en avez jamais entendu parler ? » J'ai fait non de la tête. « C'était comme Pickfair, celle de Douglas Fairbanks et de Mary Pickford. A l'époque, toute personne civilisée connaissait Pickfair et Graustark. Des endroits fabuleux. Construits sur des terrains de quatre ou cinq hectares et comportant des centaines de pièces. Des piscines, des courts, des écuries, des garages pleins de Daimler, de Duesenberg et d'Hispano-Suiza. Eh bien, Ted a racheté Graustark. Parce qu'elle avait appartenu à Vilma Banky, j'en suis sûr ; c'était un vrai cinglé de cinéma. Tout était à l'abandon, vide depuis des années ; c'était un domaine coûteux à entretenir et dont on ne pouvait rien faire. Même pour Hollywood, il était dépourvu de valeur. Mais Bollinghurst l'a acheté

1. Actrice du muet qui a tourné entre autres dans *The Dark Angel* de George Fitzmaurice, 1926, avec Ronald Colman, et l'année suivante dans *The Magic Flame*, avec le même partenaire. *(N.d.T.)*

et restauré, y compris le jardin. Et il s'y est installé. Pendant un moment, les soirées qu'il y donnait ont fait du bruit ; il y avait une salle de bal. Je n'y suis jamais allé, mais j'en ai entendu parler. Ça fait des années qu'il est tombé dans l'oubli. Il était bien plus vieux que la plupart d'entre nous et je doute qu'il soit encore vivant. Ou que Graustark existe encore ; c'est probablement un parking maintenant.

– Où était-ce ? » ai-je demandé.

Il a réfléchi un moment. « Sur Keever Street. Quelque part sur Keever Street.

– Vers les onze cent ?

– Peut-être. Pourquoi ?

– Par curiosité. »

Devant nous, des portes métalliques peintes en gris étaient entrouvertes, et une femme mince et brune d'une quarantaine d'années en est sortie et a remonté la rue. « Marie ! » a crié Dahl. La femme s'est retournée et nous a attendus. « J'ai quelqu'un d'autre pour toi », et d'un mouvement de tête il a désigné Marion. « Tu pourrais l'habiller ? Rapidement ? On s'occupera des paperasses plus tard. » La femme a estimé du regard la taille que faisait Marion, puis hoché la tête. « Bien sûr. » Elle lui a fait signe du menton. « Venez. »

Elles se sont éloignées et Dahl m'a invité à franchir les portes peintes en gris du bâtiment en brique qui ressemblait à un entrepôt. Je n'avais rien de mieux à faire et tout cela excitait ma curiosité. A l'intérieur, l'espace était immense et le plafond se perdait dans l'obscurité. On n'y voyait pas grand-chose. Quelques ampoules électriques çà et là qui n'éclairaient guère, le rougeoiement des sorties de secours : la plus grande partie du bâtiment était plongée dans l'ombre. Sauf un coin, au loin. Dans la pénombre, j'ai vaguement distingué quelques objets volumineux et un grand échafaudage en bois.

On s'est avancés vers la zone éclairée de l'immense entrepôt. C'était un coin aux murs de brique crûment éclairés par deux puissants projecteurs montés sur pylônes mobiles. En pleine lumière, une douzaine de personnes, dont deux ou trois femmes, bavardaient debout, des tasses à café en plastique à la main. Un homme assez jeune au crâne dégarni, en pantalon et veston bleus, tenant un clipboard à la main, nous a aperçus et s'est dirigé vers nous. « Fred, lui a dit Dahl lorsqu'il nous a rejoints, voilà un autre candidat. Occupe-toi de lui. » L'intérêt qu'il avait pu me porter s'évanouissait rapidement. « Trouve quelle est sa spécialité, s'il en a une. Si tu peux l'utiliser, fais-le. » Puis, s'adressant à moi : « Fred est responsable des prises de vue à l'extérieur », et là-dessus il s'est dirigé vers le groupe qui se tenait sous les projecteurs.

« Nom ? » a dit Fred, le crayon à la main. On était à l'extrême limite de la zone éclairée, mais j'ai pu voir qu'il y avait huit ou dix noms inscrits au crayon sur la feuille ronéotypée du clipboard de Fred. J'allais lui répondre qu'il y avait erreur sur la personne lorsque, horrifié, j'ai eu l'impression que j'allais m'évanouir. L'homme qui se tenait devant moi et la salle où nous nous trouvions ont commencé à s'effacer. J'avais tourné de l'œil un jour, à l'université, parce que je voulais faire des économies en me passant de petit déjeuner ; cela avait commencé ainsi et je me suis demandé si j'allais me blesser la tête en tombant. Mais je ne suis pas tombé. Tout est devenu flou – les sons eux aussi se sont affaiblis – mais j'ai entendu au loin ma voix, plus grave qu'à l'ordinaire, répondre sur un ton calme et plein d'assurance.

« Rod. Rod Guglielmi.

– Rod pour Rodney ?

– Non. Rodolpho.

– Une spécialité ?

– Tout ce que vous voudrez. » Le décor s'éloignait de plus en plus, les sons s'estompaient progressivement.

« On a besoin d'un cascadeur, c'est tout. »

Un moment d'hésitation, puis ma bouche a prononcé ces paroles : « Je peux.

– Faire quoi ?

– Ce que vous voudrez. Conduire une voiture de course. Marcher sur l'aile d'un avion. Sauter d'un avion sur un train. Ou en parach... » Puis le néant ; même pas les ténèbres, le néant, purement et simplement.

De même que vous pouvez dire en vous réveillant à peu près combien de temps vous avez dormi, j'ai aussitôt su qu'il ne s'était pas passé plus d'une heure. Mais j'avais l'impression de sortir d'un sommeil fiévreux qui n'avait rien de naturel, et pour quelques secondes seulement de lucidité. J'étais dans un espace réduit, une loge comportant une table, un miroir, une chaise et des patères où étaient suspendus mes vêtements. J'étais debout, le pied sur une chaise, en train de me regarder dans un miroir, vêtu d'une ample chemise blanche en nylon aux manches bouffantes et au col ouvert, d'une culotte de cheval en whipcord, et chaussé de souliers lacés et montants ; la jambe qui me soutenait était enveloppée d'une jambière de cuir fixée par deux boucles en cuivre. J'en tenais une à la main ; apparemment, j'allais la mettre autour de l'autre jambe. Puis j'ai replongé dans le néant.

La fois d'après, j'ai su que plus de temps – une heure et demie, peut-être deux – était passé. J'ai ouvert les yeux comme au sortir d'un sommeil sans rêve et vu... je n'ai pas *compris* ce que je voyais. J'avais les yeux baissés vers un sol immense, sans bornes, mais qui n'était pas celui d'une pièce. Je regardais, comme au travers d'une légère brume également répartie, un mystérieux dessin fait de lignes d'un blanc grisâtre, parfois droites, parfois courbes, et d'une succession de carrés verts et rouges, en rangées parallèles, gros comme l'ongle du pouce. Loin, très, très loin, près de l'horizon, s'étirait une ligne courbe irrégulière plus épaisse, d'un gris de plomb, puis j'ai vu la lumière se refléter à sa surface et j'ai compris que ce que je voyais était une rivière. Que ces lignes d'un blanc gris étaient des routes, que les carrés rouges et verts étaient des toits, et que ce sol immense se déployait sous une surface recouverte de toile sur laquelle mes souliers lacés se tenaient côte à côte.

Il y avait aussi un bruit, un vrombissement, et une sensation ; j'étais transi par la pression de l'air contre mes côtes et ma poitrine. Maintenant, je pouvais entendre et sentir le tissu lâche de ma chemise claquer contre ma peau. J'ai levé les yeux et aperçu une surface vernie tendue au-dessus de ma tête et un hauban en équerre.

J'ai refusé le plus longtemps possible d'admettre

que je ne rêvais pas et que j'étais vraiment accroupi sur l'aile inférieure d'un ancien biplan, à des milliers de mètres au-dessus de Los Angeles. J'ai tourné les yeux, vu mon poing gauche aux articulations blanchies agrippé à un étai et – sur la gauche, derrière moi – la tête, protégée d'un casque en cuir et de grosses lunettes, d'un pilote ; ma gorge s'est serrée, mes boyaux se sont ratatinés, mes yeux se sont agrandis. Un moment encore, j'ai contemplé fixement l'horizon brumeux, infiniment loin, à des kilomètres de distance, puis une faiblesse s'est de nouveau emparée de tous mes sens et cette fois j'ai compris que j'allais m'évanouir pour de bon.

Juste avant d'en arriver là, j'ai senti que quelqu'un me poussait pour se faire de la place jusqu'à ce que nous occupions le même espace, Rodolpho Guglielmi et moi. La curiosité est la plus forte des émotions et j'ai réussi à me demander où j'avais entendu ou lu ce nom qui m'était vaguement familier, puis le souvenir m'est revenu. C'était Rudolph Valentino qui était ici avec moi sur l'aile d'un vieil avion ; prêt à tout pour refaire du cinéma, il s'était engagé sous son vrai nom comme cascadeur.

Mais il ne voulait pas reprendre complètement les commandes. On était là dans le ciel, debout sur un morceau de toile vernie... et j'ai compris qu'il était *aussi épouvanté que moi*.

Et alors, il m'a laissé tomber ! Il a jeté un coup d'œil sur l'horreur qui s'étendait en dessous de nous et m'a une fois de plus abandonné en plein danger ! Mon bras s'engourdissait parce que je serrais trop fort l'étai. Mon regard s'est porté au-delà : sur le long, long capot de l'avion d'antan ; sur le tuyau d'échappement rouillé ; sur la peinture qui s'écaillait ; sur le cercle légèrement transparent, frémissant, formé par l'hélice. Alors mes genoux se sont dérobés sous moi, mes épaules ont fléchi, j'ai été à deux doigts de tomber mollement dans le vide.

Laissez-moi dire à la gloire éternelle de Rudolph Valentino... qu'il est revenu ! Oui, il est revenu ; on s'est retrouvés ensemble, on a respiré à fond, puis il s'est tourné vers le pilote et s'est forcé à lui sourire. C'était un acte héroïque. Rudolph était vraiment un homme. Il nous avait emmenés là-haut et il allait nous ramener. Avec un soulagement infini, j'ai laissé le néant m'engloutir.

Quelques minutes seulement s'étaient écoulées lorsque – brusquement, sans avertissement – j'ai aperçu de nouveau la vaste plaine embrumée qui, d'un horizon à l'autre, était principalement constituée par Los Angeles, cette fois vu de beaucoup plus haut.

Mais l'aile avait disparu ! J'entendais, tout près, le ronflement régulier, toussotant, désuet, de l'unique moteur, et pourtant l'avion avait disparu ! J'ai levé les yeux – levé ? Oui, *levé* – vers les minuscules lignes qui étaient des routes et les points qui étaient des toits. L'arrière de mes genoux me faisait mal – pourquoi ? – et le sang congestionnait mon visage et mon cou. Puis j'ai compris : j'étais à l'envers ; la tête un peu cambrée, je regardais droit dans le vide la terre qui, légèrement penchée, tournait lentement très loin en dessous de moi. J'ai vite détourné les yeux vers le bas – le haut ? – et vu ma chemise blanche qui flottait furieusement au-dessus d'une large ceinture de cuir, mon pantalon de cheval jusqu'aux genoux et... plus rien. Pas de jambières, pas de souliers, seulement l'aile recouverte de toile de l'avion. J'ai entendu ma gorge émettre un son étranglé parce que – *oh, mon Dieu* – j'étais la tête en bas, suspendu par les genoux à la boucle métallique du patin qui se trouvait au bout de l'aile.

Horrifié, j'ai tourné la tête et vu celle du pilote qui me regardait derrière ses grosses lunettes. Ses lèvres m'ont souri, il a levé une main gantée pour me saluer et j'ai senti que j'allais m'évanouir ; je m'en suis réjoui, préférant vraiment sombrer dans l'inconscience et mourir que continuer, même une seconde de plus, à voir et comprendre l'horreur de la situation où je me trouvais.

Beaucoup de temps, beaucoup plus, s'était écoulé lorsque j'ai repris conscience, et cette fois définitivement ; je me sentais terriblement las de corps et d'esprit et savais que Valentino était définitivement parti. Je ne pouvais pas, je ne voulais pas ouvrir les yeux, craignant ce que j'allais voir. Mais le vrombissement de l'avion s'était tu. J'entendais le murmure de plusieurs voix engagées dans une conversation à bâtons rompus ; j'ai ouvert les yeux.

J'étais dans une pièce – non, dans une salle de cinéma bien étrange. La première chose que j'ai aperçue, c'était un petit écran blanc et vide. Il n'y avait qu'une dizaine de rangées de fauteuils – environ une douzaine par rangée. Deux rangs devant moi, Hugo Dahl était assis en compagnie de deux autres hommes dont Fred, le responsable du tournage en extérieur. Une jeune fille avec un clipboard sur les genoux se tenait juste derrière Dahl ; elle était munie d'un crayon en métal avec une minuscule lumière à son extrémité, qu'elle a allumée et éteinte deux ou trois fois. D'autres personnes des deux sexes étaient assises ici et là – peut-être des acteurs. J'ai senti que l'on me donnait un petit coup de coude et me suis retourné ; Marion – j'ai su que c'était elle à son expression – était assise à côté de moi. Apparemment, elle était retournée à l'hôtel car elle avait une robe verte que Jan n'aimait pas et portait rarement, mais qui allait très bien à Marion. J'ai baissé les yeux pour me regarder ; j'avais fait comme elle et changé de costume, de chemise et de cravate. « Je crois que cela va commencer, Rudy, a-t-elle dit. J'ai un de ces tracs.

– Ce n'est pas Rudy, ai-je chuchoté. C'est Nick.

– Eh bien, crois-moi si tu veux, mais j'en suis bien aise ! Il est impossible ! Je ne m'en étais jamais aperçue, mais avec lui, c'est toujours moi, moi, moi, moi. Je n'ai pas pu placer un mot pendant tout le dîner !

– Marion, qu'est-il *arrivé* ? Quelle heure est-il, avez-vous fait votre bout d'essai ? Où sommes...

– Oh, oui, ce matin. Ils ont développé les épreuves cet après-midi. On va les voir maintenant ; Hugo nous a invités à la projection.

– Eh bien, c'est pour *quoi* ? Pour quel film ?

– Je ne sais pas ; personne ne me l'a dit. Mais je pense que... »

Hugo Dahl s'est retourné vers la salle. « Tout le monde est là ? » a-t-il demandé et, sans attendre de réponse, il a levé les yeux vers la cabine de projection. « O.K., Jerry. Vas-y. »

Les lumières se sont immédiatement éteintes et un

rectangle de lumière qui dansait un peu est apparu sur l'écran. Il est devenu d'un blanc laiteux et un 4 gribouillé à l'envers est passé comme l'éclair, suivi de quelques lettres tracées au feutre, elles aussi à l'envers... un morceau d'une vieille bobine utilisé comme amorce. Une image floue est soudain apparue, celle d'un homme qui se tenait face à la caméra, quelque chose à la main : instantanément, la mise au point l'a transformé en un jeune homme aux cheveux longs, à la moustache tombante, vêtu d'une veste en cuir à franges. Il a brandi une ardoise sur laquelle le mot HUNTLEY était grossièrement écrit à la craie blanche, et en dessous, PRISE 1, KAY MEISSNER. Dans l'autre main, il tenait la partie inférieure d'un clap noir et blanc qu'il a fait claquer avant de sortir du champ.

La scène – dont il avait caché la plus grande partie – représentait un orchestre de quatre musiciens en gros plan, vêtus de vestes rayées rouge et blanc et coiffés de chapeaux de paille. Les mains suspendues au-dessus du clavier, le pianiste a regardé les autres, puis il s'est mis à jouer ; le trombone a levé son instrument et les mains droites de ceux qui étaient perchés sur de hauts tabourets se sont mises à bouger si vite sur leurs banjos qu'elles sont devenues floues. La musique au rythme rapide et bien marqué d'un merveilleux jazz ancien a retenti.

La caméra a rapidement reculé pour révéler une scène minuscule éclairée par une rampe, avec du velours blanc pour toile de fond, et une jeune fille qui sortait des coulisses. Elle portait une robe-chemise rouge à franges et un bandeau ceignait son front et ses cheveux courts. Un sourire professionnel aux lèvres, elle s'est mise à danser. C'était une version approximative du charleston, rapide et en mesure. Mais ses mouvements avaient quelque chose de mécanique, manquaient totalement de spontanéité, et j'ai soudain eu l'intuition que cette fille avait bluffé, disant qu'elle connaissait cette danse alors qu'elle l'avait sans doute apprise en vitesse la veille de l'essai. La danse a duré peut-être vingt secondes ; puis clignant de l'œil à un public dont les applaudissements préenregistrés éclataient, elle est rapidement sortie de scène sur les dernières notes des banjos. Son clin d'œil tendu m'a fait comprendre qu'elle était consciente de son échec.

Le vrai public n'a pas eu de réaction. Marion s'est penchée vers moi pour murmurer : « Ça ressemble autant à un charleston qu'à une polka », et sans aucune pause après la note finale, le jeune homme en veste à franges est reparu sur l'écran avec son ardoise. Les deux dernières lignes avaient été effacées et remplacées par : HUNTLEY, PRISE 2, JUNE VAN CLEE.

Il a fait fonctionner le clap, puis a disparu, révélant de nouveau l'orchestre et les mains du pianiste suspendues au-dessus du clavier. La caméra a reculé lorsque les mains sont retombées et le même air a recommencé – sur un rythme fou mais infiniment discipliné ; je l'aurais volontiers écouté pendant des heures. Une seconde jeune fille, plus grande et plus mince, mais habillée comme la première, est sortie des coulisses.

Elle était bien meilleure, vraiment douée. Mais ce qu'elle a exécuté sur cette scène minuscule n'était qu'un travail bien fait, pour gagner de l'argent. En dépit de son sourire, cette danse était dépourvue de joie et d'inspiration. Ainsi que son clin d'œil en partant – et ça a été pareil avec les filles des prises trois, quatre et cinq.

De nouveau, le garçon a brandi l'ardoise – PRISE 6, MARION MARSH –, les planchettes noir et blanc ont claqué et les mains du pianiste sont retombées sur le clavier. La musique d'accompagnement a recommencé et Marion est apparue sur la petite scène dans une robe-chemise tomate, avec un bandeau sur le front et – cela, les autres n'y avaient pas pensé – un collier qui lui descendait jusqu'à la taille. En sortant des coulisses, elle aussi souriait à un public imaginaire au-delà de la rampe, mais c'était un sourire empreint de confiance, montrant sa certitude qu'elle allait superbement réussir. Ce sourire disait qu'elle était contente d'elle, qu'elle était heureuse et aimait le public qui allait avoir le plaisir de la voir danser. Un moment, je me suis souvenu de la minuscule silhouette en noir et blanc que j'avais vue sur l'écran de télévision – il y avait des siècles, me semblait-il – dans *Flaming Flappers*. C'était cette fille-là – plus grande que nature maintenant, en couleurs éclatantes et accompagnée d'une musique tonitruante – et la même *présence* magique. Devant sa calme arrogance, j'ai souri, sachant avec un frisson qui a remonté le long de mon épine dorsale combien ce qu'elle allait faire serait bon.

Elle est passée sans s'arrêter, sans transition et sans effort, de la marche à la danse, sur un rythme libre et naturel. Elle n'avait pas besoin d'écouter la musique pour accorder soigneusement ses mouvements dessus ; son corps se coulait simplement dedans, devenait un des éléments de ce jazz joyeux et déchaîné. Ses pieds et ses coudes bougeaient si rapidement et si aisément que le tempo semblait plus lent que dans les autres prises de vue. Puis tout à coup, elle s'est mise à claquer des doigts, son corps s'est totalement abandonné au rythme et la danse a pris feu. Ses jambes se sont envolées, prises d'une frénésie extatique mais contrôlée, son menton s'est lentement relevé, ses yeux se sont fermés de plaisir sensuel. Elle adorait ce qu'elle faisait – cela se voyait et se sentait – et chaque atome de son corps emballé en était comme électrisé. C'était fou. Puis la danse s'est arrêtée sur une brusque note finale, ses yeux se sont rouverts, elle a souri et nous a fait un clin d'œil, mais si lascif qu'un homme a hurlé et que nous avons éclaté en véritables applaudissements.

Sur l'écran, l'homme à l'ardoise s'avançait déjà vers la caméra pour annoncer la prise 7, mais Hugo Dahl s'est levé en disant : « Je le savais ! Je le savais ! Je l'ai dit ! Jerry, as-tu collé une entrée et une sortie à une épreuve de cette prise ? Je te l'avais demandé !

– Oui ! C'est monté sur le second projecteur, a répondu une voix qui sortait, étouffée, de la cabine de projection.

– Alors, passe-la, bon Dieu ! C'est celle-là ! C'est la bonne ! » L'orchestre avait recommencé à jouer, mais l'écran est brusquement devenu noir et le son a rendu l'âme. Le public réduit s'est mis à chuchoter et dans les ténèbres Dahl a crié : « Marion, ma belle, votre grand-mère n'a jamais fait mieux ! Vous avez un avenir dans cette profession dégueulasse, je peux vous le garantir ! »

Marion s'est emparée de mon bras, posé sur celui du fauteuil, et l'a serré si fort que j'ai senti chacun de ses doigts séparément. L'écran s'est éclairé, un compte à rebours a défilé et, à la lumière de ces images, je l'ai regardée. Une de ses mains s'accrochait à mon bras, l'autre était plaquée contre sa poitrine, sa bouche était entrouverte et un soulagement stupéfait, incrédule, merveilleux, se peignait sur son visage. *7, 6, 5, 4, 3*... Je croyais revoir Marion, mais une gigantesque bouteille trapue a soudain rempli l'écran et une voix d'homme, grave, a lu son étiquette pourtant bien visible : « Le ketchup à l'ancienne de chez Huntley ! » Le large bouchon a tourné de lui-même, disparu de l'écran en s'envolant, et la bouteille s'est penchée en avant tandis que la voix reprenait : « Dans sa nouvelle et élégante bouteille à *large goulot* ! » Au mot « goulot », un phylactère s'est dessiné au-dessus de celui-ci, et tandis que des mots surgissaient à l'intérieur de la bulle, une voix aiguë, nasale, comique – la voix d'une bouteille de ketchup – les a lus. « Mais j'ai toujours ma *saveur à l'ancienne* de chez Huntley... toute pleine du *pep* d'autrefois ! » Et la prise 6, la danse de Marion, est apparue sur l'écran, mais cette fois, tandis que les mains du pianiste retombaient sur le clavier, la drôle de voix aiguë disait : « Oui, la bonne saveur à l'ancienne de chez Huntley... » L'orchestre de jazz a démarré au mot « saveur » et, tout sourire, Marion s'est avancée sur la scène dans sa robe rouge tomate. « ... toute pleine du *pep* d'autrefois ! » a poursuivi la voix tandis qu'au mot « pep » elle se mettait à danser.

Durant les vingt secondes de cette danse spectaculaire, la drôle de voix a répété : « Oui ! *Toujours* cette bonne *saveur à l'ancienne...* ce fameux goût d'autrefois de chez Huntley. » La danse a pris fin et la voix a repris : « Tout plein du *pep* d'autrefois ! » pendant que Marion clignait de l'œil sur le mot « pep ».

Marion a disparu, le dernier grattement de banjo s'est éteint, la bouteille géante a de nouveau rempli l'écran, s'est penchée en avant pour montrer son goulot ouvert d'où a jailli un autre phylactère. Simultanément, le mot imprimé et la voix comique ont proclamé : « *Wouahhh !* » et l'écran est redevenu blanc.

« Formidable, oh oui ! C'est *formidable* ! s'est écrié Hugo Dahl. Réellement ! On n'a pas besoin d'en voir plus. Marion, ma chérie, votre agent n'a qu'à me téléphoner dans la matinée. Fred, ton truc est prêt ? »

Juste avant que la projection ne cesse, j'avais aperçu le visage de Marion. Elle était pâle, étonnée, abasourdie, comme si elle venait de recevoir une gifle d'un être aimé. Puis dans l'obscurité, j'ai senti son souffle sur ma joue tandis qu'elle chuchotait : « Nick, qu'est-ce que *c'est* que ça ? Qu'est-ce que *c'est* ? »

Fred était en train de parler ; je me suis penché vers Marion et, très gêné, j'ai chuchoté : « Un spot publicitaire.

– Un quoi ?

– C'est... c'est comme une réclame. C'est... ce n'est pas pour le cinéma, Marion. C'est pour la télévision.

– Ce... machin où nous avons vu mon film ? C'était pour ça ! Pas pour un film, mais pour... C'est pour *ça* que je dansais, pour faire de la réclame pour du *ketchup* ? » J'ai hoché la tête dans l'obscurité et lui ai pris la main.

« On a essayé aussi une séquence de billard avec un professionnel, disait Fred. Des coups truqués. Le type était très fort. Intéressant, mais pas excitant, ça n'avait pas de pêche ; j'ai éliminé. On a essayé un numéro comique ; un bandit qui attachait une fille sur des rails ; vous savez. Ça n'a pas marché, Hugo. Mais on a filmé un truc bien ; un sacré bon travail. On a collé une entrée et une sortie ; vous allez voir ça. Jerry, tu es prêt ? Vas-y. »

Moi, j'étais au courant. Lorsque la bouteille géante de ketchup s'est penchée en avant et que la voix grotesque a clamé : « Dans sa nouvelle et élégante bouteille à *large goulot* ! » je savais ce qui allait apparaître sur l'écran et j'ai fermé les yeux. Mais quand la séquence du ketchup s'est arrêtée et que le vrombissement du vieux biplan a brusquement rempli la minuscule salle de projection, j'ai mis une main sur mes yeux au moment où ils s'ouvraient. Puis j'ai écarté les doigts et, impuissant, j'ai regardé.

C'était incroyable, mais j'étais là, en chemise blanche flottante, en culotte de cheval et jambières de cuir, debout sur l'aile inférieure d'un antique biplan, sur fond de ciel bleu pâle. On me voyait de profil ou de trois quarts à peu de distance de l'avion qui filmait ; je n'avais pas remarqué l'autre appareil, ni entendu le ronflement de son moteur. J'étais pris légèrement en contre-plongée. Mon ventre s'est contracté, je savais que Los Angeles était à mille cinq cents mètres sous l'aile couverte de toile, mais la caméra ne montrait que l'homme qui se tenait dessus et le ciel ; cela aurait pu être filmé à un mètre du sol.

De nouveau j'ai senti presque physiquement, comme à l'Olympic de San Francisco, que l'on prenait *possession* de mon corps – que quelqu'un essayait de me pousser presque avec irritation dans un coin éloigné de mon être. Mais cette fois, pris de colère, j'ai résisté. J'ai tenu bon et – là-bas, sur l'écran, la scène a changé, relançant notre intérêt – on a regardé de concert.

Une vieille voiture de tourisme, sa capote en toile noire repliée, fonçait sur une route de terre en mordant occasionnellement sur les bas-côtés, manifestement filmée d'un hélicoptère qui la survolait par-derrière. Le conducteur, nu-tête, une main sur le volant, tenait de l'autre une fille qui se débattait. Elle portait une longue robe blanche, avait les mains attachées dans le dos et un bâillon lui couvrait la bouche. « Ouais ! a dit la voix grotesque. Cette bonne *saveur à l'ancienne...* » et le vieux biplan de surgir dans un coin supérieur de l'écran de l'autre côté de la voiture qui continuait à accélérer, mon corps suspendu la tête en bas, les genoux repliés sur le patin de l'aile, la chemise blanche flottant au vent. Lorsque la silhouette s'est retrouvée au-dessus du siège arrière de la voiture – j'ai laissé alors échapper un cri étouffé – elle s'est laissée tomber de l'avion et a effectué un saut périlleux pour y atterrir sur ses pieds. Gros plan sur moi, debout à l'arrière de la voiture en pleine vitesse, tenant d'un bras le conducteur par le cou, penché sur lui pour couper le contact et saisir le volant. Un autre plan : la voiture est arrêtée au bord de la route, le conducteur ligoté et bâillonné, la fille dans mes bras regarde le public par-dessus mon épaule. « Toute pleine du *pep* d'autrefois ! » a dit la drôle de voix, et au mot « pep » la fille a fait un clin d'œil et j'ai senti qu'on libérait soudain mes muscles, mes nerfs, mes sens et mon esprit.

Remplissant de nouveau l'écran, la grande bouteille

de ketchup s'est penchée vers nous et la drôle de voix a repris la parole. Mais je m'étais retourné pour regarder derrière moi et je l'ai vu. Traversant lentement l'allée, juste sous le rayon blanc du projecteur, bien dessiné mais transparent, le mur de la salle visible derrière lui, j'ai reconnu le profil d'aigle, les yeux marron mi-clos et les cheveux noirs gominés – qu'une douzaine de films et une centaine de livres sur le cinéma muet m'avaient rendus familiers – de Rudolph Valentino. Il portait ce costume qu'il avait peut-être choisi pour l'éternité : ample pantalon noir qui bouffait presque jusqu'à la cheville ; bottes ; ceinture de cuir cloutée de vingt-cinq centimètres de large ; un vague châle rayé jeté sur l'épaule. Mais là, ses fières épaules d'antan étaient voûtées. Et il tenait par la mentonnière le reste de sa tenue : le chapeau de gaucho à large bord, à calotte plate, qui pendait à l'envers, symbole de son refus et de sa défaite. Détournant le visage de l'écran, reculant devant la grotesque voix de la bouteille de ketchup, il s'est avancé vers la sortie, mais ne l'a jamais atteinte, du moins visiblement. Lorsque la drôle de voix jaillie de l'écran a crié : « *Wouahhh !* » Rudoph Valentino a disparu comme une lumière qu'on éteint.

Marion et moi nous sommes glissés dans l'allée et l'avons remontée en courant juste avant que les lumières ne se rallument. Dehors, on a suivi la rue étroite mal éclairée par de trop rares réverbères à l'ancienne, reste possible du décor d'un film oublié. Haut dans le ciel, une lune presque pleine baignait les lieux de sa douce lueur. Les vieux bâtiments en bois et en brique devant lesquels nous passions étaient plongés dans l'obscurité et le silence, leurs fenêtres affichant un jaune brillant ou un noir d'encre au clair de lune. Arrivés au coin, on s'est dirigés vers la porte du studio et la cahute éclairée du vigile qui lisait son journal. Là, Marion a posé une main sur mon bras et on s'est arrêtés.

Elle a jeté un regard en arrière sur la rue vide éclairée par la lune, aussi déserte qu'une ville fantôme. Elle a levé les yeux vers le bâtiment noir et muet qui se dressait à côté de nous. Puis elle s'est tournée vers moi. « Serre-moi dans tes bras, Nickie. » Elle a penché la tête en arrière pour examiner mon visage. « Tu lui ressembles. Presque trait pour trait, mais... mais tu n'es pas lui. Non. Embrasse-moi tout de même, Nickie, embrasse-moi pour la dernière fois ! Je ne reviendrai plus. »

Je l'ai serrée dans mes bras et embrassée tendrement. J'ai caressé son visage, mes doigts ont effleuré sa joue, doucement écarté ses cheveux de ses tempes et, pâle au clair de lune, elle m'a souri. Puis je l'ai embrassée de nouveau et, au bout d'un moment, elle m'a repoussé. « Bon. C'était Marion ou moi que tu embrassais ?

– Marion. C'était Marion que j'embrassais. Je voulais qu'elle sache que quelqu'un tenait encore à elle. Et se souviendrait. » J'ai tendu les bras à Jan. « Mais maintenant, j'ai envie de t'embrasser, toi. »

On a pris un taxi pour revenir à l'hôtel que nous comptions quitter dès le lendemain matin. Je ne saurais jamais ce qu'il pouvait y avoir à l'intérieur de Graustark, je l'avais bien compris, mais il fallait que je voie au moins la façade et j'ai demandé au chauffeur de passer devant le 1101 Keever Street.

Quand on s'est engagés dans la rue et que j'ai lu la plaque, j'ai regardé autour de moi en me demandant si j'étais oui ou non à Beverly Hills : cela ne ressemblait pas à l'idée que je m'en faisais. Il y avait des commerces de chaque côté de la rue : un énorme drugstore brillamment éclairé où les gens rentraient en poussant des chariots ; une boutique qui vendait des disques au rabais ; un teinturier ; une station-service ; trois traiteurs de suite, en pleine activité – il n'était que neuf heures. Et çà et là, entre les boutiques, seuls ou par deux ou trois, les restes couverts de bardeaux d'amiante de la zone résidentielle d'autrefois. Les maisons, devenues des meublés, n'étaient plus habitées par une seule famille – on pouvait voir huit à dix boîtes aux lettres sur chaque perron ; leur seul avenir, c'était la démolition. Ce n'était pas vraiment un quartier miteux, je ne pense pas qu'on l'aurait permis ici, mais pour Los Angeles c'était l'équivalent.

On est lentement passés devant les îlots numérotés 700, 800, 900 et 1000, mais ils se ressemblaient tous. Ainsi que le 1100, sur le trottoir que nous longions. Mais il n'en était pas de même de l'autre côté de la rue.

Le moteur tournant au ralenti, notre taxi s'est arrêté en face de ce qui devait être le 1101, car il n'y avait pas d'autre maison. Derrière nous, les lumières et les enseignes d'un marchand de bicyclettes et d'une boutique de vins et spiritueux, tous deux ouverts, éclairaient le trottoir ; à quelques maisons de là, au coin d'une rue, les néons plus brillants que le jour d'une immense station-service Standard illuminaient les murs bien au-delà du trottoir. Mais de l'autre côté de la rue, une vaste zone d'ombre que seule la lune éclairait se dressait, silencieuse et déserte, dans un autre temps.

Sous l'astre blanc reposait un grand îlot entouré d'un petit mur de pierre sur lequel se dressait une palissade de trois mètres de haut, constituée de pieux métalliques épointés et serrés. Le mur n'était interrompu qu'en un seul endroit, juste devant nous, par deux magnifiques grilles en fer forgé de six mètres de haut d'où partait une allée gravillonnée. Derrière cette grille et ce très long mur s'étendaient des hectares de grands arbres sombres baignés d'une pâle lueur et dont les cimes se découpaient sur le ciel lumineux ; de gros bouquets d'arbustes ; des étendues argentées de pelouse en pente ; des sentiers blancs et des aperçus de statues ; et l'allée qui, entre les masses noires des arbres et des buissons, menait à la maison elle-même, une immense demeure de trois étages de style espagnol.

Pas une fenêtre de cette façade n'était éclairée. Retirée et presque plus cachée que visible, elle semblait n'avoir jamais été illuminée et n'être pas destinée à l'être. Je suis descendu du taxi et j'ai traversé la rue. Là, au bord du trottoir, j'ai regardé la grille. Au milieu de chaque battant, dans les lacis de fer forgé, il y avait un grand ovale métallique convexe entouré d'un motif floral. Sur celui de gauche, se détachait un V style Art nouveau, et sur celui de droite, un B. Je me suis agrippé aux barreaux et j'ai scruté les ténèbres. Je n'entendais que les branches agitées par un petit vent nocturne et le bruit grêle d'une feuille courant dans l'allée de graviers. Spontanément, j'ai secoué la grille, mais elle est restée aussi inébranlable que si elle avait été coulée dans du ciment. J'ai plongé encore mes regards entre les barreaux, un peu plus longtemps, puis je suis revenu à la voiture.

Une fois la rue traversée, je suis resté un moment près du taxi avant d'y remonter et j'ai jeté un coup d'œil derrière moi. Quelque part, là-dedans... Mais j'ai secoué la tête avec humeur, essayant de ne pas penser à ce qu'il pouvait y avoir à l'intérieur de cette lointaine maison, au sein de ces ténèbres qu'effleurait la lune, et je suis remonté en voiture.

De retour à l'hôtel, j'ai raconté la journée à Jan ainsi que les aventures de Rodolpho Guglielmi, et elle m'a écouté en secouant la tête ; elle me regardait, souriait d'un air incrédule et recommençait à secouer la tête. Et on a parlé de Marion, disant le peu qu'il y avait à en dire. Dans le hall, j'avais acheté le *Times* de Los Angeles et on l'a parcouru au lit, mais il nous a paru inintéressant et dépourvu de véritables nouvelles, comme tout journal local d'une autre ville que la sienne. Je me suis levé et, debout devant le bureau, j'ai feuilleté la petite brochure qui énumère ce qu'il faut voir et faire dans la ville, apparemment très peu de choses hors de cet hôtel. J'ai trouvé dans le tiroir quelques cartes postales déjà timbrées par la direction, une marque de prévenance appréciable. Et sachant que n'importe comment je la paierais, j'en ai pris une – une vue la piscine –, je me suis assis et j'ai écrit : « Cher Al, nous voici à Hollywood, lieu prestigieux et excitant, en train de " contempler les étoiles " ! Demain, à Forest Lawn, nous visiterons le mausolée mondialement célèbre de Félix le *Chat*. Bien affectueusement, ton ami, Nick. » Il n'y avait personne dans le couloir et, laissant la porte de la chambre ouverte, je suis sorti comme une flèche en pyjama, j'ai lancé la carte dans la boîte près de l'ascenseur et suis revenu sain et sauf. Vers onze heures, on a éteint et, presque instantanément, le téléphone a sonné.

Jan, qui était juste à côté, a trouvé le combiné et décroché. « Allô ? » J'ai cherché à tâtons l'interrupteur de la lampe de chevet et l'ai allumée. Jan a grimacé au son de la voix qui résonnait trop fort dans son oreille, éloigné le combiné de sa tête, et je me suis penché sur elle pour écouter. « Qu'est-ce qui vous a pris ? hurlait une voix d'homme. Où étiez-vous ? J'ai dû...

– Qui est à l'appareil ?

– Hugo Dahl, bon Dieu de merde ! J'ai téléphoné toute la soirée, à une demi-heure d'intervalle ! Maintenant, écoutez-moi : vous avez vu le type qui était avec moi dans la salle de projection ? Jeune, le cheveu rare, en costume marron ? Eh bien, c'est Jerry Houk ! Un producteur d'ici. De films, pas de télévision ; c'est un homme important et vous lui avez plu. Ils tournent un film, ils sont en train de le terminer. Mais il y a un rôle dedans. Un très petit rôle. Une courte scène. Qu'ils ont déjà filmée. Ils sont encore sur le même plateau ; demain, c'est le dernier jour. Soyez là à treize heures et ils essaieront de faire deux ou trois prises de vous dans ce rôle avant d'en finir. Si ça leur plaît, ils s'en serviront. D'accord ? Bon Dieu, ça fait une heure et demie que j'essaie de vous joindre ! »

Jan est restée silencieuse à regarder fixement le téléphone. Elle a levé les yeux vers moi, a fait le geste de me tendre l'appareil, puis s'est reprise.

« Alors ? a dit la voix. Qu'en pensez-vous ? Est-ce que vous... Allô, c'est bien Marion Marsh ? »

Un instant, Jan a hésité. Puis, d'une voix ferme, elle a répondu : « Oui. Oui, c'est Marion Marsh. J'y serai. Demain à treize heures. J'étais sous le choc, Mr Dahl, et je n'arrivais pas à parler. Mais j'y serai. Et je ne sais pas comment vous dire combien j'apprécie ce que vous faites pour moi.

– Laissez tomber, j'ai toujours eu un petit béguin pour Marion Marsh. Bonne chance, mon enfant, et dites bonjour de ma part à – mon Dieu ! – à votre *grand-mère*. »

Jan a raccroché. La main toujours posée sur le combiné, elle a regardé fixement le pied du lit. J'ai dit : « Comment... »

Mais Jan s'est contentée de secouer la tête.

« Elle le saura, a-t-elle articulé. Elle le saura. Et elle sera là. »

8

A la réception, le même vigile – après le même échange de sourires et de coups d'œil mutuellement admiratifs – a trouvé le nom de Marion sur la liste des personnes attendues. Le mien n'y figurait pas, mais elle s'est contentée de dire que ça ne faisait rien et il lui a expliqué comment trouver le plateau 2. Puis on a remonté la même ruelle, maintenant brillante de soleil et grouillante de gens, qu'on avait vue au clair de lune et silencieuse la veille au soir.

Passé les portes métalliques peintes en gris du plateau 2, nous attendait encore un bâtiment façon grange ; à l'autre extrémité de l'immense salle obscure au sol bétonné, on a aperçu un décor brillamment éclairé qu'occupaient pas mal de gens. Des coups de marteau se répercutaient – au sens propre ; on entendait leur écho – dans le grand espace clos ; un homme en salopette blanche de charpentier, portant un madrier, est entré derrière nous et nous a dépassés en toute hâte.

Le décor représentait les trois côtés d'une grande pièce presque fabuleusement moderne par son ameublement. D'immenses tableaux non encadrés – taches et tourbillons de couleurs – étaient accrochés aux cloisons ; les sculptures présentées sur des socles et dans des niches murales se composaient d'assemblages compliqués de métal, de plastique et de bois ; les tapis et les meubles étaient blancs ; mais tout le reste, y compris les costumes des acteurs, agressait l'œil par ses couleurs.

On ne tournait pas, comme nous nous en sommes aperçus en avançant de plus en plus lentement et timidement vers le plateau. Les acteurs, debout ou assis, buvaient du café dans des gobelets en polystyrène pendant que trois ouvriers en salopette blanche s'évertuaient à modifier l'angle de petits rails métalliques cloués sur des feuilles de contreplaqué. La voie menait au décor et y pénétrait sur un mètre environ. A l'autre extrémité, j'ai vu une caméra sur roues, si grosse qu'un siège était fixé derrière elle ; l'œil collé à un viseur, un homme mince au visage tendu était assis là comme sur un petit tracteur.

On s'est arrêtés au bord du décor et quelques personnes nous ont regardés. De l'autre côté du plateau, deux hommes qui ne portaient pas d'habits de soirée, discutaient sérieusement ; âgés d'environ vingt-cinq ans, ils avaient tous deux les cheveux assez longs, ainsi que des pattes prononcées. Ils portaient des pulls et des pantalons délavés : des vêtements de travail. Tout en lançant des coups d'œil sur nous, ils ont continué à parler, puis l'un d'eux, un clipboard sous le bras, a traversé le décor pour nous rejoindre. Il a levé les sourcils d'un air interrogateur et Marion lui a souri. « Je suis Marion Marsh. »

Il a consulté son clipboard. « Bon. » Il lui a alors aimablement retourné son sourire. « Eh bien, Mr. Hiller va s'occuper de vous, miss March.

– Marsh, Marion Marsh.

– Marsh ; excusez-moi. Il va s'occuper de vous ; en attendant... » Il a jeté un coup d'œil autour de lui, puis montré une grande caisse grise en bois portant le nom du studio. Elle se trouvait à un mètre de l'endroit où commençait la moquette blanche du décor. « Vous voulez bien vous asseoir là, je vous prie ? Ce sera bientôt à vous. Ne bougez pas. » Il lui a souri de nouveau, puis il a rejoint l'homme avec lequel il parlait tout à l'heure ; Mr. Hiller, ai-je supposé.

Les hommes en salopette ont déplacé les rails. Deux autres en chemise et pantalon de travail verts ont lentement poussé la caméra jusqu'au décor, puis l'ont ramenée en arrière en vérifiant l'angle de la voie tandis que l'opérateur, assis derrière l'appareil, regardait dans son viseur. Puis ce dernier a fait un signe approbateur à Hiller qui s'est écrié : « Bon, en place tout le monde ! » Les acteurs ont tendu leur tasse à café à l'un des hommes en uniforme vert qui passait avec un plateau pour les ramasser. Ils ont pris place dans le décor, par deux ou en groupes, quelques-uns assis, la plupart debout. Une femme portant un plateau de verres plus ou moins pleins a circulé parmi eux ; certains se sont servis, puis se sont postés debout ou assis ; d'autres ont allumé une cigarette. Une jeune femme a fait le tour du décor avec ce qui semblait être un nécessaire de maquillage, et a appliqué un peu de poudre sur le visage de certains acteurs.

Pendant les trois heures que nous avons passées assis sur la caisse grise, on a déplacé une fois encore les rails de la caméra et la scène a été filmée trois fois, avec de longs, très longs intervalles entre chaque prise ;

je ne savais pas pourquoi. Au bout de deux heures, un des hommes en vert nous a apporté deux Coca-Cola dans des gobelets en carton. « De la part de Mr. Hiller. »

Les acteurs, hommes et femmes, jeunes ou assez jeunes, habillés très mode, portaient des costumes excentriques exagérément colorés. Marion les jaugeait du regard. Et à chaque prise de vue, debout ou assis, tenant à la main des verres ou des cigarettes, ils bavardaient et riaient. Et cela pendant une vingtaine de secondes. Puis l'un des invités, un barbu trapu qui parlait à une jeune fille, éclatait d'un rire très bruyant, tout le monde se retournait pour le regarder et l'on criait : « Coupez ! »

Un peu après quatre heures, à la fin de la troisième prise, le metteur en scène a crié : « Bon, ça ira. » Il a soupiré, cligné plusieurs fois des yeux, puis il a pris le clipboard et l'a consulté. Il a tourné les yeux dans notre direction, l'a rendu à son assistant et s'est avancé vers nous.

« On va maintenant s'occuper de vous, miss Marsh. Désolé de vous avoir fait attendre aussi longtemps. On va vous habiller et vous maquiller, et pour gagner du temps je vais vous parler pendant qu'on vous prépare. » Lui faisant signe de le suivre, il a contourné le décor et s'est dirigé vers le mur du bâtiment contre lequel se dressait une grande structure semblable à une caravane, mais montée sur des chevalets en bois. Des marches de bois brut menaient à une demi-douzaine de portes ; des loges, ai-je pensé. Une femme d'âge mûr les a rejoints, ils ont franchi tous trois l'une des portes et l'ont refermée derrière eux.

Le jeune type au clipboard a crié : « Silence ! Silence, s'il vous plaît ! » et quand les conversations ont cessé, il a repris : « Bon, on va faire une nouvelle prise. De la... » Il a consulté ses papiers. « ... quatre-vingt-un. Vérifiez votre texte s'il le faut ; c'est celle avec la fille en robe de chambre. » Ils ont continué à bavarder, à boire du café ou du Coca ; l'homme au clipboard s'est laissé tomber dans un fauteuil où il est resté immobile, les yeux fixés sur le plancher.

Le metteur en scène et Marion ont réapparu ; elle était maquillée et portait une longue robe de chambre bleu pâle, serrée à la taille par un cordon d'un bleu plus foncé terminé par des pompons. Tandis qu'ils marchaient vers le décor, je me suis aperçu qu'elle était pieds nus. « En place, tout le monde », a lancé le metteur en scène, et les acteurs ont obéi. Mais ils ne se sont pas placés de la même manière ; c'était une autre scène de la même soirée. De nouveau, on a fait passer les verres, on a retouché le maquillage.

Pendant que le metteur en scène conduisait Marion sur le plateau, les acteurs les ont regardés passer en silence. Il lui a indiqué sa place tout en murmurant des instructions. Un acteur s'est avancé vers elle, lui a souri et dit : « Blablablabla. » Marion a souri aussi et lui a répondu je ne sais quoi. En compagnie du jeune homme, elle a marché jusqu'à un second emplacement et deux hommes se sont détournés de la toile dont ils discutaient pour venir les rejoindre.

Ils ont exécuté tous les mouvements de la scène, puis le réalisateur a indiqué un autre endroit de la pointe du pied et Marion a hoché la tête. Il a jeté un coup d'œil à sa montre, puis a crié : « Bon, maintenant on la refait, mais cette fois on tourne. »

Les acteurs se sont postés comme au début de la répétition, les lumières sont devenues plus vives, puis une musique discordante et stridente a éclaté, mais pas trop forte. Quelqu'un a crié : « Silence, sur le plateau ! » ; les lumières se sont encore intensifiées ; une autre voix a hurlé : « Moteur ! » Un homme avec une ardoise est monté sur le plateau et s'est avancé vers la caméra qui avait roulé sur ses rails jusqu'au bord du décor. Il a brandi le clap et j'ai lu : *81, Marion Marsh, Prise 1.* Il a fait claquer les planchettes rayées, puis a reculé rapidement hors du champ et les acteurs se sont remis à parler ; j'étais fasciné, excité, et inquiet pour Marion.

Elle se tenait hors du décor, à côté du metteur en scène, pendant que les acteurs bavardaient, riaient, se quittaient avec désinvolture, se rassemblaient en nouveaux groupes. Les deux hommes se sont plantés devant le tableau et ont fait semblant d'en discuter. Puis le metteur en scène a hoché la tête à l'adresse de Marion qui a pénétré sur le plateau et s'est arrêtée à la place qu'il lui avait indiquée au début. Elle est restée là à parcourir des yeux l'assemblée d'un air un peu amusé, un peu excédé – et brusquement, avec un petit frisson, je me suis demandé ce qui allait se passer. Elle semblait tellement pleine d'aisance et d'assurance ; je ne sais pas comment et ne le saurai jamais, mais elle m'a fait comprendre, à la manière dont elle a marché et regardé autour d'elle avant de s'immobiliser, combien sa présence à cette soirée était importante.

L'acteur qui s'était déjà joint à elle durant la brève répétition pour dire : « Blablabla » a recommencé et prononcé des paroles inaudibles à cause de la musique.

Quand Marion a répondu en souriant, j'ai vu le menton de l'homme se relever un peu ; son sourire sincère révélait un réel intérêt. Les deux hommes qui se tenaient devant le tableau ont continué à le regarder ; l'un d'eux a haussé les épaules et dit quelque chose, l'autre a ri en tournant les talons. Elle les a aperçus, a souri de plaisir, levé la main pour les saluer, et celui qui était le plus près a fait un pas glissé pour être le premier à lui prendre la main et à l'accueillir en l'appelant par son nom, Essie. Tous quatre ont bavardé en souriant pendant que les invités – seuls, par deux ou en groupes – prenaient conscience de la présence d'Essie. Chacun d'eux s'est retourné, l'a regardée fixement en silence, puis s'est mis à parler passionnément avec son voisin ou sa voisine. Si bien que le brouhaha, qui avait peu à peu glissé vers un silence presque total, a repris de plus belle. Tout en parlant, les gens jetaient de petits coups d'œil furtifs sur Essie et ne s'écoutaient pas vraiment. Mais le plus important... c'est que tout cela était devenu réel.

Je ne crois pas que quelqu'un ait jamais expliqué ce phénomène, mais quelques rares personnes sont vraiment différentes du reste d'entre nous. Il émane d'elles quelque chose d'aussi réel, invisible et efficace dans ses effets que l'électricité. C'était le cas de Marion. Debout au centre de cette pièce, elle tenait son public en main. Les acteurs *étaient* intensément conscients de sa présence, ils ne se contentaient pas de jouer. Cette soirée était devenue réelle – j'avais oublié qu'on la filmait – parce qu'un certain magnétisme s'y exerçait. J'ai compris qu'il avait dû se produire quelque chose de ce genre la première fois où Garbo s'était trouvée devant une caméra.

Marion a quitté les gens avec qui elle parlait et s'est dirigée vers son emplacement final, celui que le metteur en scène avait indiqué du pied. Un moment, elle est restée immobile à sourire avec indolence, consciente de l'attention fixée sur elle, mais faisant semblant de l'ignorer. Puis, comme si elle s'apercevait à peine de ce qu'elle faisait, ses épaules, ses bras et ses hanches se sont mis à esquisser légèrement, nonchalamment et un peu insolemment, une danse moderne – elle n'avait pas eu le temps de l'apprendre, elle la connaissait intuitivement. Elle *allait* danser ; les invités l'ont compris, toutes les conversations se sont tues, tous l'ont regardée, réellement fascinés. Marion s'est immobilisée, hésitante, et le metteur en scène – tout en criant : « Coupez ! Coupez ! » – s'est avancé sur le plateau.

Il souriait. « Bien, a-t-il dit en marchant vers elle. Bon Dieu, c'était super ! *Ecoutez-moi* », a-t-il poursuivi d'une voix étonnée lorsqu'il l'a rejointe. « Vous *avez* quelque chose, vous savez ? C'est... » Il a haussé les épaules. « Je ne sais pas ; la *présence*, je suppose. Vous pouvez la refaire ? » Il avait brusquement peur qu'elle ne puisse pas... « Ecoutez, vous pouvez la refaire ? Exactement pareille ! Ne changez absolument rien. *Sauf...* » Il a souri et, infiniment désireux de ne pas la contrarier, a levé la main pour montrer qu'il ne s'agissait pas d'un reproche. « Sauf qu'il ne faut pas hésiter, a-t-il ajouté gentiment. D'accord ? Essie n'aurait pas hésité. Vous pouvez ? » Marion a fait signe que oui. « O.K. ! » s'est-il écrié, mais l'homme au clipboard lui a tapé sur le bras pour attirer son attention. Ils ont échangé quelques chuchotements, le metteur en scène a jeté un coup d'œil sur sa montre. « D'accord, ce sera en heures supplémentaires. Il faut qu'on l'ait. Tout le monde en place ! »

De nouveau la maquilleuse a fait sa tournée, le cameraman a tripoté son objectif, l'homme à l'ardoise est revenu, a fait claquer les planchettes – et tout a recommencé. Mais pas tout à fait pareil. Cette fois... je n'aurais pas cru ça possible, mais cette fois, c'était encore mieux. Mieux parce que tout le monde sur le plateau savait maintenant que quelque chose d'important se passait aujourd'hui et que l'atmosphère en était comme électrisée. Ils ont rejoué la scène : une merveille. Qui était-ce, s'est demandé l'assistance lorsque Marion s'est avancée vers son emplacement final, qui était cette incroyable Essie, et qu'allait-elle faire ?

Quittant les trois hommes, elle a marché vers l'endroit qui lui avait été désigné et de nouveau elle est restée là, nonchalante, insolente, sereine et fière. De nouveau son corps a bougé avec la musique, juste un peu, mais j'ai cessé de respirer tant cette esquisse de danse promettait de sensualité à venir. Et sans hésitation cette fois, elle a tiré sur l'extrémité de sa ceinture. Ce faisant elle s'est avancée, s'est dégagée de la robe de chambre tout en dansant, l'a laissée tomber derrière elle et a souri à l'assistance, totalement nue. Sur la rondeur de son ventre, on avait dessiné un cœur avec du rouge à lèvres ; une flèche emplumée, tracée à l'encre bleue, perçait le cœur de façon à donner l'impression que l'extrémité et la moitié de la hampe sortaient de son nombril. Le cœur et la flèche rendaient sa nudité obscène.

Elle a souri à ceux qui la contemplaient avant de

reprendre sa danse ; puis elle s'est rembrunie. Elle a baissé les yeux sur son corps, puis elle a regardé de nouveau son public. Cette fille de 1926 – bien que fort délurée, c'était tout de même une fille de 1926 – a dit « Non ! » tout haut, mais c'est à elle-même qu'elle s'adressait. « Non, merde alors ! C'est pas du cinéma ! » Ses yeux sont passés d'un visage à l'autre. « Salauds ! » s'est-elle écriée. Puis elle a pivoté sur ses talons pour faire face au metteur en scène et, d'une voix débordante de mépris, elle lui a dit : « Espèce de salaud ; c'est pas du CINÉMA, ça !

– Coupez ! Coupez ! » Il s'est avancé à grands pas vers elle. « Ecoutez, vous ! Si vous voulez faire ce fichu bout d'essai, si vous voulez simplement *travailler...* » Il s'est interrompu et, comme les autres, l'a regardée en silence.

Marion s'était penchée, avait ramassé sa robe de chambre et, sans se donner la peine de l'enfiler, de dissimuler sa nudité, elle l'a jetée sur son épaule d'un geste plein de mépris. Puis, la tête haute, elle est sortie du décor pour se diriger vers les loges.

Soudain tout le monde s'est affairé, a trouvé une occupation, m'accordant aussi peu d'attention que si j'étais devenu invisible. Le metteur en scène s'est particulièrement démené : il s'est mis à courir, furieux, de-ci de-là ; a congédié les acteurs ; ordonné que le décor soit démonté aussi vite que possible ; crié qu'on éteigne, qu'on déménage les projecteurs et qu'on emporte le matériel. Marion est reparue habillée et tous ont fait semblant de ne pas la voir tandis qu'elle descendait les marches et s'avançait vers moi, le menton levé, prête à affronter n'importe qui. Je suis allé à sa rencontre, l'ai prise par le bras et, tandis que nous traversions un coin du décor en direction de la sortie, j'ai moi aussi adopté une attitude de défi envers quiconque croiserait nos regards. Ce fut le cas de quelques acteurs et techniciens qui – peut-être un peu moqueurs, mais quand même – nous ont souri pour exprimer leur approbation. Une fois dans l'obscurité, pendant notre longue marche vers les grandes portes métalliques et la ruelle, Marion a pleuré un peu, mais s'est vite arrêtée.

Je pensais qu'elle était partie. Une fois hors du studio, j'ai hélé un taxi qui stationnait à une douzaine de mètres de là et j'ai dit : « Jan ?

– Non, c'est Marion, Nickie. Je suis une sale égoïste et je le sais. Mais pas tout le temps, non pas tout le temps. » Le taxi a stoppé devant nous ; elle s'est penchée vers la vitre ouverte pour lancer au chauffeur : « 1101 Keever Street. »

Elle n'a rien dit pendant le trajet. Quand j'ai essayé de parler, elle s'est contentée de poser un instant sa main sur la mienne pour me tranquilliser et me faire savoir qu'elle comprenait que j'aurais voulu la consoler, si je l'avais pu ; puis elle a tourné la tête pour regarder dehors.

On est descendus de voiture devant la station-service Standard, à un pâté de maisons des grandes grilles en fer forgé. Il y avait là une cabine téléphonique et Marion a appelé le numéro de Bollinghurst Theo N. « Vous avez pu lui parler ? ai-je demandé lorsqu'elle a refermé la porte derrière elle.

– Non, mais j'ai dit que... que Marion Marsh attendait. Devant la grille. » En traversant la rue, elle a ajouté : « Je suis déjà venue ici. Quand la maison était neuve. Je l'ai vue d'un car de tourisme. » On a longé l'interminable mur, puis on s'est arrêtés devant les grandes grilles ornées. Marion a montré du doigt les plaques ovales dont l'une portait un V et l'autre un B. « Elles étaient astiquées à l'époque, et brillaient comme de l'or. » A la lumière du jour, j'ai vu qu'elles n'étaient pas en fer comme les grilles, mais en bronze et couvertes de vert-de-gris. Inséré dans la clef de voûte de l'arc qui surmontait les grilles, un parchemin en bronze couronné d'un casque emplumé de chevalier portait le mot GRAUSTARK. Mais lui aussi avait verdi et la peinture de certains montants s'écaillait, révélant des plaques de rouille. Longtemps auparavant, Le Nom avait été grossièrement bombé sur le mur, à droite du portail, mais la couleur avait pâli.

Un bruit de ferraille nous est parvenu : un homme à bicyclette descendait l'allée cahoteuse. Assez jeune, chauve, vêtu d'une sorte de livrée de maître d'hôtel, mais sans veste – pantalon noir avec une étroite bande blanche sur les côtés, gilet rayé noir et blanc, col cassé, nœud papillon. Passant vivement une jambe par-dessus le cadre de la vieille bicyclette au garde-boue bringuebalant, il a parcouru les derniers mètres debout sur une pédale. Il nous a aimablement salués et a ouvert avec une grosse clef en cuivre une petite grille dont le cadre se fondait si bien dans le dessin de la grande que je n'en avais pas remarqué l'existence. Il nous a fait signe d'entrer et l'a refermée. Puis, poussant son vélo, il nous a conduits jusqu'à la maison le long de la grande allée incurvée.

« Les pelouses étaient merveilleuses quand je les ai vues, a murmuré Marion. Le car s'était arrêté devant la grille pour que nous puissions regarder à l'intérieur ; les arroseurs étaient en marche, chacun faisait un arc-en-ciel, et l'herbe était une perfection. » Plus maintenant. La pelouse venait d'être tondue, mais de grands îlots de tiges de pissenlits décapitées et de chiendent la défiguraient. « Le gravier était blanchi à la chaux et ratissé. » Si la mince couche qui recouvrait encore l'allée avait jamais connu le lait de chaux, c'était il y a bien longtemps et il n'en restait pas assez pour le râteau. On ne voyait maintenant que deux ornières creusées dans la terre, qui traversaient une espèce de chaume à demi couvert de feuilles mortes.

Cependant, le terrain n'était pas complètement laissé à l'abandon ; les talus, les massifs d'arbustes et les arbrisseaux devant lesquels nous passions avaient besoin d'être taillés, mais n'étaient pas redevenus sauvages. On s'occupait de ce parc, mais avec négligence, comme s'il n'y avait plus personne pour voir si le travail était bien fait.

L'allée s'incurvait progressivement, la maison devenait de plus en plus grande à mesure que nous avancions, se déployait à droite et à gauche ; c'était vraiment quelque chose d'immense : une grande demeure de deux étages, au toit plat, de style espagnol, en stuc beige presque brut. Des marches de pierre, larges et basses, menaient de l'allée à un portique dallé où s'ouvrait une porte à deux battants en bois sculpté.

Nous avons gravi les deux ou trois volées de marches, franchi le portique et pénétré dans le vestibule, vaste mais pas immense, pavé de dalles de marbre noires et blanches disposées en échiquier. Au plafond, haut de deux étages, était suspendu par une chaîne recouverte de velours le plus grand lustre en cristal que j'aie jamais vu dans une maison particulière. On a attendu là pendant vingt-cinq minutes, assis l'un en face de l'autre dans des fauteuils au dossier droit tapissés de velours.

En face de moi, deux portes coulissantes en chêne fermaient une grande entrée cintrée, flanquée de deux armures tenant une lance de trois mètres de long. A ma droite, un escalier moquetté et la porte fermée d'une arcade qui menait sans doute à un corridor. Juste derrière mon fauteuil, une fenêtre de deux mètres cinquante de haut donnait sur une pelouse et une grande fontaine vide dont la vasque était noire de feuilles détrempées.

Nous attendions dans le luxe et la magnificence, à la fois impressionnants et pathétiques, d'un autre temps et d'un autre goût; parfois, des bruits de maisonnée parvenaient à nos oreilles de très loin derrière les portes closes. Puis j'ai aperçu un mouvement à la limite de mon champ visuel, j'ai tourné la tête et là-haut – à un angle de l'escalier, tournant lentement le coin pour nous faire face – il a surgi, portant ce que j'ai pris pour un smoking démodé avec un col dur cassé.

Indéniablement, c'était là un très, très vieil homme. Et c'était aussi Ted Bollinghurst. S'il allait sur la quarantaine en 1926, il devait être désormais nonagénaire et c'est ainsi que je l'avais imaginé, tout ridé, menu et fragile comme un presque centenaire. On s'est levés; il nous souriait, mais son regard incertain montrait qu'il nous voyait mal et, avant que la conversation s'engage, j'ai eu le temps de l'étudier.

Ce nez nous apprenait que c'était bien Ted Bollinghurst : Marion l'avait dit retroussé, mais je ne m'attendais pas qu'il le soit à ce point ; les narines formaient deux grands trous noirs à la limite de l'infirmité. Il n'était ni chauve ni chevelu ; sur un crâne anormalement haut en forme d'œuf, poussait une maigre chevelure, mais si régulièrement clairsemée qu'il n'y avait pas vraiment d'endroit dégarni. Elle était curieusement noire, comme celle d'un candidat à la présidence, et il la portait soigneusement séparée par une raie centrale, comme du temps de sa jeunesse. Mais ses cheveux pendaient, flasques et sans vie, jusqu'à la pointe de ses grandes oreilles ridées.

Lorsqu'il est arrivé à mi-chemin de l'escalier, je me suis rendu compte qu'ils étaient teints et qu'une légère touche de rouge rehaussait chaque pommette proéminente ; j'ai alors compris pourquoi nous avions attendu vingt-cinq minutes. Il s'était soigneusement préparé, maquillant son vieux visage et revêtant, non un smoking comme je l'avais cru, mais une veste d'intérieur marron foncé à revers de soie. Pour rencontrer Marion Marsh, ce très, très vieil homme avait voulu se faire beau.

Avançant lentement, lentement, le pied droit d'abord, négociant une marche après l'autre comme un enfant, la main toujours posée sur la rampe, il nous voyait à présent, il nous souriait vraiment et, dès cet instant, il m'a plu ; même son étrange visage m'a plu. « Marion ?

– Oui. Oui, c'est moi... Ted. » Elle s'est levée lentement, les yeux écarquillés, la bouche ouverte. Mais en répondant, elle lui a fait un beau sourire et s'est prestement avancée jusqu'au pied de l'escalier. Il s'est arrêté sur la dernière marche et lui a tendu la main sans cesser de sourire, mais probablement au bord des larmes.

« Marion, Marion, *Marion* », a-t-il répété. Autrefois, il avait dû être très grand, mais maintenant, même perché sur cette marche, il se trouvait juste à sa hauteur. « Comme c'est *bon* de te voir ; oh, ma chérie, comme c'est *bon*, comme c'est bon. » Il a lâché la rampe et pris la main de Marion dans les siennes en la contemplant. Marion souriait mais en clignant des yeux, au bord des larmes elle aussi.

Elle semblait vraiment contente et touchée de le voir ; elle m'a présenté et le vieil homme m'a souhaité la bienvenue. Sa voix était très ferme, étonnamment grave ; il parlait un peu plus lentement qu'une personne moins âgée, mais pas exagérément. Il semblait vigoureux et toujours en pleine possession de son esprit et de ses facultés. Mais je me suis rendu compte que non ; il n'était pas vraiment sénile, mais plongé dans cette espèce de flou dépourvu d'esprit critique qui la précède. Car il ne semblait pas songer que la Marion Marsh qu'il avait connue aurait été maintenant octogénaire. Pour lui, il était évident que Marion était simplement Marion, et que c'était une jeune femme, telle qu'elle était restée dans son souvenir. Pourtant, il s'est souvenu d'un détail. « Tu as changé la couleur de tes cheveux, n'est-ce pas ? » Sans se départir de son sourire, il a secoué un doigt pareil à une brindille sèche, puis s'est mis à traverser lentement le grand échiquier en direction des portes à glissière. « Ils étaient blonds et coupés à la garçonne », a-t-il repris en m'adressant un clin d'œil et en secouant la tête, comme pour dire : *Ah, les femmes* ! « Mais à part cela, tu n'as pas changé.

Absolument pas ; j'aurais reconnu ce sourire n'importe où.

– Toi non plus, tu n'as pas changé. J'ai recon...

– Tu as reconnu mon nez ! » Il a éclaté d'un rire gargouillant, puis a réprimé un début de toux. « Il ne change pas, celui-là !

– Je le trouve mignon !

– Mais le reste a bien changé, je t'assure ; oh ! la la ! mon Dieu. » Il s'est arrêté devant la porte à double battant et a posé le bout de ses doigts sur la poignée. « Tu n'es jamais venue ici, n'est-ce pas ? a-t-il demandé d'un ton incertain. As-tu assisté à une des soirées qu'on y donnait ?

– Non.

– Et vous, monsieur... Nick. Est-ce votre première visite à Graustark ?

– Oui, monsieur.

– Bon. Les gens m'ont pris pour un dingue quand j'ai acheté cette maison, mais j'aime bien la faire visiter et admirer. » Il a commencé à tirer les portes à glissière et je me suis avancé pour l'aider, puis il nous a fait signe de le devancer dans une pièce presque aussi grande que le gymnase du lycée où je jouais au basket.

Comme le vestibule, elle faisait toute la hauteur de la maison ; les rideaux étaient fermés, des lampes diffusaient une douce lumière. Cela ressemblait plus au hall d'un hôtel chic des années 20 qu'à un salon ; l'endroit avait visiblement été conçu pour de grandes réceptions. Le seuil à peine franchi, on est restés immobiles à contempler une pièce que n'arrivaient pas à encombrer plus d'une douzaine de grands canapés et je ne sais combien de dizaines de fauteuils, tous capitonnés. Il y avait des tapis de haute laine, trois grands pianos – *trois* – tous drapés de châles espagnols à franges sur lesquels étaient disposées des photos encadrées. Et des tables, des lampes, d'énormes vases, des bibelots, des statues, des peintures. Des lampadaires d'un mètre cinquante de haut – de ceux que ma mère appelait des « lampes de bridge » – dont un entièrement en osier, même l'abat-jour, étaient presque tous drapés eux aussi de châles brodés à franges. A mi-hauteur du mur, un balcon à balustrade donnant sur des portes fermées courait tout autour de la pièce, sauf du côté par où nous étions entrés. D'autres châles espagnols étaient jetés sur la rampe, l'un brodé d'un cactus, les autres de roses.

J'ai vu tout cela d'un seul coup d'œil, en un lent panoramique qui ne m'a donné qu'une impression d'ensemble, puis j'ai aperçu la volée de marches de l'autre côté de la pièce, et compris que tout cet immense espace n'en était que le cadre.

L'escalier, dont la rampe était fort belle, descendait du balcon juste en face de nous. A un mètre du sol, il aboutissait à un palier de marbre blanc aussi grand qu'une petite scène. Seules trois marches, basses mais très larges, séparaient celui-ci de la pièce, chacune plus longue que la précédente ; la dernière, dont les extrémités s'arrondissaient avec une parfaite élégance, s'étendait bien sur cinq mètres. Le palier *était* une scène pour l'entrée spectaculaire de quelqu'un qui, au centre de l'attention générale, s'y serait arrêté avant de poursuivre sa descente et d'atteindre le sol.

Mais j'ai aussi compris que même ce palier n'était qu'un décor dans un décor destiné à autre chose : le portrait en pied d'une femme, grandeur nature, accroché de manière à faire face à toute la pièce et à la grande entrée où nous nous tenions, une femme d'une telle beauté qu'un petit frisson m'est remonté le long du dos pendant que je la contemplais. Je connaissais ce visage : c'était celui de Vilma Banky, vêtue d'une robe-chemise des années folles, un châle espagnol drapé sur les épaules. Elle tournait la tête, le menton légèrement levé, pour montrer son merveilleux profil. Au centre de son front une boucle de cheveux s'enroulait en spirale ; cela peut paraître comique, mais c'était une femme si extraordinairement belle que rien ne pouvait la rendre ridicule. Une source lumineuse cachée éclairait de tous côtés, mais sans le faire briller, ce portrait dont le cadre doré devait mesurer trois mètres de haut. Il était accroché juste assez haut pour que quiconque – sauf King Kong – descendant cet escalier pour s'arrêter sur cette petite scène soit éclipsé par Vilma Banky.

Ted attendait que nous ayons regardé tout notre soûl, comme c'était sans doute son habitude lorsqu'il amenait des visiteurs dans cette pièce. On a fini par se tourner vers lui en murmurant des compliments ; il a hoché la tête en souriant et les a acceptés pour le compte de Vilma. « Oui. Merci. C'est le salon de Vilma. C'est toujours sa demeure, presque dans l'état où elle l'a laissée. Lorsque je l'ai fait rénover, j'ai engagé une équipe de chercheurs qui ont travaillé à plein temps pendant près d'une année. Ils ont consulté des articles et des photos dans de vieux journaux et d'anciens magazines. Interrogé de vive voix ou par lettre des gens qui étaient souvent venus ici. Un très grand nombre de gens. Dont beaucoup nous ont prêté des photos qu'ils avaient prises. Mes documentalistes ont lu le journal et la correspondance de Vilma. Examiné les comptes de la propriété. Et par chance on a retrouvé le catalogue illustré de la vente aux enchères, plein de descriptions de tout ce que Graustark contenait. On a aussi pu localiser une bonne partie de ce qui avait été vendu. Y compris le portrait. Surtout le portrait. Dans la plupart des cas, on a racheté. J'ai fait refaire beaucoup de meubles exactement comme ils étaient, et même retisser certaines étoffes. D'autres sont des copies. Aussi... eh bien, elle se sentirait chez elle, si seulement elle pouvait y revenir. Mais j'ai ajouté quelques petites choses. »

Il s'est lentement avancé vers ce que j'ai d'abord pris pour une table ovale aux pieds fragiles, mais de près j'ai vu que le dessus était en verre et qu'une petite lampe à abat-jour éclairait l'intérieur d'une vitrine doublée de soie moirée bleu pâle. On s'est penchés pour regarder dedans – mais je n'ai pas identifié ce que je voyais au centre de la vitrine, juste au-dessus d'une carte imprimée.

C'était une masse informe, grosse comme une petite pièce de monnaie, d'un rose grisâtre, à la surface ridée et racornie. Posée au milieu d'un morceau irrégulièrement coupé, mais vaguement circulaire, d'une toile épaisse et vernie, à peu près de la taille d'une main d'homme. Avant que j'aie pu lire la carte, Ted a respectueusement expliqué à voix basse : « C'est le chewing-gum que Spencer Tracy colle sur la carlingue de l'avion de Clark Gable, dans *Pilote d'essai* [1]. » Marion

1. *Test Pilot,* de Victor Fleming, 1938. *(N.d.T.)*

a relevé un peu la tête pour me regarder, les sourcils froncés, par-dessus le dos penché de notre hôte, et j'ai compris à son expression qu'elle me disait : Spencer Tracy ? Qui est-ce ? Et Clark Gable ?

« Et ça... » Ted Bollinghurst s'est retourné pour continuer la visite guidée et je me suis alors aperçu que la moitié des tables de la pièce étaient en fait des vitrines comme celle-ci. On s'est arrêtés à la suivante, doublée elle aussi de soie moirée mais jaune canari, et on s'est penchés pour mieux voir. « Le fouet de Ramon Navarro. Dans *Ben Hur.* [1] » Et là Marion, dont le nez touchait presque la vitre, a souri, satisfaite, comblée, impressionnée.

On a lentement contourné un piano et parmi les douzaines de photos posées dessus, toutes dédicacées à Ted, dont le nom était souvent mal orthographié, j'ai reconnu Clive Brook, Leatrice Joy, Aileen Pringle, Larry Semon, Rod La Rocque, Clara Kimball Young. Marion et moi avons levé les yeux en même temps, nos regards se sont croisés, et on s'est souri, heureux d'avoir tant de choses en commun. Ce qui n'était pas complètement vrai ; on avait vu tous ces gens dans les mêmes films, chacun de leurs mouvements sur l'écran était identique, mais il s'agissait de quelque chose de différent. Pour elle, c'était des gens jeunes et beaux, terriblement vivants, les films étaient récents et il y en avait beaucoup d'autres à venir. Pour moi, c'était la résurrection d'êtres mythiques morts depuis longtemps, miracle que le cinéma rendait possible. Mais on

1. Il ne s'agit pas du célèbre *Ben Hur* de W. Wyler avec Charlton Heston, mais d'une première version muette tournée en 1925 par Fred Niblo et qui a connu un grand succès. *(N.d.T.)*

a échangé un sourire en hochant la tête, chacun tirant de ce spectacle un plaisir particulier, et on a suivi Ted jusqu'à une autre vitrine, doublée de rose celle-là.

Toutes ces soies moirées ne différaient que par la couleur et formaient toujours sur les côtés des petits plis et des volants, mais le tissu du fond était tendu sur un rembourrage uni. Sur l'étoffe rose doucement éclairée de cette vitrine, il y avait... Qu'est-ce que c'était ? Des poils : des poils d'un noir de jais qui avaient gardé une forme. S'il y avait eu de quoi l'appliquer, on aurait pu s'en faire une fausse barbe ; on distinguait nettement une barbiche à la Van Dyke, des favoris et une moustache. Sur la carte était écrit : BARBE DE RUDOLPH VALENTINO, RASÉE EN ÉTÉ 1924 A LA DEMANDE DE L'ASSOCIATION NATIONALE DES BARBIERS. Marion a hoché la tête. « Oui, je m'en souviens : c'était dans les journaux.

– Charley Morrison l'a achetée. Au barbier. C'est la vraie. Pour dix dollars seulement, le veinard. Il ne me l'a pas vendue, mais quand il est mort en 1950, je l'ai rachetée à sa veuve ; j'ai effectué la transaction pendant ses funérailles. Il le fallait bien ; j'avais entendu dire que “ La Femme en noir ” la cherchait. »

Sur la soie vert pomme de la vitrine suivante reposait une feuille tapée à la machine avec, dans les marges et entre les lignes, des corrections d'écritures différentes. « Un vrai trésor, a dit Ted. C'est le quatrième et avant-dernier brouillon de la lettre annuelle de Shirley Temple au Père Noël qui paraissait tous les ans dans la presse, en décembre. Elle l'a écrite à quatorze ans et c'est l'une des dernières ; certaines des corrections en marge sont de la main de Louis B.

Mayer. » Penchés sur la fragile petite vitrine, on l'a regardée avec le plus grand respect et je l'ai lue jusqu'à : « et je vous en pris, je vous en pris, chair Père Noël, n'oublier pas les enfans pauvre... » Je n'ai fait aucun commentaire.

Nous avons vu la bosse de Lon Chaney dans *Quasimodo* [1], une superbe imitation en plâtre attachée à un harnais de cuir que je n'aurais pas été fâché de posséder et de porter de temps en temps chez moi.

On est passés à une petite chose noirâtre et ratatinée que j'ai prise pour une météorite couchée sur de la soie blanche, et j'ai admiré Ted lorsqu'il a avoué scrupuleusement qu'il n'était pas tout à fait sûr de l'authenticité de cet objet. Il *pensait*, il avait des raisons de *croire*, que c'était probablement le demi-pamplemousse que James Cagney écrase sur la figure de Mae Clarke dans *L'Ennemi public* [2]. Il l'avait acheté vingt dollars à un assistant de plateau qui jurait que c'était le vrai, mais Ted s'était toujours demandé si celui-ci n'avait pas été simplement utilisé pendant la répétition.

Nous avons vu, couchés sur une soie couleur de sorbet à l'orange, les trois ornements cassés de l'arbre de Noël sur lequel William Powell tire avec un pistolet à bouchon dans *L'Introuvable* [3]. Et sur une soie d'un bleu intense – cette pièce *était* authentique car Ted l'avait volée lui-même dans la loge de Marlene Die-

1. *The Hunchback of Notre-Dame,* de William Dieterle, 1939. Excellente adaptation du roman de Victor Hugo. *(N.d.T.)*
2. *The Public Enemy*, de William Wellman, 1931 ; cette scène où le héros, un gangster, écrase une moitié de pamplemousse sur le visage de sa maîtresse, a lancé James Cagney. *(N.d.T.)*
3. *The Thin Man,* de Van Dyke II, 1934, dont le scénario s'inspire d'un roman de Dashiell Hammett. *(N.d.T.)*

trich après le dernier jour de tournage de *Cœurs brûlés*[1] – une bouteille de lotion dépilatoire.

Sur un tissu argenté : quatre objets en or en forme de croissants. Penché sur la vitrine, j'ai remarqué que leur bord interne était aiguisé jusqu'à devenir aussi mince que du papier et qu'ils ressemblaient à des cimeterres miniatures piqués de petits trous. CLAQUETTES DE RUBY KEELER : USÉES SUR LE PLATEAU DE « 42e RUE »[2].

« De l'*or* ? ai-je demandé à Ted.

– C'est moi qui les ai fait plaquer or. »

Nous avons vu le papillon artificiel que Lew Ayres tente d'attraper dans la tranchée au moment même où il est tué, dans la scène finale d'*A l'ouest rien de nouveau*[3] ; ainsi que la pièce d'un demi-dollar que George Raft s'amuse à jeter en l'air. Et dans l'une des dernières vitrines, un petit objet d'environ quatre centimètres de long couché sur une soie écarlate. Il avait vaguement la forme d'un huit allongé et était enveloppé dans de la cellophane moirée, sanglée au milieu par une bande de papier. Il n'y avait pas de carte fournissant une explication et Ted a jeté un regard gêné sur Marion, puis s'est penché vers moi. « Cela vient d'un film d'Andy Hardy, a-t-il chuchoté. C'est le préservatif que Lewis Stone trouve dans le gousset du pantalon d'Andy, le lendemain de son bac. On ne le voit pas vraiment dans le film, bien sûr. Le juge Hardy le tient dans sa paume quand il le montre à Andy et il ne dit

1. *Morocco,* de Josef von Sternberg, 1930. Le film qui a fait de Marlene Dietrich une star. *(N.d.T.)*
2. *42nd Street,* de Lloyd Bacon, 1933. *(N.d.T.)*
3. *All Quiet on the Western Front,* de Lewis Milestone, 1930. Film pacifiste qui fut interdit par les nazis. *(N.d.T.)*

pas ce que c'est ; mais on comprend. C'est le juge lui-même qui me l'a passé. »

Nous avions atteint le pied de l'escalier et on s'est arrêtés là un moment ; le mur était couvert depuis le sol jusqu'à hauteur d'yeux d'étagères remplies de volumes reliés cuir aux dos frappés à l'or fin. C'étaient des numéros de *Photoplay, Silver Screen*, ou de quelque autre vieux magazine de cinéma, classés par année dans une reliure de couleur différente. Toute l'étagère du bas était pleine de scénarios reliés cuir dont le premier s'intitulait *Le Vol du Rapide* [1].

En les regardant, je me suis souvenu de l'article d'un psychiatre que j'avais lu ; heureusement qu'on comptait peu de riches parmi les obsédés, disait-il. Il donnait l'exemple d'un homme atteint de la phobie des microbes. Comme certaines personnes que nous avons tous rencontrées, il avait commencé par ouvrir les portes en mettant la main dans la poche de sa veste pour échapper aux germes déposés sur les poignées. Mais il était riche et donc capable de laisser son obsession se développer librement. Au moment où l'auteur de l'article écrivait, cet homme vivait à Paris dans la suite d'un hôtel où seul son domestique était admis. Il avait loué et gardé vides les chambres avoisinantes, de chaque côté, puis celles qui étaient en dessous et au-dessus de lui. Ainsi isolé dans l'espace, il lui fallait tout de même se nourrir. Il ne mangeait que de la viande ; le cuisinier de l'hôtel déposait devant sa porte

1. Scénario de Billy Martinetti pour *The Great Train Robbery*, d'Edwin Porter, 1903. Ce fut le premier vrai western, et il comportait le premier gros plan : l'image finale montrait un revolver braqué sur le public. *(N.d.T.)*

d'énormes rosbifs que l'obsédé ne faisait entrer que lorsque celui-ci était parti. Avec son propre couteau, il découpait un cube au centre du rôti, un morceau de viande cuite qu'aucune main n'avait pu toucher avant lui.

Ted Bollinghurst était un homme en proie à une obsession ordinaire – un mordu de cinéma, un fan des vieux films, comme il y en a beaucoup – mais son argent lui avait permis d'aller aussi loin qu'il en avait envie. Et je savais qu'à quelques millions de dollars près, j'en étais au même point. Au pied de l'escalier de Vilma Banky, infiniment désireux de voir où il menait.

J'appréhendais la question par peur de la réponse, et quand Marion l'a posée en me jetant un coup d'œil en coin, j'ai retenu ma respiration. « Ted, tu collectionnais bien les copies des films que tu aimais ?

– Oui. Je les volais, tu veux dire. » Il a laissé échapper un petit rire qui s'est transformé en toux.

« Est-ce que tu... les as toujours ? » J'aurais voulu me boucher les oreilles, mais je suis resté la bouche ouverte, à attendre la réponse.

« Bien sûr. Tu aimerais les voir ? »

J'ai repris si bruyamment ma respiration qu'il m'a regardé ; et quand Marion a répondu oui, je n'ai pu que faire un signe de tête approbateur.

Ted a monté l'escalier le premier, lentement mais fermement, en commençant toujours par avancer le pied droit, sa vieille main sèche glissant sur la rampe. « Griffith a gravi ces marches, a-t-il dit. On en est sûr. Comme Mary Pickford, Dolores Del Rio, Dustin Farnum, Milton Sills, Ernst Lubitsch, Alma Rubens, et beaucoup, beaucoup d'autres. Plusieurs même y sont tombés. Et j'ai neuf cas authentiques de stars des deux sexes – le nom de plusieurs d'entre elles vous étonnerait – qui, poursuivies, l'ont monté au grand galop. »

En haut des marches, on a tourné à gauche pour longer le balcon donnant sur l'immense salle dont les minuscules vitrines n'étaient plus, vues d'ici, que des ovales pastel. Sur notre droite, les portes fermées portaient de petites plaques de cuivre : BAIN TURC... SALLE DE BILLARD... SALLE DE RADIO... deux portes côte à côte, l'une marquée CHEIKS, l'autre CHEBAS... et tout au bout, une autre avec le mot BUVETTE, que Ted a ouverte d'un geste d'invite. C'était bien ça : il y avait une fontaine à soda avec des robinets chromés surmontée d'un miroir, des tables rondes et des chaises dont les pieds et le dossier étaient en gros fil de fer tordu. « Envie d'un soda ? Il y a tout ce qu'il faut ; deux douzaines de parfums. » Nous avons répondu non merci, il a hoché la tête, la porte s'est refermée et il a poursuivi sa route. « Parfois, j'entre et je m'en sers un. »

On est arrivés à l'extrémité du balcon et on a tourné à droite, où nous attendait une porte à deux battants capitonnée de cuir ; je suis entré en tenant l'un d'eux ouvert pour Marion et Ted. On s'est retrouvés dans un couloir que j'ai pu embrasser du regard lorsqu'on s'y est lentement engagés.

Il était très large, trois mètres cinquante au moins. Et si long que les lois de la perspective y jouaient ; les quatre lignes du plancher et du plafond se rapprochaient légèrement pour former les coins du carré lointain qui constituait l'extrémité du couloir – si éloignée que je ne distinguais pas bien ce qu'il y avait là-bas ;

quelque chose, je ne pouvais pas voir quoi. Le plafond était haut et le sol de marbre blanc, blanc parce que le mur de gauche donnait sur l'extérieur par quatre hauts vitraux cintrés, percés à de longs intervalles, et dont le premier était à une douzaine de mètres devant nous. La lumière naturelle tombant des fenêtres, plus celle des projecteurs – dehors c'était le crépuscule – illuminait le couloir et dessinait sur le marbre blanc et les murs des motifs de lumière colorée ; un fort bel effet.

Tout en disant cela à Ted, ce qui a paru lui faire plaisir, on s'est lentement rapprochés d'une porte du mur intérieur auquel était suspendue, à hauteur d'œil, une plaque en noyer ciré. Une liste y était gravée en lettres dorées. Lorsqu'on est parvenus à sa hauteur, j'ai pu lire : ALLA NAZIMOVA, ANTONIO MORENO, HOPE HAMPTON, EDMUND LOWE, DOLORES COSTELLO, RICHARD DIX, TOM MIX. « Tous ont dormi, à un moment ou à un autre, dans cette chambre à coucher, a commenté Ted. Certains d'entre eux, ensemble. » J'ai entendu Marion siffler doucement et je me suis retourné.

On s'était rapprochés du premier vitrail ; j'ai hâté le pas et me suis arrêté pour le contempler. Si brillamment illuminé qu'il semblait suspendu en l'air, il était fait de centaines de morceaux de verre, certains aussi petits que l'ongle du pouce, d'autres aussi gros qu'un bras d'homme. Merveilleusement découpés et assemblés, ils formaient une scène verticale de formes et de couleurs incroyablement variées, mais le vert y prédominait – plus d'une douzaine de tons et de nuances – et la lumière embrasait chaque morceau.

C'était une image constituée de joyaux de verre

plats flamboyants. Au sommet d'une colline parsemée d'arbres, de hauts remparts crénelés gris ; au loin, à l'arrière-plan, la lisière d'une forêt luxuriante. Devant le château fort, des douves remplies d'une eau bleue et un pont-levis relevé. Et sur le chemin de ronde... en collant vert, justaucorps et chapeau à visière pointue, un carquois plein de flèches dans le dos, le poing sur la hanche et l'arc brandi dans l'autre main, les jambes très écartées dans une posture insolente, souriant si largement que l'éclat de ses dents me fit cligner des yeux... il y avait... Oui, bien sûr, et je l'ai dit tout haut : « Douglas Fairbanks.

– Dans *Robin des bois* [1], chuchota Marion.

– C'est moi qui ai fait faire cela, a dit Ted en hochant la tête. L'artiste y a travaillé pendant quatre ans et demi. » Après avoir longuement contemplé le vitrail, on est repartis.

NITA NALDI ; c'était le premier nom de la liste sur la plaque de la porte suivante. REGINALD DENNY, POLA NEGRI, HERMAN MANKIEWICZ, LEATRICE JOY, MARY MILES MINTER, CONRAD NAGEL... mais j'ai cessé de lire : nous étions arrivés devant la seconde image de verre chatoyant.

Remplissant la moitié inférieure du coin gauche, le cockpit et le moteur d'un avion fonçaient droit sur nous derrière la tache floue de l'hélice. Les ailes doubles de l'appareil spectaculairement incliné pointaient d'un côté vers le coin supérieur droit de l'image. En bas, loin sous l'autre paire d'ailes penchées, les cra-

1. *Robin Hood*, d'Allan Dwan, 1922. Un grand film d'aventures du cinéma muet qui ne méritait pas d'être éclipsé par la version de Curtiz et Keighley. *(N.d.T.)*

tères d'un champ de bataille. Au-dessus, jusqu'au sommet du vitrail, toile de fond de tout le reste, un ciel bleu parsemé de nuages. En son centre, un petit avion piquait droit vers le sol avec sa traînée de fumée noire ; malgré son éloignement, on distinguait à l'extrémité des ailes supérieures une croix de Malte noire. Le pilote du premier appareil arborait un grand sourire, une main levée pour ôter son casque de cuir et ses grosses lunettes. Je connaissais ce sourire, je connaissais ce visage : Buddy Rogers, bien sûr, dans *Les Ailes* [1] ; et en disant à Ted Bollinghurst que ce vitrail était sensationnel, j'étais sincère.

En passant devant la chambre suivante, j'ai lu : CONSTANCE BINNEY, THOMAS MEIGHAN, MAE MURRAY, CLAIRE WINDSOR, RICHARD BARTHELMESS, NATACHA RAMBOVA... Et sur le vitrail qui lui faisait face, un soldat en uniforme bleu avec des bandes molletières et un képi blancs, enfoncé jusqu'aux chevilles dans le sable, jetait un regard angoissé par-dessus son épaule ; il était à la tête d'une colonne d'hommes épuisés qu'il menait vers un fort lointain tout en haut dans le coin supérieur gauche, sur les remparts duquel un drapeau tricolore pendait mollement le long de sa hampe. « *Beau Geste* [2], a murmuré Marion. Ronald Colman. Oh, je l'adore ! » J'ai approuvé de la tête. « Moi aussi. »

LILA LEE, BARBARA LA MARR, JACK HOLT,

1. *Wings*, de William Wellmann, 1919. C'est peut-être grâce à ce film qu'a débuté la carrière de Gary Cooper, qui ne figure pourtant que dans une courte scène. *(N.d.T.)*
2. De Brenon, 1926. A ne pas confondre avec son remake, *Beau Geste*, de William Wellman, 1929, où Gary Cooper remplace Colman dans le rôle principal. *(N.d.T.)*

MABEL NORMAND, WALLACE REID, CONSTANCE COLLIER, BULL MONTANA...

Tenant à la main une rose d'un rouge spectaculaire, Renée Adorée courait dans la rue d'un village remplissant en diagonale le dernier vitrail ; elle tentait vainement de rattraper un camion de l'armée d'un morne vert olive où John Gilbert, penché sur le hayon arrière, la carabine à la main, un bras désespérément tendu vers la rose, la contemplait avec tendresse : *La Grande Parade* [1].

EVELYNE BRENT, SESSUE HAYAKAWA, OLGA BACLANOVA, BUCK JONES, BILLIE DOVE, GEORGE ARLISS, MADGE BELLAMY, LYA DE PUTTI... « Oh, mon Dieu, ai-je dit, si j'avais pu être là ! Si seulement j'avais pu être là. » Ted et Marion m'ont approuvé d'un hochement de tête.

Une porte en bois sculpté à double battant, incrustée d'or et encadrée par deux colonnes dorées incrustées de lapis-lazuli, barrait l'extrémité du couloir ; une structure indistincte faisait saillie au-dessus. Ted a appuyé sur un commutateur mural et plusieurs douzaines d'ampoules coniques se sont embrasées pour dessiner une marquise miniature. D'autres minuscules ampoules colorées y ont inscrit les mots : VILMA'S VISTA. De toutes les couleurs, brillantes et gaies, elles clignotaient, alléchantes, nous invitant à « aller au ciné », cette vieille magie. Ted a ouvert la porte, l'éclairage intérieur s'est allumé, et Marion et moi

1. *The Big Parade,* de King Vidor, 1925. On ne craignait vraiment pas le ridicule dans les années 20 : dans la même scène Renée Adorée baise tendrement un soulier à clous que lui lance John Gilbert. *(N.d.T.)*

sommes entrés avec de grands sourires enthousiastes. « C'est la salle de projection de Vilma », a dit Ted en laissant la porte se refermer silencieusement derrière nous. « Quasiment telle qu'elle l'a laissée. »

C'était une merveille, une joie pour les yeux ; mon cœur a bondi d'envie. On était sur le seuil d'une minuscule salle de cinéma des années 20 : avec des colonnes dorées, des ornements en plâtre, des murs en acajou bruni, un minuscule balcon espagnol ouvragé et un plafond voûté, serti de joyaux géants répandant une douce lumière. En face de nous, un écran carré, moitié moins grand que ceux des salles normales. Et devant, alignés sur trois rangées, non des sièges mais des canapés bas et des fauteuils recouverts de tissus moelleux, capables d'accueillir une vingtaine de personnes ; il n'y avait pas d'allée centrale, mais deux allées latérales.

Dans le fond de cette petite beauté, juste à l'endroit où nous nous tenions, une longue table de travail s'étendait presque d'un mur à l'autre. Un équipement de visionnement et de montage était fixé dessus, y compris une paire de porte-bobines à manivelle pour le rembobinage. A l'extrémité gauche de la table, j'ai aperçu la grosse masse noire d'un ancien projecteur à lampe à arc.

Je me suis tourné vers Ted. « Je donnerais un bras pour posséder cela, je vous assure ; le gauche, bien sûr.

– C'est beau, a murmuré Marion. Oh, Ted, que c'est beau !

– Oui. » Il a hoché la tête sans sourire. « C'est comme une chapelle pour moi. J'y viens souvent. Juste pour méditer. Puis je me passe un de mes films préférés en l'accompagnant moi-même. » Il a montré quelque chose du doigt et je me suis aperçu que je n'avais pas tout vu. A mi-chemin du fond de la salle, le mur de gauche s'incurvait pour former une alcôve en forme de coquillage abritant de grandes orgues dorées en miniature. « J'ai appris à en jouer. Pour accompagner les films muets. On ne devrait jamais les projeter en silence, bien sûr. » Il s'est retourné pour toucher la tenture qui pendait en larges plis tout le long du mur du fond, depuis les portes jusqu'aux allées latérales. « Mais j'ai dû installer ça pour les films sonores, a-t-il dit, l'air de s'excuser. Il y avait un écho. »

Nous sommes restés immobiles et silencieux à regarder autour de nous. Il faisait agréablement frais, de l'air soufflait derrière nous au niveau du plancher ; en me retournant j'ai vu le conduit d'aération qui courait dans le fond de la salle, juste sous le plafond, en haut des rideaux. Au-dessus des portes, il y avait une lumière rouge indiquant la sortie – apparemment les seules de la salle par lesquelles nous étions entrés. Ted avait traversé l'arrière de la salle, vers la droite. A présent il écartait les tentures qui recouvraient la paroi d'acajou, révélant ainsi une autre porte, et quand je l'ai vue, l'émotion m'a serré à la gorge.

Il y avait une question dont je n'avais même pas voulu admettre l'existence : comment Ted Bollinghurst avait-il pu empêcher la lente désintégration des vieilles pellicules au nitrate ? C'est pour cela que tant d'anciens films ont disparu ; ils sont lentement tombés en poussière dans les caves des studios où on les a laissés à l'abandon.

Mais la porte que Ted avait dévoilée était blanche,

émaillée, et portait en lettres chromées sur le coin supérieur gauche le mot : WESTINGHOUSE [1]. Pour l'ouvrir, il a manœuvré une longue poignée de verrouillage chromée. Tendant la main à l'intérieur, il a allumé un plafonnier et nous avons aperçu des tuyauteries couvertes de gelée blanche. C'était un vaste réfrigérateur comme ceux des bouchers en gros. « La seule manière pratique que je connaisse de garder les vieux films », nous a expliqué Ted sur le seuil en se tournant à demi vers nous. Il a souri. « Quand j'étais jeune, je me servais de glace, je gardais mes films dans des glacières en bois d'occasion. Je ne déjeunais pas tous les jours, mais je trouvais toujours de l'argent pour acheter de la glace. Plus tard, je me suis servi de vieux Frigidaires, et maintenant j'ai ça. Chaque centimètre de pellicule est en excellent état. Chaque copie parfaite – la transparence du cristal ! Pas une image de rayée dans cette chambre froide. » Il nous a adressé un grand sourire. « Allez, entrez ! »

Les genoux un peu tremblants, le souffle court, je me suis avancé. En franchissant la porte, j'ai heurté l'épaule de Marion. J'avais oublié son existence, tout oublié sauf le rectangle éclairé de cette pièce à l'intérieur de laquelle Ted me faisait signe d'entrer.

Il y faisait froid, mais peu m'importait. Des deux côtés s'alignaient des tiroirs en acier inoxydable, chacun avec une grosse poignée verticale surmontée d'un cadre de métal contenant une carte. Quand j'ai vu ce qu'il y avait d'écrit sur certaines, pris de vertige, j'ai

1. Cet inventeur américain, célèbre en Europe pour les freins du même nom, détenait plusieurs centaines de brevets dont un concernant l'étanchéité des chambres froides. *(N.d.T.)*

été obligé de détourner les yeux pour m'absorber dans la contemplation du plancher.

Lorsque j'ai relevé la tête, je me suis retrouvé en face de trois tiroirs étiquetés WM. DE MILLE, mention chaque fois suivie d'une liste de titres tapés à la machine. J'ai tiré sur la poignée, le tiroir a roulé sur son cadre porteur et j'ai vu une double rangée de boîtes de pellicule, environ une douzaine. Ils étaient là. Ils étaient vraiment là, les films mis en scène par *William* de Mille avec un petit *d*, pas ceux de son frère Cecil avec un grand *D*, dont la plupart avaient malheureusement été préservés. Il y avait là les films du frère qui en faisait de bons ; j'ai sorti une boîte dont le métal m'a glacé les paumes et les doigts, et j'ai lu tout haut l'étiquette : « *World's Applause.* » J'ai lentement tourné les yeux vers Ted. « Ce doit être la seule copie au monde. »

Il a passionnément hoché la tête, les yeux brillants. « J'en suis certain. Vous voulez le voir ? Je vais le projeter !

– Attendez. » J'ai rangé la bobine. J'avais vu des tiroirs marqués GARBO, aussi ai-je refermé celui de William de Mille et lu les étiquettes de Garbo. Ce n'était pas sur la première, ni sur la seconde. Derrière moi, Marion s'est écriée : « Je me souviens de celui-là : *Charlot soldat* ! Je l'ai vu quand j'étais petite, pendant la guerre. » J'ai repéré le nom sur la troisième étiquette : *La Femme divine*, avec Garbo et, je m'en souvenais, Polly Moran, John Mack Brown... un *Garbo perdu* [1]. Etait-ce ce film-là que je voulais que Ted projette ? Je commençais à paniquer un peu ; on ne pouvait

1. *The Divine Woman*, de Sjöström, 1928. *(N.d.T.)*

pas en voir plus d'un, et pourtant – je restais là à regarder autour de moi – la chambre froide était pleine de films qu'il fallait que je voie !

J'ai entrepris de lire les étiquettes. Je tirais un tiroir d'un coup sec, examinais son contenu, puis le refermais pour en ouvrir un autre. Là, il y avait des films d'Edward Sloman, qui fut peut-être un plus grand metteur en scène que Griffith lui-même, mais... La National Film Archive possède *Ghost of Rosie Taylor*, tourné en 1918, et le Museum of Modern Art de New York a quelques bobines de *Shattered Idols* ; mais presque tout le reste de son œuvre a *disparu.* Sans doute apparaîtrait-il comme un des meilleurs metteurs en scène qui ait existé, si seulement on pouvait voir ses films, et la plupart d'entre eux *étaient là* ! Avais-je envie d'en voir un ? Ou peut-être une seule bobine de plusieurs de ses films. Oui, oui, mais...

« Mary Pickford », a murmuré Marion en ouvrant un casier.

De joie, Ted dansait lentement d'un pied sur l'autre. « Tu en choisis un, Marion, et je te le passe ! J'ai *Tess au pays des tempêtes* [1] ! » Celui-là aussi avait disparu et j'ai failli crier oui, mais Marion a refermé le tiroir.

« Je l'ai vu. »

Je me suis penché à côté d'elle pour lire les étiquettes de Pickford, j'ai aperçu *Fanchon* [2] presque en haut de la première liste de titres, et celui-là m'a tenté. Tourné en 1915 avec pour vedette Mary Pickford, il

1. *Tess of the Storm Country*, d'E.S. Porter, 1914. *(N.d.T.)*
2. *Fanchon and the Cricket*, comédie musicale de Kirkwood. *(N.d.T.)*

compte dans sa distribution le très, très jeune Fred Astaire et sa sœur Adèle.

Puis je les ai vus dans la rangée qui se trouvait juste au-dessus des bacs de Mary Pickford, deux tiroirs marqués LES RAPACES. Incapable de parler, je me suis contenté de les montrer du doigt, mais lorsque Ted s'est approché pour lire les étiquettes, j'ai réussi à dire : « Toutes ? Les quarante-deux bobines ? »

Les yeux pétillants, Ted a hoché la tête. « Toutes. Une copie complète et absolument parfaite exécutée par les trois meilleurs techniciens du studio ; ils ont travaillé jusqu'à l'aube la veille du jour où le studio a fait détruire le négatif. »

J'en suis resté muet : je ne savais plus quoi faire. Voir les quarante-deux bobines des *Rapaces* prendrait dix heures. « C'est celui-là ? C'est ce que vous voulez voir ? Tout ? Une partie ? Je vous montrerai tout ce que vous voulez ! » Il ne se possédait plus.

« Ted, ai-je répondu. On a colorisé une bobine...

– Je l'ai, je l'ai ! » Il a ouvert un bac d'un coup sec, parcouru les boîtes des yeux, puis en a sorti une. « C'est là ! Au début de la bobine. Vous voulez la voir ? Je vais la charger ! » Il s'est précipité dans la petite salle de projection, a jeté la boîte sur la table de travail et a ouvert le couvercle.

Je l'ai suivi et lui ai tapoté le bras ; maintenant, je savais ce que je voulais. « Pas besoin de la projeter, Ted. Laissez-moi seulement la tenir. »

Il avait déroulé les deux ou trois mètres de l'amorce et un peu moins du début de la bobine ; il s'est retourné pour me regarder. Puis il a hoché la tête et souri. « Je comprends ; oui, je comprends. » Brusquement inquiet, il a ajouté : « Vous savez manipuler la pellicule ?

– Croyez-moi, oui ; par les bords seulement. De toute ma vie, je n'ai jamais laissé une marque de doigt sur une pellicule. »

Il m'a tendu l'amorce et j'ai pris le début de la pellicule entre le pouce et le médium. « Chargez-la sur la visionneuse, si vous voulez », a dit Ted, mais j'ai secoué la tête. Je l'ai tenue levée devant la lumière du plafond et cela me suffisait : c'était la célèbre scène de Zasu Pitts, une très jeune et ravissante Zasu Pitts couchée nue sur un lit où elle avait semé des pièces d'or à la volée. Dans la minuscule progression de chaque image, je pouvais la voir se rouler littéralement dans l'or, laisser les pièces se coller à sa chair et exprimer ainsi la quintessence même de la cupidité. Et cette scène, c'était *celle* que Von Stroheim avait voulu faire coloriser à la main : sur la pellicule que je tenais devant la lumière, la pointe d'un pinceau avait doré chacune de ces minuscules pièces, et mes mains ont tremblé à cette idée.

J'ai fini par la reposer et j'allais la ranger dans sa boîte quand Ted s'est précipité. « Je le ferai ! Laissez ! » Je ne crois pas qu'il ait jamais traité ainsi la pellicule, mais il était trop excité pour prendre le temps de la rembobiner tout de suite. « Retournez-y ; trouvez le film que vous voulez voir, n'importe lequel ; *trouvez-le* ! »

Je n'y arrivais pas. Marion non plus. « Les films disparus », cela ne voulait rien dire pour elle ; elle avait vu la plupart d'entre eux à leur sortie. C'était les films qu'elle avait ratés qui lui faisaient pousser des exclamations ; un Charlin Chaplin, un Dolores Costello, qu'on pouvait acheter chez Blackhawk. A un moment, je l'ai entendue dire à Ted : « Regarde ; j'ai assisté au tournage de celui-là. »

J'ai découvert *Le Patriote* [1], un Ernst Lubitsch disparu, l'ai emporté jusqu'à la table, et j'ai sorti juste assez de pellicule pour avoir le plaisir de lire la distribution et le générique. Mais ce n'était pas *celui-là*, et Ted m'a presque littéralement tiré dans la chambre forte pour que je le trouve.

J'ai examiné l'incroyable collection de tous les longs métrages de Griffith, en essayant de choisir. J'ai fini par sortir *Une fleur dans les ruines* [2] parce que Lillian Gish avait déclaré que c'était le plus grand film du maître. « Je pense que j'aimerais bien voir un peu de celui-là », ai-je dit en tendant la première bobine à Ted. Il s'est empressé d'acquiescer et on est revenus à la table de travail. Mais lorsqu'il a ouvert la boîte, j'ai dit brusquement : « Non, attendez ! Ce n'est pas encore celui-là », et je suis revenu presque en courant dans la chambre forte.

Mettez un enfant affamé dans une confiserie et dites-lui qu'il peut prendre ce qu'il veut, mais une seule chose et rien de plus... c'était moi. Je n'arrivais pas à me décider parce que je ne cessais de me dire qu'il pouvait y avoir quelque chose de mieux que je n'avais pas encore vu.

J'ai découvert *Le Miracle*, réalisé en 1919 par le mystérieux George Loane Tucker, perdu depuis des dizaines d'années [3]. Et *Peg o' My Heart* avec Laurette

1. *The Patriot*, 1928. C'est la version sonore de ce film qui est considérée comme perdue. *(N.d.T.)*
2. *The Greatest Thing in Life*, 1919. *(N.d.T.)*
3. *The Miracle Man*, qui révéla Lon Chaney, et auquel Louis Delluc a consacré un long article louangeur dans *Cinéa* du 12 mai 1922. *(N.d.T.)*

Taylor. Des films avec Marie Doro, Marguerite Clark et Elsie Ferguson, qui avaient *tous* disparu.

C'est alors que je l'ai trouvé. Au moment où je passais devant le second tiroir marqué ERNST LUBITSCH, j'ai aperçu du coin de l'œil un titre sur l'étiquette et sorti de ce bac le film qu'il fallait que je voie, la version muette depuis longtemps perdue de *The Great Gatsby* [1]. C'est du moins ce que je croyais et j'ai emporté la première bobine dans la salle pour examiner le générique. La table était encombrée par les mètres de pellicule que nous avions déroulés, et cela m'a ennuyé ; je suis sûr que Ted ne traitait pas ainsi sa collection, d'habitude. Ces longueurs de pellicule sortant en spirales de leurs boîtes ouvertes faisaient désordre, mais il n'y avait rien à craindre. Aucune ne s'enchevêtrait avec une autre ; chacune reposait dans un petit espace bien à elle. Il fallait que je fasse de la place pour *The Great Gatsby*, mais je me suis contenté d'écarter soigneusement une autre pellicule. Puis j'ai déroulé l'amorce de la bobine, trouvé la liste des interprètes, et je l'ai levée vers la lumière.

Et là, en minuscules lettres blanches sur le fond noir de chacune des images tendues entre mes deux mains, j'ai découvert une incroyable distribution : Rudolph Valentino dans le rôle de Gatsby ; Gloria Swanson dans celui de Daisy Buchanan ; Greta Garbo jouait Jordan Baker ; John Gilbert était Carraway ; Mae West jouait Myrtle, son seul rôle muet, j'en étais presque

1. Nous ne connaissons que les deux adaptations postérieures du roman de Fitzgerald : *Le Prix du silence*, d'Elliott Nugent, 1949, et *Gatsby le Magnifique,* de Jack Clayton, 1973. Il peut s'agir ici d'une version muette, réelle ou imaginaire, qui aurait suivi la sortie du livre en 1925. *(N.d.T.)*

certain ; George O'Brien interprétait Tom Buchanan ; et Harry Langdon, dans son seul rôle sérieux, que je sache, était le mari de Myrtle.

Ted regardait la pellicule en même temps que moi et je lui ai demandé : « Ce n'est pas celui où il y a une réception chez Gatsby ?

– Si, et Gilda Gray, Chaplin, Scott Fitzgerald en personne, figurent parmi les invités. »

J'ai baissé les bras et suis resté à contempler l'écran vide. Non seulement cet incroyable film avait disparu depuis des décennies, mais il n'était jamais *sorti* ; Gloria Swanson s'y était opposée sous prétexte que Lubitsch avait donné beaucoup trop de métrage à Garbo et à Mae West. Je me suis tourné vers Ted. « C'est celui-là, ai-je dit. C'est celui que je veux voir. » C'est alors que Marion, restée dans la chambre forte, a poussé un petit cri.

Elle était debout devant un bac fermé et montrait du doigt une étiquette. Lorsqu'on l'a rejointe, elle a lu tout haut : « *Daughters of Jazz*... Oh ! bon sang, Ted, pourquoi as-tu gardé ça ! Je veux le *voir et je n'ai pas envie de le regarder* ! » Elle s'est tournée vers moi. « C'est celui-là, Nickie. Celui où Joan Crawford m'a remplacée... C'est *moi* qu'on aurait dû découvrir, pas elle, si seulement... » Elle a secoué la tête. « Non, bon sang ! Je ne veux pas le voir ! »

Mais Ted avait déjà ouvert le tiroir ; il ne contenait que deux boîtes. « Marion... elle n'est pas sur celles-là.

– Oui, elle... Que veux-tu dire ?

– J'ai sauvé tes prises de vue. » Il a soudain relevé le menton et l'a regardée, perplexe, en clignant des yeux. « On croyait que tu étais morte ! Oui... c'est ce qu'on pensait. Et j'ai fait faire des copies de tes prises de vue avant qu'ils se débarrassent des négatifs. »

Il était debout devant le bac, la main toujours posée sur le bord du tiroir métallique. Au bout d'un moment, Marion a placé sa main sur la sienne. « Pourquoi, Ted ? »

Il a détourné les yeux. « Tu sais bien pourquoi. N'est-ce pas ?

– Oui. Je crois que je le sais.

– Parce que je t'aimais. Je t'ai toujours aimée. »

En les regardant, en les écoutant, j'ai enfin compris, vraiment compris pourquoi les très, très vieux films avaient connu autrefois une vogue si incroyable. Pourquoi, sur une population qui ne faisait que la moitié de la nôtre, soixante millions de gens allaient au cinéma toutes les semaines pendant les années folles. Nous nous moquons des films et des histoires qu'eux prenaient au sérieux. Mais ils ressemblaient à leurs films, et ceux-ci leur ressemblaient ; c'est comme cela que les gens *étaient*, ou du moins c'est ainsi qu'ils auraient voulu être. Ted et Marion se comportaient comme dans ces films et parlaient comme leurs sous-titres. Lentement, Ted a retiré sa main de sous celle de Marion : si j'avais été en train de les filmer, j'aurais fait un gros plan de ces deux mains. La grosse main de Ted, veinée, ridée, a gentiment tapoté celle de Marion. Celle-ci s'est retournée, les deux paumes se sont jointes, puis séparées. « Mais je savais que c'était impossible, a dit Ted. J'étais trop vieux. Beaucoup trop vieux. » Il a eu un grand sourire. « Et drôlement laid, en plus !

– Non, tu n'étais pas laid. » Elle a serré le poing et fait semblant de lui porter un swing à la mâchoire. « Espèce de ballot...

– Viens ! » Ted s'est emparé des deux boîtes. « C'est ça que nous voulons voir ! La partie où tu figures ne fait que le tiers du film. *De ton film, Marion* ! » Fondu au noir.

C'était ce que nous voulions voir. Marion sûrement, et de tout ce qu'il y avait dans ces tiroirs, moi aussi. Le vieil homme a mis en route le gros projecteur ancien, j'ai éteint les lumières de la chambre froide et laissé Marion passer devant moi pour descendre l'allée latérale jusqu'au premier rang, et choisir pour nous deux un canapé bas capitonné.

On s'est installés, Marion a levé les yeux vers l'écran vide, impatiente comme un enfant. Je me suis retourné pour regarder Ted charger le film. Sa rapidité m'a étonné ; introduire l'amorce dans la fente, l'enrouler sur les tambours, fixer l'extrémité de la pellicule sur la grosse bobine réceptrice : tout cela ne lui a pris que quelques secondes. Il a bruyamment fermé une petite porte en métal, en a ouvert une autre derrière le projecteur pour ajuster les bâtonnets de carbone, l'a refermée, a fait jaillir l'arc et défiler quelques pieds de la bande amorce sans éteindre les lumières de la salle. Il a rouvert la porte en métal et regardé le film enroulé à l'intérieur, remis la machine en marche, refermé la porte et éteint les lumières. Puis, en courant, il a quitté le fond de la salle et descendu l'allée latérale.

Je n'ai pas compris la raison de cette hâte jusqu'à ce que la fin de l'amorce blanche soit passée et que le titre apparaisse en surimpression sur le dessin au trait d'un saxophone : JESSE L. LASKY PRESENTE « DAUGHTERS OF JAZZ », UNE PRODUCTION DE HOWARD BERMAN, D'APRES LE ROMAN

DE WALTER BRADEN. Juste à ce moment, le premier accord de l'accompagnement de Ted s'est fait entendre ; il était arrivé à temps à son orgue.

Rapidement, mais pas autant que beaucoup de ceux d'aujourd'hui, le générique est apparu, suivi de la distribution en lettres blanches sur fond noir. Je ne l'ai pas lue aussi attentivement que d'habitude, et je pense qu'il en fut de même pour Marion. Car à côté du dernier rôle de la liste, ADELE, il y avait autre chose que JOAN CRAWFORD, le nom qui aurait dû apparaître là : c'était un rectangle blanc qui dansait désagréablement, et j'ai compris ce qui était arrivé. Sur la dernière image de cette liste, Ted avait soigneusement gratté un petit bout d'émulsion pour effacer le nom de Joan Crawford. A sa place, on a lu en lettres qui vibraient et sautaient celui qu'il avait tracé à l'encre pour le remplacer, MARION MARSH.

Le film a commencé et il n'avait aucun intérêt ; ni Ted ni personne d'autre ne l'aurait gardé pour lui-même. J'en avais entendu parler un jour, je m'en souvenais maintenant ; un collectionneur de films de ma connaissance l'avait vu. C'était un fan de Crawford qui possédait tous ses films et avait acquis celui-ci simplement parce que c'était son premier, la seule raison pour laquelle on l'avait gardé d'ailleurs. Une bonne raison, avait-il dit. C'était à cause de ce rôle qu'on l'avait remarquée, grâce à lui qu'elle avait débuté.

C'était une comédie. Alicia Conway, qui avait tourné quelques films dans les années 20, en était la vedette. Elle incarnait une girl résolue à épouser un millionnaire. Mais qui tombait amoureuse, désespérément, du beau valet de ce dernier et se mariait avec lui uniquement par amour. Après pas mal d'inepties, il s'avérait que c'était *lui* le millionnaire qui avait joué le rôle du valet parce qu'il en avait assez que les femmes lui courent après pour son argent.

On a regardé tout ça un bon moment ; l'orgue se faisait discret, son humeur changeant habilement avec l'action. Une fois, je me suis retourné pour regarder Ted se balancer doucement sur le banc de l'orgue, les doigts courant sur le clavier : heureux.

Marion m'a donné un petit coup de coude et je me suis remis face à l'écran qui montrait une piscine rectangulaire à l'ancienne mode ; la scène était filmée en extérieur et il y avait un peu trop de soleil. Dans un groupe au bord de la piscine – les filles en costume de bain noir avec une jupette et des bonnets en caoutchouc, les hommes en maillot bicolore – il y avait la jeune femme que j'avais vue sur mon écran de télévision et, ce même soir, dans un coin de mon salon, transparente, mais vivante et en couleurs. L'image était en noir et blanc, mais à la lumière du soleil on voyait que c'était une blonde. Les girls invitées à la piscine du millionnaire s'avançaient une par une sur le plongeoir, s'arrêtaient à son extrémité, regardaient autour d'elle, puis plongeaient.

Je serais incapable d'expliquer ce qui s'est alors passé. Les autres filles étaient simplement des actrices qui jouaient leur rôle, tortillaient des hanches et des épaules en marchant, et battaient des cils lorsqu'elles s'arrêtaient avant de plonger. Mais une fois de plus, comme toujours, seule Marion Marsh poussait le spectateur à se pencher en avant. Elle s'est engagée sur le plongeoir sans se tortiller, en marchant naturellement, mais je suis devenu intensément conscient de la présence de son corps, de son visage, de ses mouvements, de toute sa personne. Et il en était de même, tout à fait inconsciemment, pour les hommes qui se tenaient autour de la piscine ; je l'ai compris en les voyant changer d'attitude. A l'arrivée des quatre autres filles qui précédaient Marion, ils avaient souri, levé les sourcils et fait des commentaires du coin de la bouche. Mais lorsque Marion s'est avancée, ils sont restés immobiles et silencieux, se contentant de la regarder, oubliant de parler et faisant d'elle la seule figure en mouvement sur l'écran. Quand elle s'est arrêtée à l'extrémité du plongeoir, les chevilles rapprochées, et a regardé autour d'elle avec cette arrogance que j'avais appris à connaître, même les filles qui barbotaient dans la piscine ont levé les yeux vers elle. Brusquement elle a plongé, poignardé l'eau pour disparaître à nos yeux, la fille suivante s'est présentée en se tortillant, et la scène est redevenue mécanique.

« Qu'est-ce que *vous faisiez ?* ai-je chuchoté à l'oreille de Marion. A quoi *pensiez-vous ? Vous sentiez* vraiment bien le rôle ?

– Le rôle ? Fichtre, non. Je pensais seulement à ce que j'allais faire pour *qu'ils me regardent.* La seule chose à laquelle je pensais, c'était la caméra. »

Sur l'écran, une scène de rue, et à côté d'un énorme tramway interurbain j'ai aperçu une vieille automobile électrique, un de ces mastodontes qui marchaient sur batterie et que l'on conduisait avec une barre de direction et non un volant.

Un peu plus tard, une poursuite : une voiture fonçait sur une étroite route asphaltée le long d'une voie de chemin de fer pour essayer de rattraper un train en pleine vitesse. Sur la plate-forme arrière, Alicia Conway, la main tendue, attendait qu'un homme accroupi sur le marchepied de l'automobile, déportée d'un côté à l'autre de la route, parvienne assez près pour lui lancer une enveloppe lestée contenant la dispense de bans pour son mariage.

Plan sur l'avant de la voiture. On voit le conducteur et trois ou quatre personnes sur les sièges avant et arrière, des hommes et des femmes. Ils sont surexcités ; le conducteur, penché sur le volant qu'il tourne dans un sens puis dans l'autre, les yeux agrandis, mime leur grande vitesse. Les filles crient, grimacent, tombent tantôt à droite, tantôt à gauche, et l'idée me vient qu'elles ne croient pas *vraiment* que la caméra enregistre tout cela sur la pellicule et que, des mois plus tard, un public croira à leur histoire. Sauf Marion.

On ne la remarquait pas tout de suite. Mais au bout d'une douzaine de secondes de cette poursuite où tout le monde tangue et gesticule, on découvrait une fille sur le siège arrière, presque cachée par les autres. J'ai compris qu'on s'apercevait de sa présence parce qu'elle ne faisait rien. Elle restait immobile, le menton un peu levé, les yeux mi-clos, souriant légèrement – on sentait le vent fouetter son visage, on devinait son ivresse contenue. Juste à la fin de ce plan, pendant qu'on la regardait encore, Marion a brusquement levé les bras en se soulevant de son siège, et l'on saisissait les mots qu'elle prononçait comme si on les avait entendus : *Plus vite...*

Cette scène était la sienne, dérobée aux autres qui ne s'en étaient même pas aperçus, et quand je me suis retourné pour la regarder dans l'obscurité, elle souriait aux anges. Les yeux toujours fixés sur l'écran, elle a murmuré : « C'était *mon* idée, la petite touche finale. Je n'avais rien dit de peur qu'on m'interdise de la mettre en œuvre ; je l'ai fait, un point c'est tout. Et je parie que Crawford me l'a volée. »

La bobine s'est terminée et Ted est revenu à la table en toute hâte ; il a allumé les lumières, sorti la bobine, l'a posée sur la table et a introduit la seconde. De nouveau, il a fait rapidement passer la pellicule par la fente, a vérifié les deux bobines, fermé d'un coup sec la petite porte en métal, mis le projecteur en route et éteint les lumières. Tandis que l'amorce défilait, il a descendu l'allée à toute vitesse et, une fois de plus, le premier accord de l'orgue et la première image ont parfaitement coïncidé.

« Ma dernière scène, a murmuré Marion. Je crois qu'elle ne va pas tarder. »

Une minute ou deux se sont écoulées. Un vieil homme très aimé, producteur d'une comédie musicale à Broadway, avait eu un grave malaise en coulisses. Pourtant les danseuses, une douzaine de filles, devaient continuer de sourire au public et de claquer des doigts, comme il se devait à l'ère du jazz, alors qu'elles avaient le cœur serré d'inquiétude.

Onze filles ont découvert leurs dents en un sourire figé, comme si la caméra ne pouvait pas enregistrer un sourire sans que la denture soit exposée, et cligné rapidement des yeux pour montrer qu'elles retenaient leurs larmes. Marion a dansé avec un sourire tendu, bouche close, la lèvre inférieure tremblant juste un peu de temps en temps, les yeux fixés dans le vide ; elle obligeait le spectateur à se demander à quoi elle pensait. Mais on savait à quoi elle pensait – l'image le disait –, si bien qu'on croyait voir ce qu'elle éprouvait. Les autres mimaient le chagrin, mais Marion vous le montrait – ou vous laissait le percevoir par vous-même. Apparemment, deux caméras étaient en service, dont une pour les gros plans. Car la séquence débutait par des vues d'ensemble de la scène, suivies de gros plans sur le visage de l'une ou l'autre fille. Mais, de plus en plus, la caméra revenait sur le visage de Marion. A côté de moi, elle se murmurait sur le ton de la jubilation : « Je *pensais* qu'ils le feraient, mais je n'en étais pas sûre ! Ils ont utilisé *mes* gros plans. »

Nouveau gros plan sur Marion, toujours souriante, les épaules ondulant, les doigts levés claquant en mesure, mais maintenant de vraies larmes coulaient sur son visage. La caméra a reculé juste assez pour la montrer tout entière, dansant, souriant au public, pleurant d'un immense chagrin intérieur, et j'ai frissonné ; j'avais envie de crier ou de faire quelque chose ; je savais que Joan Crawford n'avait pas pu être meilleure que ce que j'étais en train de voir.

La salle s'est éclairée, faisant pâlir l'écran, estompant l'image, comme lorsque quelqu'un ouvre une porte au cinéma ; cela m'a agacé et je me suis retourné pour voir qui avait fait cela. Mais la lumière a persisté pendant que je tournais la tête et aucune porte n'était ouverte. Un essaim de papillons de lumière d'un blanc jaunâtre voletaient et zigzaguaient étrangement sur la grande table de travail. Ils couraient en jetant des étincelles, tout à fait comme des mèches.

C'étaient des mèches. Une douzaine de morceaux de

pellicule brûlaient avec une rapidité folle et le feu se rapprochait des boîtes dont elles étaient sorties. Tandis que j'essayais de me tirer du canapé trop profond, j'ai compris ce qui s'était passé. Parce que j'apercevais la lumière aveuglante de l'arc à l'intérieur du projecteur et que je n'aurais pas dû la voir. Cela signifiait que la porte métallique protectrice que Ted avait rabattue trop vite dans sa hâte de retourner à l'orgue s'était simplement rouverte, du moins entrouverte. Il avait suffi alors qu'une des étincelles qui jaillissaient parfois des bâtonnets de charbon passe par l'étroite ouverture de la porte et atteigne une pellicule. Un trou aux bords déchiquetés s'était agrandi sur une seule image – des *Rapaces ?* De *Gatsby le Magnifique ?* D'un Griffith perdu ? – puis une bouffée de feu avait un instant éclairé l'écran et maintenant une douzaine de mèches brûlaient à toute vitesse.

Enfin debout, je me suis élancé vers l'allée latérale et j'ai vu la première boîte de pellicule, puis, un instant après, toutes les autres, se transformer en flammes jaunâtres ; une fumée noire, épaisse et grasse a enflé comme une douzaine de mauvais génies, puis s'est élevée régulièrement en un noir rideau qui est venu s'engouffrer dans la prise d'air du plafond. Avant même que j'aie atteint l'allée, les tentures qui étaient au-dessus des pellicules en feu, au bout de la table, se sont brusquement enflammées en crépitant doucement.

A mi-chemin de l'allée, une puanteur écœurante a assailli mes narines et je me suis arrêté pile. Un gaz très toxique, comme celui de la fumée qu'émet la pellicule en train de brûler, peut vous tuer rapidement, et je savais ce qui allait se produire. La vieille pellicule, c'est presque de la dynamite, chimiquement proche de la nitroglycérine, je crois ; elle allait exploser, et personne ne pourrait affronter ce gaz pour arrêter l'incendie.

Debout au milieu de l'allée, regardant fixement le fond de la salle, les boîtes de pellicule ouvertes, foyers fumigènes d'un feu toxique jaune, et la fumée noire qui s'élevait comme un mur de la table jusqu'aux conduits d'aération, j'ai senti la pression de la chaleur me repousser. La vieille pellicule au nitrate ne s'enflamme qu'à 150° C. Dans quelques instants... non seulement les tentures, mais les panneaux de bois vernis qui étaient dessous crépiteraient joyeusement... la température dans les bacs que nous avions laissés ouverts à l'intérieur de la chambre forte monterait, la pellicule s'enflammerait et les couvercles s'envoleraient. Après cela, la chaleur continuant à s'élever, les bacs fermés exploseraient.

J'ai hurlé : « Ted ! » Il était resté sur le banc de l'orgue, abattu, paralysé, les yeux fixés sur le feu. Tout en redescendant l'allée pour rejoindre Marion, je lui ai crié : « *Sortez,* Ted, *Sortez !* Mettez un mouchoir sur votre visage et *sortez !* » Me retournant pour rejoindre Marion, je l'ai vue – chose incroyable – le dos toujours tourné au brasier, les yeux levés vers l'écran. Loin des tentures et de la pellicule en feu, le projecteur tournait encore et le film de Marion continuait à passer, imperturbablement.

Je l'ai prise par le poignet, mais elle a résisté violemment en secouant la tête, sans quitter l'écran des yeux. « Non ! Partez, Nickie ! *Moi, je veux voir mon film !* »

J'ai continué à essayer de la tirer de force, mais elle s'est agrippée au gros bras rembourré du canapé et a fourré les pieds dessous sans cesser de se débattre... et le film passait toujours, seize images par seconde. Le feu derrière nous pâlissait lentement l'écran, mais l'image restait nette : Marion dans son propre corps, cinquante ans auparavant, claquant des doigts sans bruit, souriait bravement en dansant tandis que les larmes coulaient sur ses joues ; elle avait presque l'air de regarder le feu. Mais ici, les yeux affamés d'images, ce n'était pas Marion, c'était *le corps de ma femme,* aussi j'ai mis ma main gauche derrière sa tête, j'ai serré le poing droit et me suis préparé à la frapper soigneusement, avec juste la force qu'il fallait pour lui faire perdre conscience sans lui briser la mâchoire. Elle a aperçu mon geste, son regard a quitté un moment l'écran pour se fixer sur mon poing. Et juste avant que je la frappe, elle s'est détendue avec un petit soupir et a fermé les yeux.

Mi-courant, mi-titubant, j'ai emporté le corps inconscient de Jan dans l'allée latérale et l'ai remontée. Je me suis préparé à contourner la table, à traverser le mur de fumée toxique vers le signal rouge à peine visible de la sortie. Le bras droit sous ses genoux, l'autre soutenant la partie supérieure de son corps, je l'ai bâillonnée de la main gauche, tout en maintenant du pouce et de l'index ses narines fermées, et j'ai couru en retenant ma respiration.

De l'autre côté de la salle, Ted me regardait. Puis il s'est retourné sur le banc pour contempler la salle, et involontairement j'ai fait de même. Transparente, mais parfaitement nette, Marion était assise au premier rang, la blondeur de ses cheveux soulignée par le rayon lumineux du projecteur, le visage levé vers l'écran sur lequel elle dansait. Les mains de Ted sont retombées sur les touches et un accord puissant a jailli de l'orgue. Il jouait tous jeux ouverts une musique poignante tandis que le fantôme qui dansait sur l'écran et le fantôme assis dans la salle pâlissaient de plus en plus, s'acheminant l'un comme l'autre vers la disparition finale.

Marion s'est retournée pour nous regarder, Jan et moi. Elle a souri d'un air moqueur et affectueux. Puis elle a levé la main à son front, pour une sorte de salut désinvolte à la Joan Blondell [1], et a reporté son attention sur l'écran.

Alors je me suis élancé après un dernier coup d'œil sur Ted qui, sans cesser de jouer, m'a regardé pardessus son épaule. Et cette ultime image, j'ai senti que je l'avais déjà vue auparavant. L'esprit humain travaille curieusement, aux moments les plus étranges, et tout en traversant le mur de fumée, la main sur la bouche et le nez de Jan, en franchissant la porte et en émergeant dans l'air pur du grand corridor, j'essayais de me souvenir où j'avais déjà aperçu ce visage.

Jan a remué, murmuré quelque chose et ouvert les yeux. Je l'ai remise sur ses pieds, et tandis que nous remontions en courant le long couloir, j'ai compris ce que j'avais vu quand la tête en forme d'œuf, aux cheveux rares, de Ted s'était retournée pour montrer ses grands yeux fixes et ses étranges narines béantes et noires à la lueur vacillante de l'incendie. C'était

1. Vedette des comédies musicales de la Warner dans les armées 30 et 40, où elle est souvent la partenaire de James Cagney. *(N.d.T.)*

presque la scène qui se déroule dans cette profonde caverne, sous le théâtre, lorsque le Fantôme de l'Opéra se détourne de l'orgue pour regarder – horrible et pathétique – de l'autre côté de la pièce.

Une fois sur la grande pelouse sombre, on est restés là en compagnie des domestiques et d'une foule qui grossissait rapidement – déversée par les grandes grilles de fer forgé –, à regarder Graustark et à écouter le ululement lointain de la sirène des pompiers qui se rapprochait peu à peu. L'électricité s'était brusquement éteinte à l'intérieur et la grande demeure qui se découpait sur le ciel nocturne n'était plus qu'une silhouette où rougeoyaient seulement trois fenêtres ; je ne savais pas lesquelles. Puis le toit – au-dessus de la chambre froide et de la salle de projection, nous ont dit les domestiques – a explosé en un immense jet de flammes rugissantes, d'épaisses étincelles, d'objets noirs qui s'envolaient, et le ciel est devenu rose.

L'incendie s'est alors déchaîné et on l'a vu entamer sa course dans l'interminable couloir, celui des chambres où avaient autrefois dormi Vilma Banky en personne... Nazimova... Tom Mix... Constance Binney... Milton Sills... *Lya de Putti !* Une des grandes fenêtres cintrées s'est éclairée – pour la dernière fois et plus brillamment que jamais – sous l'effet d'une illumination intérieure fulgurante. Dans la main étendue de Renée Adorée la rose a rutilé... Au sein de la furieuse turbulence d'une flamme rugissante, la femme a paru bouger, se tendre vers le sammy debout dans le camion, hors de sa portée. Puis le grand vitrail a fléchi, s'est brisé, et des centaines de fragments brillants de

La Grande Parade ont jailli pour retomber dans une explosion de couleurs.

Le feu a dévoré le toit du couloir, sa lumière a baigné la pelouse, transformant les gens qui étaient devant nous en silhouettes détourées de rose ; le bras autour des épaules tremblantes de Jan, je sentais maintenant la chaleur de l'incendie. Là-haut, sur la lointaine forteresse du grand vitrail suivant, le drapeau tricolore de la France s'est embrasé d'un éclat impossible. Un moment, il a frissonné et flotté au vent. Ronald Colman et son escouade épuisée ont vacillé comme s'ils allaient s'effondrer sur le sable du désert, et ils ont coulé dans le néant lorsque tout le centre de la fenêtre a atteint le point de fusion.

Le feu grondant courait à toute allure dans le couloir ; l'avion allié de Buddy Rogers, comme celui qu'il venait d'abattre au loin, a pris feu et les flammes sont venues lécher ses ailes. A l'extrémité de l'une d'elles, une vitre a éclaté et de la fumée noire s'est déversée au-dehors comme si elle sortait de l'appareil. Alors, toujours souriant, le bras levé pour ôter son casque, touchant son front en un dernier salut, Buddy a disparu derrière une traînée de flammes noires et rouges.

Une seconde après, pas plus, le splendide vert émeraude du costume de Douglas Fairbanks s'est fait plus éclatant que jamais et son indomptable sourire aux dents blanches est devenu visible, j'en suis certain, pour la moitié d'Hollywood, juste avant que *Robin des Bois* n'explose. Alors Jan et moi avons tourné les talons et, dans les remous dansants de lumière rose, les longues ombres des grands arbres de Graustark oscillant devant nous, nous nous sommes dirigés vers les grilles au moment où la première voiture de pompiers les franchissait en faisant jaillir sous ses roues gravillons et feuilles mortes.

On dit que certaines expériences changent les gens, ou du moins le devraient, et peut-être que Marion Marsh nous a changés ; peut-être. En tout cas, nous n'oublierons jamais cette aventure. Plus tard ce soir-là, dans notre chambre d'hôtel de Beverly Hills, j'ai cru un moment, au sortir de la salle de bains, que Marion était revenue – elle m'attendait dans le lit en souriant lascivement, revêtue du déshabillé le plus vaporeux que j'aie jamais offert à Jan. Mais ce n'était pas elle, c'était bien Jan qui voulait me faire croire, j'en suis presque sûr, que c'était *peut-être* Marion. Elle essayait, sans échouer tout à fait, d'être un peu plus comme elle, un peu plus ardente et libre. Mais en réalité, on ne change jamais beaucoup. On reste soi-même, c'était Jan pour l'essentiel, et je n'ai rien à y redire. Après tout, j'en étais parfaitement conscient, je ne suis pas davantage Rodolpho Guglielmi.

Comme nous nous sentions malgré tout un peu audacieux, nous ne sommes pas rentrés directement à la maison. Nous avons passé deux ou trois jours à Disneyland et bel et bien visité le cimetière de Forest Lawn, sans trouver le mausolée en marbre de Félix le Chat. Puis nous sommes rentrés chez nous parce que nous étions à court d'argent et qu'il fallait bien que je finisse d'installer la salle de bains.

Une dizaine de jours plus tard, une liasse de papiers est arrivée d'Hollywood, nous les avons remplis et renvoyés en signant de nos vrais noms avec une note expliquant que Marsh et Guglielmi étaient des pseudonymes. Aussi longtemps que ces satanées pubs pour le Ketchup Huntley passeront, nous recevrons des chèques. J'ai acheté *La Révélation*, avec William S. Hart [1] ; *Nomads of the North*, avec Betty Blythe [2] ; et *Captain January*, avec Baby Peggy.

Al a reçu pour l'hiver un nouveau manteau écossais qui ne lui plaît pas et qu'il refuse de porter, bien que je lui aie fait remarquer qu'il avait une jolie petite poche juste assez grande pour un biscuit en forme d'os. Jan a acheté deux ou trois meubles et redécoré le salon.

Sauf un mur, auquel nous n'avons pas touché. Qui n'a pas changé et restera tel quel tant que nous serons dans cet appartement. Il dit toujours en immenses lettres griffonnées au rouge à lèvres, des lettres qui swinguent : *Marion Marsh a habité ici. Lisez et pleurez.*

1. De Hillyer, 1917. *(N.d.T.)*
2. La ravissante jeune femme dont les seins nus ont fait sensation dans *La Reine de Saba* de Gordon Edwards, 1921. *(N.d.T.)*

Cet ouvrage a été réalisé
par la Société Nouvelle Firmin-Didot
Mesnil-sur-l'Estrée
pour le compte des Éditions Denoël
en février 1996

Imprimé en France
Dépôt légal : mars 1996
N° d'édition : 7800 - N° d'impression : 33581